风老师嘱我给新书《吹云记》写个序，我说你就不能找个有名的人吗，他说非你莫属，我说你这高帽戴的，行，我给你写个。

照理说找作家前贤或流量大咖来写序，都比我写是那么回事。转了一圈想到我，大概是因为我跟他两口子比较熟吧。过去有老梗"我的朋友胡适之"，我也勉强可以讲"我的合肥朋友风行水上"。作为朋友勉强写几句。

风老师爱热闹，好观察，以他为中心，可以发散到几个合肥本地奇人。比如非遗传承人、裱画大师老龙，书法家卢红星，写古体诗的嘘堂。刘青、老陈、老沈。有时候我怀疑他是借着周围的人名编排出一篇篇虚构的故事，回头见到他，他绘声绘色重讲了一遍，"老沈前阵子跟个年轻人打了一架，没打过"，你才知道，他写的是真人真事。也不知道老沈知不知道自己成了作家笔下的主角。

自己写还没完，还鼓动大家都写。有一回风老师跟我说，周纳你把你家族那些亲戚写出来，应该蛮有趣的。我们家的人都有点罗曼蒂克，长辈们年轻时的恋爱故事一箩筐。我说不敢写，他们会弄死我。风老师说，作家就得天道无亲，你看张爱玲、契诃夫，把亲戚朋友都写得跟他们反目，还有诉诸公堂的。没关系，尔曹身与名俱灭，不废江河万古流。拉黑契诃夫的画家过了多少年又找上门来和好。有张爱玲、契诃夫作为指路明灯，风老师更加天道无亲，且不说周围的朋友，他爸、他姐、他弟、他妹、他儿子，都让他写遍了，风师娘更是绝对主角，时时现身，捎带着连他们家的橘猫都忧愁地出场过。

风老师是典型的生活派。也文艺。但文艺青年的丧、文艺中年的油，一概没有。时不时写篇醒世恒言，借着身边的例子，劝诫文艺青年上岸谋生，鼓励文艺青年拿出生活的悍勇来。有时候我觉得吧，虽然认识风老师，但又不是很了解风老师。不知道这人的好奇、乐观、激动都是打哪儿来的。一般来说，丧的时候，我是不跟他聊天的。永远在精精神神的时候、嘴边憋着笑的时候，跟风老师说说生活里的段子。

2017 年秋天，我在上海出差一个月，出差结束，放了几天假，就没直接回北京，去了合肥，和风老师夫妇、叶行一夫妇、陈小克聚首。两台车，六个人，到皖南转了一圈。逛老街的时候，路过一家豆腐坊，风老师说这家的香干子、北方叫作豆腐干的特别好。买了一百块钱的，回来分给大家。从豆腐坊出来，风老师就一路两手拎着两袋香干子，闷头走在老街上。那个场景特别有意思。你就会想，这么一个书卖得特别好的作家，他是这么生活化，跟其他作家一点都不一样。这香干子拿回北京，让我妈切芹菜炒了，确实好吃。

但他也不是那种纯粹的市井作家，风老师是爱看点书的，古典的、外国的，都看一些。自己是个山水画家，偏好的是文人画，举目所见是千百年来安徽画家、新安画派画过的纤细的、淡远的江景。他的家是传统文人的布置，风师娘好清洁，家里收拾得干净。他的思维里有精致淡远的一脉。所以那些说书讲故事文章里穿插着《吹云记》这一类看上去构思很卡尔维诺，境界很文人画的作品。或者讲作家、画家掌故时，本来把历史上声名赫赫的大师写得唠叨、生活化，忽然就让一匹黑猫穿过路灯昏黄的空巷跑过去了。或者才讲着一个风趣的高僧，两人谈着人间琐事，忽然说和尚云游，带着几笼伢狗，一路走，一路送人，中国画的主题就在眼前了。所以模仿风老师的年轻人不少，写得真像的几乎没有。既没有他讲故事时的层层递进、"大力出奇迹"，也没有文人画的清新淡远。风格这东西，到底是反映一个人的个性和积累。

是为序。

目 录

第一部分　橄榄成渣

第二部分　异谭

第三部分　人情世故

第四部分　南边热，北边冷

第　一　部　分

橄
榄
成
渣

其实我想有个信仰

我是二○○三年六月十四日在一家饭店的后堂受洗的。因为那里有个大浴缸，给我施洗的是宋牧师，宋牧师让我坐在齐腰的凉水里，然后他把我按了下去。我不知道自己在水中憋了多久，反正我一口气憋得挺长的，因为小的时候游野泳经常跟人比赛憋气，至今没有遇到对手。宋牧师没有来，我就安安静静地躺在水里等他，他不让起来我就不起来。我的脸上是一层冰凉的水，我想大概人躺在棺材里也差不多就这样吧！鼻子抵在棺材板上，听土块沉重地砸在上面。然后声音越来越弱，然后是非常黑非常黑的黑暗。这个也不好臆测，除非能死一回体验一下。

我在水里等宋牧师的时候觉得很无聊。除了憋得慌以外，我还觉得十分羞愧。我过一会儿从嘴角里吐出一两粒气泡。我觉得似乎还没有准备好受洗，就像经上所说：种子撒在岩石上，或者被风刮跑了，或者被鸟吃了，或者被旱死了。我怕我受了洗之后没有坚信，或者我信了之后又不信了上帝会生我的气。教内的兄弟姐妹就围在浴缸边看着我，我能感受到他们询问的目光。但我现在已经躺在水里面，而且我是一个爱面子的人。如果我现在从里面就这么水淋淋地站起来，说我不干了，会不会让大家感觉到没有面子，况且宋牧师那么好的人。我一见到宋牧师就觉得他是个好人，因为他说话的声音是那么悦耳，他总是显得那么诚恳，诚恳得让人不好意思。他个子不高，一米六多一点，戴黑眼镜，头发细软，脸很瘦，有些苦相。

我在水里感觉到很伤心，眼泪都流下来了，跟众多的水汇合到一起，没有人看到。心想今天无论如何我得给宋牧师一个面子，他真是一个好人，他为我讲经把嗓子都叫哑了。他常常是哑着嗓子在讲道，还带着哭音。他说那一天晚上在客西马尼园，基督伏在冰冷的地上，带领的徒众都睡着了，没有人醒着——宋牧师就一直问到我脸上来："你说我们的主他是何等的孤独？"然后他就哽咽着说不下去了，把头伏在桌子上，肩部抽搐起来。他使我觉得很惭愧，我一定是一只不好的羊，害得宋牧师东跑西颠地要把我从野地里撵回来。

我以前一直是一个没有信仰的人，连钱都不信仰，更何况其他的。但这不代表我不想有个信仰，我进庙的时候，别人礼佛，我也一脸肃然。如果有人喊我碰个头，我也趴在地上碰它几个。朝山进香的老太太看我跨门槛的时候就喊："不能踩呀！不能踩呀！"我也赶紧把脚收住，然后我就问老太太为什么不能踩，老太太说让你别踩，你听话就对了。虽然佛经上写在家人不要看，我也常常到庙里拿来看。比如《金刚经》《心经》《佛说阿弥陀经》，说句大不敬的话，我看佛经是当作好文章来看的。比如《阿弥陀经》中："舍利弗，彼佛国土，微风吹动诸宝行树，及宝罗网，出微妙音，譬如百千种乐，同时俱作。闻是音者，自然皆生念佛、念法、念僧之心。"鸠摩罗什经真是译得好，庙里的师父看我喜欢读经，就问我可有什么体悟。我说篇篇都是好文章，他们听我这样说，大概知道我离悟道还远得很，也不来苦口婆心了。只是说经你可以请回去，只是不要折损了就好。

所以我一直是逢庙也进去拜拜，道观也要进去瞅一眼。比如我喜欢听道士演奏《朝天子》《小开门》《柳腰景》，我觉得道士的服装很好看，心想弄个拂尘这么一甩一甩的也不错。进了教堂也随人在胸前画个十字，念一声"阿门"。总之我是个随大流的人，怎么一下子弄进水里躺着，这个事情我也纳闷啊！

其实我受洗这个事情，还得从老周那里说起。他们夫妻两个信了教后，就非常热心地在外面传教。男的传男的朋友，女的传女的朋友。晚上简直在家里坐不住，天天乐乐呵呵地在外面跑。说是被圣灵充满了，佛家叫"法喜"。老周被圣灵充满后，传了许多人没有一个成功的。妈的！世间尽是罪人，有的好抽，有的好嫖，还有贪酒的、贪财的，渴慕正义、真理的一个也找不到。这个事情把老周给愁坏了，他就把他的苦处说给我听。他说："实在不行，我传你吧！"

我跟他说："这个事情你也不能急，又不是传销，非要拉人入伙增长业绩。"他说："我是为你们好，到了末日审判那天你们都去下地狱受审了，我坐在天堂里，快活是快活了，但也没什么熟人啊。看你们受苦受难的也怪不落忍的。哎！你看你平日里没事就往庙里跑，跟一班和尚、道士混在一起。你信个正正经经的教不比什么好？"我说："你这话就不对，别说我没什么信仰，就是有信仰，我也有信仰自由啊。你这么说我觉得你对经上的话理解不够，你不宽容呀！"他说："经书上写着有不信别神。你看古代好些笔记小说上写着那些坏和尚专淫人妻女，在庙里礼佛的蒲团上安装一个机关，看人家来拜佛的大姑娘小媳妇生得好看的，就悄悄按动机关，把人整掉到一个地洞里去供他淫乐。"我说："你这简直跟放屁一样！哪种组织里都有坏人和好人，有动机不纯的，有抱着机会主义的。你还得看大方向。比如好人多的，就长久些，坏种多的就短些。儒、释、道弄这么些年一直传下来，说明总体上好人还是多一些，所以摇摇晃晃一路传了下来。"

我又说："欧洲中世纪那些僧侣也荒淫得很啊！不信你把《十日谈》找来看看。过去咱们还有一个动画片，说一个传教士抢老爷爷的渔盆呢，不知道你看没看过？那个西洋传教士说：'老头——这个渔盆是我的——不是你的！'"我这番话把老周气得要跳塌了屋子，他说："这是狗日的妖魔化咱们，你难道连这个也信？我对你太失望了！"我就说："我也不是信，你总得让我有个准备吧！我得一步一步来，我先得看经书，然后参加聚会，最后才能决定去不去受洗呀！不然我信了，万一哪天又坚守不住，不坏了一世名节吗？"后来我问他们在什么地方聚会，他说他跟一帮医生在一起聚会，大部分是各个大医院的主任，或者是主治医师什么的。

我回去后把这个事情跟老婆商量了一下。她第一句问我："警察逮不逮啊？"我说："正正经经的信仰，逮什么？这要是搁过去，我奉了洋教，县太爷见了我都怕。别人跪，我可以不跪。"她说："你跟些什么人在一起查经？"我说一帮大医院的医生、专家。她说："这样你不是跟他们成了兄弟姐妹了吗？"我说："应该是这样的。"她说："那你去！星期天就去，这以后咱们在医院就算是有熟人了，比如看个病啊，托个关系什么的就方便了。"这个婆娘就这点好，不管你在灵性上飞得多高，她都能给生拽下来，而且给你拽个嘴啃泥。

　　我在这个小组里读了没有半年经，宋牧师就要来洗我。我当时很迟疑，我觉得我还没有做好准备。因为在美学上我更偏向于佛家，起因是我在一个很清冷的寺庙里看到一株杜鹃。后来跟个僧人到僧寮里，桌子上就一本《金刚经》，一杯清茶，挂了一顶白帐子，收拾得极其整洁。他已经年纪很老了，把一个拓好的石碑拓片翻给我看，然后细声细语地跟我说哪里好。我觉得自己跟这里亲，对于基督教宣传教义的画我觉得不亲。比如一幅《施洗者约翰》，一颗人头盛在盘子中，血淋淋的，觉得心里隐隐地痛得慌。而且我觉得这些画都画得好满，像古波斯的细密画一样，看了使人身上起鸡皮疙瘩。

　　等到我快要憋死的时候，宋牧师把我从水里抄出来，如同捞一条快淹死的鱼。他说："从此你是一个新人了！"我浑身湿透了，水从身上哗哗地流下来。教内的姐姐妹妹连声说："快去换衣服，别冻着了！"我在隔壁的一个房间里换衣服，这时候老周在外面敲门让我快一点，别人还等着进来呢。我一边擦着头上的水，一边开门。我问老周："宋牧师跑哪里去了？怎么弄这么久，差点没给我憋死。"老周说："总算是不负宋牧师一番心意，今年把你第一个给洗了。宋牧师感动得哭了，连你这样不好传的人都信了主。宋牧师到院子里抱着树哭了半天，后来还是有人提醒他说你还在缸里躺着呢，这才把你给捞起来。哎！你感动不感动？"我推老周："一边去，别挡着镜子，我把头梳一下。"

后来我问老周为什么非得传我，老周说："你没听过《马太福音》上说：'凡有的，还要加给他叫他多余；没有的，连他所有的也要夺过来。'就是说要多多传人，等复活那天上帝看见我老周了，如果他问：'老周，你在世间传了多少人啊？'你说我怎么对他老人家说？所以你有朋友没有听到福音的，你把地址、电话给我，我马上去传他！"

受洗之后，我觉得我个人也没有什么质的飞跃。比如抽烟我一直戒不了，聚会的时候兄弟姐妹们闻到我身上的烟味都很挠头。有一次一个医生把我拉到一边，他红着脸问我："嗯，我想问你一个问题。"我说："你问吧！"他说："你是不是抽烟？"我说："是啊！我也想戒，可一直也戒不了，一年都戒好几回。"他说："抽烟不好！真的！你身上有烟味我们闻了觉得很难受，况且这屋子那么小。"他问我祷告时有没有让主帮我，我说这么小的事情，不好吧！他说没关系的，晚上我们大家一起帮你祷告一下。晚上查完经后，大家把手合在一起，把头低了下来。我知道是为我祷告，我也忙把头低下来，出门的时候我就把一整盒烟给扔了，一夜没有抽烟。可是第二天魔鬼又占据了我的心灵，当老陈向我散烟时，我还是接过来点着了。不然我没办法画画，就觉得没抓没挠的，手都没地方放。

戒烟失败这个事情让我很有挫败感。我觉得愧对宋牧师，都不好意思见他。也愧对教内的兄弟姐妹，后来我就去得少了。我觉得我当时受洗时应该大声喊出来——我没有准备好，让我想一想！后来我听小克说有一个耆那教，流行于北印度。耆那教徒不蓄私财，连衣服也不穿，就那么光着，称"空衣派"。他们手持孔雀毛做的掸子，一边走一边挥舞着，驱赶路上的小虫，以防伤害生灵。我也蛮向往的。耆那教的信徒一家人过得好好的，忽然对俗世生活厌倦了，于是就散尽家财，一家各自走散，穿着白袍子在南亚次大陆乞讨为生，脸上披着薄纱终生不复相见。他们怎么可以做到这样决绝呢？有时早晨想起来忽然心里会难受起来。我是连朋友离开都会终日闷闷不乐的，所以这一派我虽然喜欢，但恐怕也修行不了。

乐不思蜀

老庆哥哥有两个梦想：

一、什么时候老婆不打他了；

二、到北京拜个名师学画画。

基于第一个梦想实现比较渺茫，他把所有的精力都投入到了拜名师学画上面。有时我看到他身上有伤，比如眼角、后脖梗子、手背都有挠伤，像被熊瞎子搂了一回，我就很同情他，往往垂下泪来。我问他："难道就没有更好的解决方式，非要打？"他满不在乎地把手背翻过来看看，然后又摸摸后脖梗子说："还好啦！就是看着难看，其实不怎么痛！"我问他："难道你没想过还手？"他说："哎呀！女人啦！你跟她们有什么好计较的，孔子说得好：头发长，见识短。只有见识短的人才好动手，你说是不是？"我说："你说得很是呀！"他掏出两支烟，一支抛过来，一支叼在嘴上。打火机按了几次，烟没点着。手有点抖，看来被打还是让他有点意绪难平。我忙给他点上，就近观察了他手的伤势。有些地方已经结了紫黑的痂，狂犬疫苗和破伤风针看来是不要打了。

老庆哥对于挨揍有一套心得。理论的要点是女人终究是弱的，水大还能漫过鸭子去？他说男人再弱也要比女人强，哪有男的打不过女的？笑话嘛！实际是能打而不想打，如果一不小心打伤了，你给不给治？治，花谁的钱？还不是自己辛苦挣来的钱嘛！女人也不容易，天天家里家外地忙，心里有了气打几下也是正常的。你就那么小心眼，非要打回去？你是不是男人？他弹了弹烟灰说："你别看我这样的，我当过兵，学过散打，学过截拳道。就我老婆那种泼妇，我一打三，你信不信？"我说："我不信，打死我也不信。你功夫那么好，还能让老婆给打成这样？"他很不满了，说："我不是跟你说了吗？我是懒得跟她一般见识，妇道人家嘛！"

本着经济地位决定家庭地位的原则，老庆哥在家庭中的地位不高。早年他没从厂里下岗的时候地位就不高，常常被他老婆打。那时他还要强，不愿意让世人看到身上的伤，受伤了就在家里躲几天，等伤养好了再出来。如果有人说他在家挨打了，他就矢口否认："没有，你妈的，你听见了，还是看见了？""造谣不得好死！"因为老庆哥哥，除了热爱丹青这个坏毛病之外，还有一个要不得的毛病——喜欢赌。十赌九输，虽说每次输赢不大，百把块钱，但时间久了，也是一个漏洞。说死也不知悔改，他老婆就打上了。谁知这一打就打顺了手，高兴了也打，不高兴了也打，最后倒把老庆哥打出一套"水大漫不过鸭子去"的理论。

小白菜呀，地里黄呀！二十世纪九十年代老庆哥哥下岗了。苦日子算刚开了个头，他得找饭辙呀！他住的是老婆单位的房子。一干仗，老婆把眼一瞪："你给我滚，有本事别住我的房子。睡马路上去！"我也不知道老庆哥怎么把日子过成这样，要是我，早夹一卷席子睡马路上去了，我受你这个窝囊气！生当作人杰，死还要为鬼雄呢。我顶看不上这号人！我打不过你，我躲得过你吧！我到一个遥远的地方去，到一个没有争斗，没有这些是是非非，没有鸡毛蒜皮，没有凶女人的地方去。那里天高云淡，草长莺飞。我当和尚去！

老庆哥谋生乏术，文不能测字，武不能担屎。怎么办呢？于是发挥一技之长，教几个小蒙童为生。那也是麻雀看蚕——越看越完。每年为招生伤透了脑筋，他要哄家长，还要哄学生。比如家长问："我那小子有没有一点艺术天赋呀？"老庆哥哥必得回答道："他岂止是有，是太有了。简直是一个天才啊！这孩子我看好他，真的！就这么些学画的孩子，我就看他有出息。"两头哄，两头受气。有一次他有事，让我帮他上一节课。我一进去就看到两个学生在打架，一个骑在另一个身上，两人糊了一脸的泥土；还有折了纸飞机在里面飞，打箭似的；还有坐在桌子上拍画片的；几个女孩子在玩小金鱼。我大为震怒，师道尊严，这还了得。当堂打了三个，算是平定下来局势。后来一个小子不服，老对我翻眼，我指着他说："你回家喊你爹来，我连他一块儿收拾！"后来我说老庆，你怎么能这么上课。学生不来，拉倒！你这样哄着他们也不是个事情。

他说："你还真当这些孩子来学什么东西呀！不过就是来玩玩，大家不要伤了和气哦！"他又说："我教他们能教到什么时候？左不过一两年的工夫，等我混上两个钱，我就上北京去喽！"老庆老说他待在这个小城里憋屈得慌，没有名师，学不到什么真玩意儿！我说北京也是一样，大家都在混，也没有什么真玩意儿。他说："北京有大师呀！我如果受了大师点拨，那一定是另一种境界了！"我说："你以为大师就不是混的？"他说："那不能够，如果混也能混得到，你怎么不混一个？"这人没办法跟他讲道理，讲了让人生气，连我都想揍他一顿。因为不管什么问题，到了终了，他总会拉上这么一句："你怎么不这样？或者——你怎么不那样？"比如他看报纸看到一个人投水了，他就会说："你怎么不投水？"

我跟老庆哥的关系一直说不上好，也说不上不好。有一次说要请我到家里吃饭，他倒是烧得一手好菜。买、汰、烧都很在行，做了一大桌子菜。我也是第一次上他们家，他老婆长得好，虎背熊腰的！眉毛倒吊，二目有威光，她看我一眼，饶我这样的铁石汉子，都心里一凛。寒暄几句，分宾主落座，就听她数落老庆的不是，说他挣不到钱啦，在外面不会做人啦，怎么会嫁给这么个倒霉玩意儿！边说边嗑瓜子，还给我抓一大把瓜子，说："哎！别客气，你吃！你吃！"我说："我抽烟就行了！"我觉得手脚都没处放，但愿我以前跟老庆说让他造反的话没传到她这儿。我心里发怵，只是虚与委蛇应付她。我说老庆哥虽说挣不到什么钱，但是人好呀！这年头上哪儿找老庆哥脾气这么好的人去？他老婆一拍茶几说："我倒是想他脾气不好，天天打我三顿，拿钞票砸我脸我都情愿！他有那个黄子吗？"老庆在客厅喊："菜都好了！上桌子啦！"他倒是欢天喜地的，一副公社饲养员的腔调。长不长心啊！

古话说得好："瓦片也有翻身时。"老庆哥时来运转了！遇贵人了！一个混黑道的大哥看上了他，就觉得跟他投缘，觉得他在艺术上有过人的造诣，有一次吃饭就问他的理想，他就说了前面这两条。第一条让大哥也很为难，大哥说："我总不能跑到你家把你老婆给揍一顿是吧？这个还得靠你自己，你得出名，出大名！出了名她就不敢揍你了，揍，你休了她！还翻了天了！第二条这个好办，我给你拿钱。这几年我都看淡了，你看前几年我兴兴头头的，手下百把号小弟。我谁也不服，你知道后来谁把我给收拾了？病，一场病就把我给打服了。我现在活一天赚一天，要钱没用。你有这番苦志也是好的，我小的时候也喜欢画，没人教呀！没有名师指点能成个什么事！所以要学咱就找中国最有名的师傅学，钱我给！"

光有钱还不行。老庆哥在北京没人啊！有些名师的高研班根本就挤不进去，你没有门径人家凭什么收你。本来人家大师就不差钱，开这些高研班实际上是为了在下面的知名度。你想啊！一个省有几个自己的弟子，这些弟子焉有不吹捧老师之理。再者说了，也能为自己在下面找一些进项，组织个笔会什么的。我有一个朋友，原来在家就画得不坏，但名气不彰，在家里卖房卖地，上京城学了三年。回来后地动山摇，舌灿莲花。我就问他在北京三年学了个甚？他说："吹牛皮！"一年学一个字。

还有一些老课虫，在北京学了点道行，也不知是好事还是坏事。反正大师教的基本上是些屠龙术，龙老也不来，回家没办法施展，又舍不得离开京城，怎么办？在京城还有个念想，万一呢？如果呢？你知道哪块云彩有雨？齐白石不就一北漂吗？还就一木匠，连个文凭也没有。人家都买了四合院，凭什么我就连一个立锥之地也没有。但没成名之前，也要吃饭穿衣，也要娶妻生子。于是就顺风扬灰，借刀杀人，干一些授业解惑的工作。下面的人想到这种高研班念个书，刨去一年的学杂费，怎么省，一年也得十万元钱左右。现在老庆哥的情况是抱着猪头找不到庙门。后来还是我在北京的一个朋友帮他找了一座大庙，也是他的缘法，去了之后便做了个班长。在靠近通县的地方租了间房子，房子里有三张床。打电话来说他那里床多，好睡，让我到北京去他那里睡，说要烧肉给我吃。

真是橘生淮南则为橘，生于淮北则为枳。北京这个地方也是风土移人，老庆哥在那边学坏啦！不服管啦！前一段时间有个朋友到北京去游学，顺便去看老庆，回来跟我咬耳朵说："了不得啦！老庆跟一个女的在一块儿住了！"我跌足长叹："哎呀！没的毁了一棵艺术根苗，他跟谁睡在一起？""八卦精！好像跟一个在北京学艺术的中年妇女。""这事不能说哦，万一传出去，老庆死都不知道怎么死的。""知道！知道！"

今年春上，这个心有不甘的艺术爱好者又上京城走了一趟。回来后，照例是探马来报："老庆道德败坏了，现在跟一个艺术女青年住在一块儿。"我问他："你晚上没住老庆那里吧？"他说："我住在那里呀，老庆还做了一桌子菜。我们谈了好长时间的艺术，老庆他妈的，现在牛了！说随便画一张就是几万块。我把画拿出来给他看，他也不谈笔墨，也不谈构图，就说卖相不好！然后大摇其头。夜里两人也不注意影响，动静相当大。弄得我没法子睡，就在楼下抽了三根烟。回来一看表，都三点多了。春天夜里还蛮冷的，冻得我够呛。"我说："你也是，京城有的是小旅店，睡一晚能花多少钱。你就图省钱！"

后来，再后来，就是老庆的一些传说了，比如鸡贼、啬刻、忘恩负义、王八蛋、不是东西。最后连黑老大那么敞亮的人也受不了他了。他说："这狗日的，上一趟京城，真拿自己当大师了！说现在一平方尺两万，我问他要一张画，他说看在朋友面上，算一万一平方尺吧！我气得大骂，要动手揍他。按照过去，他早吓尿了，你妈！现在真长脾气了，愣是没画。后来我把钱如数给他，才动笔。上北京，真是见了世面了！"

橄榄成渣

"老周，上午我买菜的时候，看见木材加工厂要请个看门的。你去试试，看看能不能应聘上！"

"我不去。我是画画的，我看不了门。"

"你妈！嫁汉嫁汉穿衣吃饭。你想饿死我们娘儿俩？"

"反正我不去看门。"

"你再不出去找班上，我们就离！"

"我不离，要离你离！"

"一个人我离不了，两样你必须选一样。要么出去找班上，要么离婚，你选一样。"

老周不说话，他把两只手抱着膝盖，坐在靠背椅上，一前一后地晃，眼睛谁也不看，一副欠揍的样子。他的老婆张红霞把菜拿到门口去择，被老周放在画架前的小板凳绊了一下，小板凳是拿纺织厂缠线的卷轴做的。张红霞奋起一脚把小板凳踢开，小板凳在地上以它自身为半径转了一圈，又回到原点上。张红霞骂骂咧咧地坐在平房的门口："画你妈！你妈，你就是个祸害呀，你怎么不死噢！怎么不关死你噢？"屋子里老周又坐在小板凳上，他把身子往后欠伸了一下，用手在油画布上拭了一下："嗯，还不行，油还没干。"他伸手从口袋里掏出一支烟点上，把头从屋里伸出来对他老婆说："中午吃什么？"他老婆回他："吃屎！"老周缩回头，悻悻地对我说："你看！你看！没文化的女人就是这样。"

我跟老周认识有好多年。他刚从劳改农场回来，就跟我认识了。那时他有一头愤怒的头发，刀条子脸，咀嚼肌相当发达。他戴着一副黑框眼镜，眼珠子鼓鼓着。穿一身厂里的劳动布工作服，翻毛的劳保鞋。他说他是画油画的，刚坐了三年牢，才放出来不久。他把衣服撸到肩膀上，把胳膊伸给我看，说："但我现在有的是劲，真的！我一拳能把你打飞了，要不要试试！""不要试，我信！"他的胳膊上隆起许多坚硬的小肉块，一块一块活活地在动。

我问他放出来有什么打算。他说没什么打算，过去天天在外面闯祸，让老婆、孩子担了不少心。现在工作也没了，自己找个事情做做，赚点钱养家。他问我现在有什么生意能做。我说实在不行，你办个班呗，教高考的特长生画素描，维持生活不成问题呀！你是工艺美院的毕业生，好不好有块牌子扛着。你把你的毕业证复印一张，然后拿个框子一框，挂起来就能招生。

老周在离他家不远的地方租了个小屋，二十来平方米的样子，把里面粉刷粉刷就开张了。生意不错，画一个半小时交十块钱。他在林立的画架中穿行，不时把一个孩子的手掸开："哎！这样不行，不是这样画的，你的线怎么排的？"白天老周在那里教人画画，晚上就跑到我那里非要跟我谈文学和哲学。我身边的人叫我别搭理他，说他脑子不好，别给自己找不自在。

开了没有半年，老周的美术补习班黄了。因为他上课的时候，不仅教些画画知识，还教孩子们一些无法无天的道理。老周站在前面的讲台上，像一个五四青年一样，唯缺一条可以向后甩的大围巾。他伸出两只手，抖动着，摊开着，指着："华北都放不下一张书桌啦！"或者装作一个小丑，蜷在椅子上。区里面查他的办学资格证，让家长把孩子领走，不领走以后不给考试。老周自己也不想教了，他对我感叹道："现在这些孩子太功利了，画画不是出于单纯对美的爱，一来就问考国美怎么画，考工艺美院怎么画，太他妈投机了！怎么会这样？怎么会这样？"

我说美术培训班黄了，你靠什么吃饭？回头你老婆又找你干仗。他说要走了，不在这里待了，要到一个遥远的地方去。我问到哪里去，他说广州一间画廊请他去画画。我问是画"行画"吗，他点点头，险些垂下泪来。我安慰他画"行画"的空闲时间里，还能画些别的！他冲我吼："你不懂！画'行画'会把手画坏的。"然后扭头走了，身后留下一股汗味，老周的身上老有那么一股汗味，冬天都有。哎！属于阴虚火旺类的体质。

老周的老婆在一个街道工厂当会计。据她自己说，原先不知道脾气多好，在单位跟人不笑就不说话，从没跟人红过脸，生生让老周这个王八蛋坏了一生修行，现在每天光想着骂人，光想着跟人打架，恨不能杀几个人才快活。她一边择菜一边说："他也不管家。每天往那个画架子前一坐，跟个死人一样。油瓶倒了，都不带扶的。现在街上西红柿、黄瓜卖多少钱一斤，你问问他可知道？你不知道那时候我们孩子小，他又被关进去了，我一个人要带孩子，还要照顾两个老人。不放心他，节假日抽了时间还要到劳改农场去看他，给他带点吃的，他那时瘦得跟鬼一样。他要是那个长心的，你出来了，也不要你发多大财，平平安安的，开个小店，就是帮人家看个门，或者搞搞卫生什么的。现在孩子上高中了，哪一样不得花钱？油画布那么贵，颜料那么贵。我跟他说，实在想画，我们接个活儿，帮人家工地画围墙，又过了画瘾，又能挣几个钱。你不知道哦，我跟他一说，他气得要杀人，不是我跑得快，差点让他掐死了。"说着用手背抹起眼睛。

老周跟他老婆的关系就像一个快散架了的支前独轮车，看着看着要倒了，但老是不倒，还是往前推着，碾过二十世纪九十年代，碾进二十一世纪。进了二十一世纪，张红霞那个街道小厂也倒闭了！前几年她在外面帮人代账，维持一家生活。有一次我看到他们女儿，都上安徽大学了，穿着一双鞋面有洞的运动鞋，怡然自得地跟着她妈妈逛街。我问张红霞："老周现在在忙什么？"张红霞说："他还不是老样子！在搞什么装置，我也看不懂。你哪天到我们那里去玩？你现在老也不上我们那里去了！"我说："你回去跟老周说，星期五我去看他。叫他别到外面去。"我问她："你现在还在帮人代账吗？"老周的女儿在一边说："我妈也在画画！"老周老婆脸上一红说："别听她瞎说！我是画着玩的。"

其实老周的老婆画了好几年了。她有一个奇怪的想法，她想：老周你个王八蛋，你会画，会糟践东西，打量着我不会呀！就你张嘴立体主义、波普主义，画的是个什么嘛？画得人不像人，鬼不像鬼的。要败家也不能你一个败，都有份儿。要不过了，要完蛋一起完蛋吧！她也画，学着老周的样子在木框上绷油画布，学着调油画颜料。她画她家附近的菜场，画一地的菜皮，画捆着的鸡鸭，画龙虾摊上的醉鬼，画肉案上的猪肉，画傍晚在公园里打麻将的老头老太太，画买回来的胡萝卜、鸡蛋，还有包头菜、葡萄，都丑拙得可笑。但她生意很好，画不愁销路，而且价格比老周画的卖得高得多。这几年一直都是张红霞画画维持着这个家，这个事情让老周相当欲哭无泪。当别人试图跟他讨论他老婆的画时，他会用一种很无所谓的语气说："她呀！她就画着玩玩的！"如果你想看，他会装着去找，翻了一会儿，他会走过来说："都卖掉啦！商业嘛，啊！就是这样的。"他们工作室的墙上都是老周没有卖掉的画，墙角也堆了好些。有的时候没有画布了，他老婆会在他的画上覆盖一层颜料，然后就直接在老周的画上重新画一张画。反正堆着也是堆着，权当是废物利用。

这几年老周脾气好多了。他在一边抽着烟，看着他老婆穿着一条长围裙，用刀把油彩刮上去，他很麻木，全无感情地看着自己的画，似乎画子不是他画的一样。我说："我见到你女儿了，长成大姑娘了，好乖！"他说："也犟！"他努努嘴，小声地说："跟她妈一样！"老周说："大学毕业我们准备送她出国，现在我想通了！真通了！那时候傻×了。好好学习，找个机会直接出去不就得了，费那个事！年轻，有天下之志。我觉得现在年轻人比我那时候精明一万倍也不止。你看看我这辈子走了多大的弯路啊！"

再过几年，老周和他老婆都信教了。老周的女儿也到澳大利亚念书去了。傍晚的时候，阳光从旧厂房的窗子里射进来，他们在那里租了一间工作室。阳光在墙壁上切出一个一个方块，光影中有万千的尘螨在跳动。远处传来打桩机咣当咣当的响声。老周的老婆把穿在身上的蓝布罩衫解下来，衣服上全是斑驳的颜色。她疲惫地把手摊在膝盖上，手心向上："老周，我们唱支歌吧！"老周把手合好，放在胸前，以浑厚的男中音颤颤唱道："你若不压橄榄成渣，它就不能出油；你若不投葡萄入榨，它就不能变成酒；你若不炼哪哒成膏，它就不流芬芳——每一次打击都是真利益！"

"阿门！"

"阿门！"

老友记

一

年初三接到一个电话。电话那头一个男子沙哑的烟酒嗓子说："这么多年没在一起喝酒了！现在孩子也大了，事业无望了。该歇歇了吧，明天过来喝酒吧！"我忙问："你谁啊？我认识你吗？"他说："你当然认识我，我老龙呀！"我大惊："哎！你不是死了吗？""你他妈的才死了呢，我一直活得好好的。你听谁说我死了？"

我心里一激灵，要坏事！好人不长命，祸害一万年。这家伙还活着呢。我说："那我听错了，这些年你跑哪儿去了？找你又找不到，电话又打不通，我们有二十年没联系了吧！"他说："我原地没动窝呀！你听谁说我死了，大过年，没的鸟晦气。啊呸！啊呸！"我说："我听你们单位人说的，十年前我到你们单位去找你。在传达室问你，看门的大爷说你不在了，死了好几年了。"老头还反问我："你不知道呀！单位组织到大别山玩，车翻到山沟里去了。

死了十好几口，伤心呀！"我当时又问："那他老婆孩子还在这里住吗？"看门老头说："早搬走了！老婆好像是改嫁了吧！嫁了个有钱人哦！""搬到哪儿去了？""不知道！要不你到里面问问。"我说我不进去了。回来我满世界跟人说老龙不在了，他的死讯就是我给传扬开的。后来我跟几个认识老龙的人凑在一起，缅怀了老龙的生平事迹。大伙说："老龙这个人做人是有点'极品'，但死也还是蛮可惜的。""让我们大家回忆回忆他吧！"在过去的时光流中打捞一番，时不时有沉渣泛起。老龙给大家留下最深刻的印象是吝啬，本地话叫"抠"，所以人缘不大好。人缘不好不等于我们就盼着他死，你说对吧！

老龙家不穷，甚至可以说很富。祖上五代弄古董，玩字画。爷爷号称"海上三生"，是解放前上海修复古旧书画的圣手，尤其以"全色"这一手绝活独步海上。一张画破到用手帕包来，经他手之后包你完好如初，一丝修补的痕迹也找不到。唯好吸大烟、眠花宿柳，钱到手辄光。有一回，张大千给他画了张仕女，白天画的，晚上他爷爷就找人仿了几张，连真带假一块儿卖，得了钱就忙不迭地送烟馆、妓馆去了。这些事情是老龙他爹跟我说的，一边说一边愤愤地骂他爷爷败家。二十世纪五十年代，老龙的爷爷和父亲被内迁到合肥来了，和他一起到安徽来的还有陆俨少、宋文治、徐子鹤诸先生。陆先生在合肥没待多少时间就跑回上海了，他的理由是在合肥过不惯：菜咸，天冷，讲话又听不懂，死都不在合肥待了。陆先生这一跑就算丢了工作，回上海帮人画小人书去了。宋文治跑到江苏去了，后来这两个人都享了大名。老龙他爷爷和他爸爸就在本城扎根了。

当时文博部门从皖南乡下征集来的古旧字画堆得像山一样。有个在乡下征集文物的老先生对我说，那会儿东西好收。冬天晒太阳，门口铰鞋样子的妇女手里拿了一匹绢，我凑近一看是文徵明画的兰竹杂卉卷子，中间已经被剪了几个大脚印在上面。这些东西收回来都要重新修复，要接笔全色。爷儿俩虽说不睦，但都视画如命，天天在空空荡荡的裱画间里忙个不停。拿着马蹄刀静静地裁纸，画子从墙上下来，打蜡，翻过来磨光。晚上喝点小酒，听外面红卫兵像炸了巢的黄蜂一样来来去去。

一张画修复起来是经年累月的事情，要过多少道工序哟！如果"命纸"[1]霉变了，要用手指头慢慢地搓下来。像擦背时搓脏一样慢慢搓，还不能伤了画心。一个月，两个月，就坐在那里老僧入定似的做。做不完，淋上水，拿塑料薄膜盖上保湿，上班的时候接着做。我看着都烦。老龙父亲那时看我闲荡，他跟我说："你学个手艺不好吗？别人想看还看不到呢！"我说："不学！有那闲工夫，我还不如在雨花塘游两圈呢！"

我和老龙在一起玩的时候，每天傍晚到雨花塘游泳，冬夏不辍。有一回冬泳上来，我鹭鸶一样单腿站着，冷得要命，脚抖得对不准裤管。我一气之下，不去游了。什么毅力不毅力的，受罪我就不干！

1　绢本书画装裱后紧贴绢背的一层纸，对保护画面有密切关系，犹如书画的性命一样重要，故称"命纸"。书画年代久远需要重新装裱时，除非已经破损过度，一般尽可能要求保存命纸，以免画面损伤，现在也叫"画心托纸"。

老龙的穷是胎里穷，也不知道是从哪里传承下来的。每个月发工资了，往他妈妈手里一交，自己留五块钱抽烟、洗澡、理发、在外交朋友。他说让他妈帮他攒着，等攒多了好娶媳妇。他让男性荷尔蒙给弄得两眼血红，见不得女人。他在街上走，只要看见个美女就尾随着人家搭讪，追两三站路。等到把这些姐姐妹妹的长辈给追出来，拿着砖头要砸他脑袋才罢休。有一回真让一个老大爷把头给打破了，头上包着纱布，裹得跟粽子似的。我问他跟人家说什么了，他说也没什么，就是想请她晚上出来喝喝茶，看看月亮。

阳春三月，我跟他在公园散步，他头好得差不多了，里面已经结痂了，痒得很。灿烂的阳光照在纱布上，白得耀眼。只见一堆护校女学生坐在草地上玩丢手绢游戏，她们跑得飞快，衣袂飘飘，穿花蛱蝶一样。他不由得叹了口气说："多美呀！弱水三千啊，我只取一瓢饮。一瓢啊！""一瓢都让人揍成这样！"他在离女学生不远处的草地上坐下来，叼起一支烟说："哎！你看到没有？那个穿花裙子的女孩子好像在看我，等会儿我过去跟她聊聊。"我说："你还没被人打够。人家看你，是觉得你头奇怪，好像没有爱慕你的意思。"他拍拍屁股上的草屑，毅然地向一大群女孩子走过去，饿鹰拿雀一样，护校的女学生们哄的一下就散了。他犹豫一下，走向另一群，另一群女子又哄地散开了。

他抽最次的烟，九分钱一包的"丰收"，或者"来福"牌。钱不够了，晚上就邀上我到外面去捡。我俩骑上车从本城的西门一直骑到火车站，一来一回七八公里。晚上火车站售票窗口没什么人了，昏黄的灯火下，售票厅的长椅上横七竖八睡着人。我们俩先到窗口周围找一圈，一般人在买车票的时候掏钱最容易把一些块儿八角掏掉出来，我们先在售票窗口找。他有一个小手电，一揿地上有一圈黄光，上下左右移动，哎，有了！地上亮晶晶的，有一分钱。他捡起来，一脸灿烂的笑。他把一分钱小心地装在上衣口袋里，说："哎！这就有了一分了，苍天不负苦心人啊！"

有个睡不着的要饭花子，伸着脑袋问我："找什么呢？东西掉了吗？"我说："是的，掉东西了。你看见了吗？"他说："我没看见！值钱吗？"我一边翻找一边说："值钱！"要饭的掏出一支烟点上说："这儿人来人往的，早被人捡走啦！上哪儿找去？"老龙推他："你不睡觉去，明天还怎么工作呀！"要饭花子听听有道理，把裤子往上捋了一把，袖着手走了。边走边打呵欠，嘴张得好大，黑黑的一个洞。他走到自己的铺位上，头枕在被窝卷上，不一会儿，就发出酣美的呼声。老龙在地上鬼子探雷一样，一寸寸地向前探查。香蕉皮、砖头、浓痰、塑料袋、空瓶子，一一过眼，香烟盒拿起来看看，空的，团一小团，扔远远的。他直起身说："妈妈的！就只有一分钱。今天晚上抽不成烟了。"他嗅着空气中要饭花子刚才残余的烟气说："你别看他穿得那样，他抽的是'佛子岭'呢！"

我丢不起这份人，脸上有些挂不住。我拉他走。我说："车站这边捡不到，到百货大楼那边看看。前几天我看百货大楼门口铁格栅下面有好几个一角的，去早了兴许还有！"他说："不急，我们分头找一遍。售票窗口那边我已经找过一圈了，你拿着小手电

再找一圈，兴许有漏网之鱼呢。我到候车室那边再找一圈，那边
掉钱概率也大。你这个人啊！不是我说你。干什么事没耐心还行
啊！找不到就放弃呀？我妈跟我说了，心浮气躁则一事无成！"
我不耐烦地说："滚！滚！我在门口等你。如果再寻不到，就按照
我的方案进行，到百货大楼门口去找！"

　　我站在火车站门口的路灯下等他，这时一列夜班火车进站，
地动山摇。悠悠的风笛响起来，灯照得如白昼一般，地上掉根针
也看得见。蒸汽机车的车头喷着大团白烟，慢慢滚过房顶。白烟
横着弥漫出来，从一大团白烟中我看见老龙走出来了，驾云似的。
他带着一脸的笑意。我问他有了吗，他说："咱到有亮的地方去看
看！"他伸开黑乎乎的手掌说："你看看这是什么？"手掌里分明
有五毛钱，这么庞大的一笔钱。我问他："你哪儿捡的，不是偷的
吧？""偷！世代书香，礼义传家，我能干那个事？我捡的，这人
做事就要细心，细心加上耐心，做事没个不成的。"我问在哪儿捡
的，他说："我就在那个要饭花子旁边捡的，真是踏破铁鞋无觅处，
得来全不费工夫。那么大的五毛钱，就在他眼前，他愣是没看见，
怪不得混到要饭呢。"我说："不是他掉的吧？"老龙说："我不偷
不抢，捡的又不犯法，我管他谁丢的呢！"

二

　　就在老龙兢兢业业找老婆的时候，他老爹老娘也没闲着。儿
子大了，眼看着就要有亡种亡族的危险，怎么不急？但他爹妈找

来的女孩子老龙又不喜欢，全是他爹妈喜欢的类型，温良贤淑，低眉顺目的，看到长辈马上把手中的东西放下来站起身来，让座、奉茶。闹得最厉害的一次是他爹一个老朋友的侄女。这个女孩人挺好，是盐城乡下的。长得很秀气，不笑不说话，到他们家去了没几次，就抄起扫帚把后院的梧桐叶扫个精光。老龙站在后门那里，又着手看得忧心忡忡的。他对我说："这个怎么好？看来她是打定主意上我们家来当媳妇了！"

这个女孩子在本城找了个临时工，帮人家看服装店，一个星期休息一天。休息天就上老龙家来干家务，洗被子、烧饭、擦画台、磨画子、给老龙打下手。老龙上画子的时候，把棕把递给他。老龙的爹妈心里美得不行，一再跟我说："这才像个做手艺人家的媳妇呀！弄那些虚的没有用。""等年底给他们圆了房，明年抱个大胖孙子，哎！我们老两口这辈子也算是功德圆满了。到时候我们把这个家丢给他们，回老家养老也放心了。"老龙他爹让我时常劝劝老龙，他爹说："我这一辈子看人没走眼过。这么好的女孩子上哪儿找去，他这辈子也不知哪里修来的福气。"又说："别身在福中不知福，错过了，自己打嘴巴的日子在后头呢！"我一劝老龙，他就跟我急："你喜欢她，你怎么不找她？把她介绍给你好了。"这是人话吗？老龙觉得混了这么长时间，还得爹妈给张罗婚事丢人，另一个觉得这个女孩太听话，没主意。他想找一个能降住他的，贱格吧？

也不知听谁说的弹吉他好找老婆。他说："司马相如不就是会弹琴，才把卓文君给骗到手了吗？偏他会《凤求凰》吗？"那个月发工资，没把钱交给他妈，自己到乐器店买了一把"红棉"牌吉他。半个月不出门，除了刮风下雨，天天在后院练琴。练得手痛，痛得受不了就把手在凉水盆里浸一浸。绷了半个月后，能弹几首小曲了。一是《爱的罗曼史》，一是《红河谷》，还有一首《茉莉花》。不学了！他觉得就凭这么多文艺才能，出去找媳妇够得不能再够了。把琴往后背上一背，骑上车跑到公园草坪上现去了。他选一个离姑娘们不远不近的地方，弹这三首珍贵的曲子。弹完了，见没有动静，再弹一遍。还是没有动静。再想弹，没有了！凰一只也没有来就他的。傍晚的园子里，有一种鸟叫起来——"光棍好苦！光棍好苦！"

老龙无功而返，把琴挂在墙上，慢慢积了一层灰。他一计不成又生了一计。有一天晚上他到我家来，穿了一件格格正正的褂子，皮鞋擦得锃亮。身上散发着"金刚石"发蜡的香气。头发弄得跟包国维[1]似的，苍蝇都站不住。他一进门就跟我说："走呀！跳舞去。"我说我又不会跳舞，不去！他说："你不会，我教你呀！"我问他："你会？"他说："我会两步。就是搂着女的，往左一步，往右一步。简单！走！走！走！"我被他横拖倒拽给弄到舞厅，坐在舞池边的凳子上发呆。二十世纪九十年代，舞厅中间有个灯，是个大圆球，妖精眼睛似的，上下翻飞，一会儿发蓝光，一会儿发红光。蓝光和红光在地上照出一连串的光点，追来追去。光打到人的脸上，个个面目狰狞。舞厅里有时候放磁带，有时候现场

1　电影《包氏父子》中的男主角。

演唱。只听到一片鼓铙齐鸣，打鼓的打得欲仙欲死。一个女的穿着吊带裙子，涂着猩红的嘴唇，本地话说像吃了死小孩似的在台上扭着，深情款款地唱道："在雨中我送过你，在夜里我吻过你，在春天我拥有你，在冬季我离开你……"

一曲终了，舞厅里灯光亮起来了。老龙扭过身子四处看，看看有没有落单的孤雁。过了一会儿，他用胳膊肘撞撞我说："等一会儿，我去找对面那个长头发的女孩跳。你看好了，我一定成功的！"舞会间隙的时候，大家抽烟的抽烟，喝汽水的喝汽水，觉得他妈的特西方，特欧洲宫廷。男女都小声小气地说话，比如："你哪个单位的？""你们单位有时组织跳舞吗？""来碰一个！"那会儿有喝雀巢咖啡的，带了女朋友来的男的都要上两杯，翘着兰花指端着杯子，皱着眉头喝，一边喝一边赞道："好香！"

音乐响起，老龙整敛衣裳，坚定地向那个长发女孩子走过去，深施一礼。他微微撅起屁股，把手伸向那个女孩子，身上好像穿了一件隐形燕尾服似的。长发女孩子显得很局促，连连摆手，也不知道是不愿意还是不会。僵了半天，老龙没请动她。这时坐在附近的一个胖女孩子，站起身跟老龙跳起来。她好像也不大会跳，两个人互相像挪动一只汽油桶似的，左一脚右一脚在舞厅中间划起来。跳了没一会儿工夫，两人额头都见了汗。跳到一半，胖女孩松开老龙，大概意思是不想跳了。老踩人、撞人，她也觉得脸上怪挂不住的。老龙穿过人丛向我走过来说："不行啊！回去还得练啊！"他坐在椅子上，很羡慕地看那些"舞油子"带着女孩子满场旋转着，放开时女孩子旋转，裙摆打开，像一朵花慢慢绽放；

拉紧时裙摆收束，如含苞待放。老龙看了直叹气，哈着腰捧着自己的脑袋直哼哼。

老龙回家后到处打听，后来在老年活动中心找了一个师傅。那里票价便宜，跳一次舞几角钱。有个快七十岁的老头愿意教他，星期天下午就去苦练。老头抱着一个"雀巢"牌咖啡瓶，里面泡着酽茶。老年活动中心里面没什么人，只有几个胖老太太互相搂着跳舞瘦身。老头扯着嗓子喊："哎！腰挺直，怎么跟个小老头似的！""动作要打开！""华尔兹，华尔兹知道吗？动作要流畅，像淌水一样知道吗？"老头过去搂住老龙的腰，给他做示范。两人狗熊摔跤似的，谁也扳不倒谁。老头怎么也没办法把老龙给弄流畅了，累得他呼呼带喘地回到一边喝茶。老头转过头问我："你朋友？"我说："嗯。"老头说："我没见过这么笨的！教不会！一点音乐细胞也没有，力气还大，犟得跟牛似的。"

盐城那个女孩子每到星期天还是到老龙家来，把老龙的爹妈愁得跟什么似的，怕耽误人家女孩子呀！老龙的妈就跟人家女孩子说："我家那个猪啊！他可是人事不知，你也别等他了，到时候把你给耽误了。你看到合适的人就找一个吧！你也怪忙的，以后没时间就别来了。"老龙他妈非要送给那个女孩子一枚金戒指，上面雕了一个"福"字，一龙一凤盘在左右。是他妈压箱底货，过去在上海买了带过来的，本来想等媳妇过门再送给她的。那个女孩红了眼睛，她说："龙妈！我真的不要！我来干活，不是为东西。我真的喜欢修补这些古画子，看着这些破破烂烂的画子，一点一点在自己手中变得平服了，心里不知道有多高兴。龙哥不喜欢我，我早就知道了。我看你们两个老人家心好，就拿你们当自己的上人。星期天我闲下来，我自己都不知道到哪儿去，你就让我还到你们家来帮着做做活儿吧！权当龙爸收了一个女徒弟！"话说到这个份儿上，龙妈只好搂着这个女孩子好一场哭，边哭边说："闺女呀！你不知道我多想让你做我家的媳妇呀！这个猪呀！他成心是想气死我呀！"龙爸在一旁闷闷地抽烟，一边用手揩眼睛。龙家那台老式大座钟"咯嗒咯嗒"走着。

老龙脱了这头干系，觉得身上轻松多了。他对爸爸收的这个女弟子时不时还指点一二。吃饭的时候，他把碗拿到桌子上，一边放筷子，一边喊："不干了！洗手，吃饭啰！"这个女孩子在他家学了两年，手艺很不错。后来到北京帮人修补古画，在那边嫁了人。嫁的那个男的，人很不错，高大，气质儒雅。这个男的老龙见过，现在已经混到高官的位置上了。我见到老龙后问他："那个盐城妹妹现在还有联系吗？"他说："去年她还回合肥来看过我老娘，乖乖！现在了不得了！珠光宝气的，哪里有半点过去黄毛丫头的样子哟！妈的，变修了。你说如果不是当年我这么慷慨，让个老婆给他，那个大官还不得打一辈子光棍，你说对不对？"我说："很对！"他说："人各有命哦！当时不知道怎么搞的，高低看她不顺眼。这也是缘法，我跟她当时就是没缘。"

老龙到底跟谁有缘呢？在当时是一片迷茫，如果能穿过时间激流奋力地划回去，我想大声告诉老龙："你的真命天女，就在不远的地方等你。而且要跟你过二十年，二十年后分开。而且你要结三次婚，离两次。"

三

等我二十年后见到老龙，我们俩都不知道说什么好。他坐在我的对面，把两手交叠搭在裤裆处，很有一种领导下基层视察的样子。他把头上三块瓦毡帽摘下来放在口袋里，擦了擦眼睛。我问他："这么多年了，为什么不跟我联系？"他说："我恨你！懒得理你了。"我说："我都纳了闷了，我哪里把你给得罪了。你倒是说说看！"他嗫嚅了半天说："因为我结婚的时候，你给我画了两头猪，一头黑猪，一头白猪，正在一个猪食盆中埋头大嚼。你还记得吗？"我说："我记得这个事情，我是画过这么一张画。为了准备这张画，我还几易其稿，还去猪圈写生过。这张画怎么啦？"老龙说："就这张画让我很生气！你在影射什么？嗯？"我一拍桌子叹道："二十年不来往，就为两头猪哦！"我问他："那你后来怎么想通了，不生气了？"他说："后来我也慢慢明白你是好意，画两头猪同槽共食象征了夫妻恩爱，白头到老。"老龙又说："可怜我呀！老婆让人给拐跑了，连猪食槽也叼跑了！"他伸出三指说："三处门面房，还有存款都让这贼婆娘给卷走了，一分钱也没给我剩下。要不我怎么又搬回老屋来住了。"

我们俩相对无语。老龙在老屋后院搭了个违章建筑，家里光线很差，只有一角窗户进光，舞台上明亮的光柱一样打在我们俩身上，光柱中有灰尘在跳舞。除了这道光柱，其他地方都是暗的。滴里搭挂[1]地放着擦脚布、老虎钳、坏了的锁、色情画片、扑克

1　方言，拖拖拉拉，长短不齐的样子。

牌、长长短短的尺子、锥子、锈刀、后跟烂个洞的袜子。他给我一根烟,我们俩点着了轮流往虚空中喷烟。

烟在光柱中一会儿变成八脚章鱼,一会儿变成一只狗,一会儿又变成个蓬头垢面的乞丐。一个追着一个变,放幻灯片似的。我们俩都不说话,隔壁人家养了一只老母鸡,走过来啄老龙花盆里种的香葱,老龙跑过去拍巴掌挥手要把鸡撵走:"阿施!阿施!"鸡颠颠地跑走了,老龙刚落座它又折返回来啄,老龙懒得撵了。他用手捻着桌子上的花生红衣子说:"喝酒就是那会儿喝上的,你知道我以前不喝酒的。"我小声地问他:"你个傻鸟!你就从来没想过存点私房钱?"他一拍大腿说:"要不说人傻呢!对老婆一点戒心也没有。我想嘛,两个人过日子,钱你揣着我揣着还不是一样。谁能想到她会跟人跑呢,做梦也想不到呀!四十多岁的人了,怎么说跑就跑了呢?"

老龙说:"那会儿我都成了单位的笑柄啦,出门前不灌上它个四两半斤的,都没脸见人。"我说:"瞧你这点出息,一顶绿头巾也不见得就压死人。"他说:"我跟她在一个单位呀!低头不见抬头见啊,每天见她穿得花红柳绿出出进进的,是个人没有不气炸肝胆的。我想杀人呀!杀死这两个奸夫淫妇方称我的心呀!"说到这里慌忙跳下凳子,到一边抽屉里翻,拿出一把刀子掷在桌子上,飞了一桌子黄锈。我拈起刀问他:"就用这个?"他立起眼睛,很凶恶地横我一眼说:"原来磨得锋快的!后来慢慢消了杀心,刀长了好些锈。我吃长斋念佛啦!我当时很危险,真的!不骗你。"他指指餐桌上方的墙壁说:"就这儿,我写了四个大字'珍爱生命',一个字有这个汤碗大。"

老龙说:"那会儿我一天要喝三斤,不喝没办法睡觉。先开始还喝瓶装的,但瓶装酒贵呀!后来就到打散酒的地方买塑料桶装的酒,一桶二十斤。把酒桶就放在床头,睡醒了就喝,喝多了就睡。"他咂巴着嘴"我好颓废呀!后来我念佛经了,念经把我思想给打通了。经里面有这样一句:成、住、坏、空。我自个夜里睡不着的时候就想啊,你比方打成一个小板凳,那么好了,从打成那天起你不就得用吗?用不就得有损耗吗?"我说是的,他端起杯子"吱"地喝了一小口,然后慢慢地说:"这么一来二去损耗下去,这小板凳不就慢慢不结实了吗?或者这里松了,那里晃动了,你又不修它,还是这么用着,用着用着一不注意哪天'咔嚓'一下腿断了,闪你个仰八跤,你能怪得谁?"我大笑说:"你解经解得很是!"他借酒盖脸问我:"我说得不对?"我说:"对!对!太对了!"

老龙又说:"本来我想跟老婆就这样耗着,打死也不离,说什么孩子也不给她。给她把孩子教坏了。后来我不这么想了,她找的那个贼汉子会挣钱,整顿得家成业就的,孩子跟了他们最起码受不了罪。这个女人嘛,真有了孩子,她心心念念是在孩子那头。如果她后爸敢给她白眼,她妈一准会给她领回来。二十年的夫妻,我还不了解我老婆吗?我这算在那头拴了个眼线,再者说了,孩子教育费用多高啊!高中、大学、考研、出国,哪样不得花钱,我从钱这一头算觉得还蛮合算的。离婚那年正是女儿上大一,好嘛!女儿你带走,可有一样,上大学费用你们拿。女儿问我拿钱,我跟她说:'你爸破产了,钱全让你妈给卷走了。问她要去!'"

老龙飞快地扫我一眼说:"你知道苏联怎么解体的?"我说:

"知道！自己祸害自己弄的。"他轻蔑地说："屁，军备竞赛弄的，跟美国人比赛弄空间计划，直接弄破产了！现在我女儿就像这个空间计划，这不今年大学毕业要到东洋留学，管我要钱。我被她妈弄得毛干爪净的，我哪有这个闲钱。我让她问她那个后爹要去，就他那点小产业，早晚得被这娘儿俩吃光耗净！哼哼！"

老龙说："我离婚的时候也不打也不吵，里外透着仁义。家里东西你要什么拿什么，可有一样，一樟木箱字画不能动。这东西又不是婚后财产，是我爹传下来的，这不能拿出来分。只要答应这个条件，其他什么都好说。孩子大了，两头跑跑。她自己愿意跟谁过都可以。真不过了，也犯不上老抻着，抓破脸。万一哪一方犯浑，要了对方性命呢？所以这人都要给对方留一个退步，你说对不对？"老龙抓了一个鸡爪在手里啃，呜里呜噜地说："是什么事情促使我下了决心呢？就在我跟老婆闹离婚的时候，我们单位一个女的在家里谋杀了亲夫，手段相当高明。这个女的在外面有人了，她老公也是难缠，死活耗着不离。这个女的就自学了谋杀，制造了一个不在犯罪现场的证明。女的一米六，她老公一米八几。但这个一米八几的就坏在一米六手里，想不到吧！柔弱胜刚强，老子说得一点也没错。"我问老龙："她怎么做到的？"老龙说："简单！先给这个苦主下安眠药，放翻后，开了天然气，她自制了一个延迟发火装置。一切布置好后，自己到外面找人打麻将，好找个不在现场的旁证。可怜这个老公啊，一米八几的人烧得抽成一米四都不足了，我害怕呀！离婚手续是我自己主动要求办的，早办早超生，非弄得跟乌眼鸡似的，至于吗？"

老龙说:"办离婚手续的时候,我前妻挺舍不得的。我觉得她还是挺爱我的,她可能想换一种过法。你知道我过日子省惯了,你知道我也不穷。钱,我有!但我就是舍不得花。心里想花,可就是手不敢,到了花的时候肉疼。我不是省别人,我自己也省呀!一条棉毛裤,我穿三年还舍不得换新的,我觉得没破,干吗花钱买新的?她觉得跟我过日子从来没有爽爽快快花过一回钱,但我人心肠不坏,疼她!离婚证办好后,她拉我去喝咖啡,让我等她三年!等三年后她还回来!然后我们俩在一块儿踏踏实实过一辈子。"老龙问我:"你瞧她这意思,还是舍不得跟我分吧?"我说:"可能怕你想不开。打一巴掌给颗甜枣吧!"老龙很不以为然地说:"你这是不懂女人心,我前妻比较来比较去还是觉着我牢靠,是持家过日子的人。"老龙说:"离了就离了,哪来这么多废话,过了没半年我找了开服装店的女老板,也是二婚。可漂亮呢!"说着急急忙忙从凳子上跳下来,趿着鞋跑到抽屉里翻照片给我看,还问我好看吧。两个半路夫妻站在黄山"连心锁"旁边笑得跟花似的。

老龙接着说:"俗话说'烫面饺子二房妻',那些日子幸福死了!可没承想我前妻打上门来了!"我说:"她还有脸来兴师问罪?"老龙说:"就是呀!这女人怎么这样不要脸呢!"老龙拽着身上的棒针毛衣,把领子拽得很长示意道:"就这么拽着,抡圆了扇我好几个大嘴巴子!"我说:"你没还手?"老龙说:"哪有男人打女人的?我站着没动,血顺着嘴就这么流下来,我擦都不带擦的,我这态度就是轻蔑她,你懂不懂?"我说:"不懂!我觉得你太窝囊了。"老龙说:"其实这是一种爱,非常深的一种爱。"

王
展
仙

　　王展仙这个人，人家一看就知道他是个艺术家。五十来岁的人，还梳着一条花白的髻髻，秃尾巴鹌鹑似的竖着：他早晨出门会花一个小时拾掇自己的行头。

　　展仙起床的时候像一条蠕动的青虫，他有一件绿色印骷髅头的睡衣，像一个大农药瓶子。我觉得展仙就像浸在这个农药瓶里的一条害虫，早晚得死在这件衣服上。劝他多少回他也不听，说不穿这件睡衣，他那仅存的一点睡眠也会烟消云散的。他尝试过穿别的睡衣，他拿出一件新的睡衣给我看，上面印着斜方格，斜方格中画一片白色羽毛。他说："夜里这些羽毛雪崩似的压下来，压得我夜里都喘不过气来。"我说："你这可怜人啊！你真是比'豌豆公主'还要娇嫩，二十床鸭绒被下的一粒豌豆也会硌着你的腰？"展仙说："失眠症这种病，如果没有得过，怎么说也不会有人相信它的痛苦程度。一晚不睡怎么样？两晚呢？持续半个月、一个月呢？你们没有经历过，所以我熬着，我不跟别人说，跟别人说有用吗？谁也不可能替我一夜！"展仙又说："我个人觉得自己像一块奶酪，一块陈年的荷兰奶酪，被失眠症这条虫子蛀得千疮百孔的。"——所以睡觉这种事情，对于王展仙来说非得弄得跟宗教仪式一样郑重其事。

展仙说他害怕天黑，冬天的夜晚对他来说尤其难熬。冬天的天是说黑就黑下来了，街上的人都回家睡觉去了，连外面飞着的鸟也归巢了，它们都回到温暖的窝里。展仙说："我想象它们睡觉时的情形，鸟妈妈会用它厚得像浴巾一样的翅膀抱着它的孩子，鸟有一层薄膜一样的眼皮，就那么轻轻地关上。外面风也大，雪也大，除了母鸟夜里偶尔咕咕两声，这家子算是睡踏实了！"展仙又说："夜里睡不着的时候，我和我家的猫一起出去，我从门出去，猫从窗子出去。我们家的猫站在屋脊上往下看，我一个影子，猫一个影子，我们两个在时间中对峙着。一年当中也有那么一两天，也不知道为什么忽然就睡着了，像一个节日盛大降临了，毫无预兆。但你还来不及回味的时候，睡眠这个妖精又跑得无影无踪。所以我恨透了附近一切声音的来源：我们家附近开夜市大排档的、跳广场舞的、玩射击游戏的、卖甘蔗的——还有洒水车。射击游戏的摊子都让我给砸了三回了，夜里我被抓到派出所去了。其实在那里我挺快活，最起码警察做笔录的时候还有个人陪我聊聊天。我为什么恨那个射击摊子呢？我越是睡不着，在床上翻来覆去的，那个摊子上欢天喜地的声音就越响亮——打中了！——恭喜你打中了！我翻过身拿枕头捂在自己的脑袋上，但这个声音还是得意扬扬地破空而来。我赤着脚到厨房工具箱里找东西，锤子？不行，会打死人的。我找了根擀面杖直奔射击摊子而去，那个王八蛋见我来了，骑上三轮车就走。我一转身，他又回来了。后来他见我意志很坚决，就悻悻地把三轮车骑走了。"

"回到家里，我好不容易要合上眼睛了，洒水车来了。洒水车由远及近开过来，像《哈姆雷特》中被毒死的父王隆重现身。我被吓出一身冷汗，就这么着，在床上坐到天亮，看着光从窗帘中透过来，像一把锋利的小刀攮进来。我知道我的睡眠气球又爆炸了，我只好用上一次美好的睡眠的回忆来打发时光。我回忆那一次是不是触发了某种脑子的机关，或者偶然间翻动了屋子里某件东西，例如裤子搭在椅子背上，用女人的胸罩改了一个眼罩，装忘忧草的枕头，铜的汤婆子，打猫棒在头上连击三次……偶然的因素太多了。临睡之前朝南下拜祈祷降下睡神，睡神是什么样子？白蒙蒙的像一堆棉絮，眼鼻都非常模糊。我把拖鞋从地上举起来转三圈，然后尽力地扔出去。等它落下来的时候，对它大吼三声。"我问他："管用吗？"他说："偶尔也有用，有枣没枣三竿子呗。"

这种睡眠的仪规回到现实中来，无非就是展仙起床时先是往被子下面出溜，把头蒙在被子里面。手机闹铃不依不饶地响着，他从被窝里伸出一条多毛的胳膊到处摸手机，手机塞在唐装的内插袋里，唐装又挂在客厅的衣架上。想到挂在衣架上的唐装，王展仙开始一寸一寸醒过来，眼睛始终是干涩的。他如一条冬眠复苏的蛇似的慢慢从被窝里往外爬。展仙屁股上有一块疤，是小时候逗狗，让狗在屁股上啃了一口，留下碗口大的疤。这几天不知道是不是要变天了，屁股上的疤开始痒起来。展仙挠了挠屁股，自言自语说:"几点啦?"

以前他跟我在外面参加"笔会",住在一个宾馆里。一清早起来就像个准备总攻的首长似的问我:"几点啦,小鬼?"我挺烦他,睡得正熟的时候,他在旁边老是问:"几点啦?"你如果不理他,他就说:"装睡的人才叫不醒!"然后弄出各种动静,清嗓子、划火柴、抽烟、找鞋子,一边自言自语:"我的鞋呢?我的鞋呢?"鞋找到之后,就穿上在屋里走来走去,屋里像过着一个马队。王展仙神气活现地骑在马上,裤子上有两条黄色的镶条子,肩膀上拖下许多金色的穗子,头上戴一顶圆桶状的高帽子,帽子上有一根金属做的红缨枪,在晨光中闪闪发亮。他将佩刀举过鼻尖,用山东口音高喊一声:"敬礼!"我在恍惚中睁开眼睛,是展仙拿着他的怀表要跟我对时间,他晃晃手表,又贴在耳朵上,小声地问我:"几点啦?"

我反问他:"你不是有表吗?你不会看自己的表?"他很调皮地把表从枕头下面摸出来说:"我这个表不准,就是挂着好看的。"展仙有一只"朗格"的怀表,也不知道他从哪里淘换来的。一条银质的表链子挂在外面,银链子拖老长地扣在扣眼上。这只不走的表,展仙一天看多少回,成了他一个"招牌"动作,比如他讲话之前,先要掏怀表:一按绷簧,表盖子弹开。他看一眼,然后慢条斯理地把表塞回口袋才开始说话:"我讲两句呀,讲得不对,你们多批评——"

展仙好不容易从被子里露出来了,他张开眼睛一件一件认家里的东西:堆满脏衣服的太师椅,远处是一只榉木的躺柜,躺柜上放着一尊他花五百块钱请来的德化窑白瓷观音，一台图像会逐渐变小的电视机，展仙家的电视机很智能，每次当他从外面回来的时候，他的这台电视机都很体贴他。展仙坐在床上举着遥控器对着电视机，仿佛老僧入定一样。他要这样坐好久，就这么一直坐着。然后电视机就开了，上面晚会、领导讲话、巴以冲突、阿拉法特出访、火箭升空，火箭拖着长长的尾焰向上飞、飞，再飞……睡着了，忽然像受惊似的醒过来，再调台。打鬼子，八路军抱着机关枪正在横扫，突、突、突——没完没了的子弹，没完没了地死人。展仙口水挂下来，像老龙戏水似的，一伸一缩。这时电视屏幕开始缩小，声音也慢慢地小下去。先是 A4 纸那么大，然后缩成小人书那么大，渐渐变成邮票大的一个小亮点，像萤火虫似的上下左右游动。

电视声音和图像慢慢黯淡下来让展仙打个激灵，他突然醒过来。他把垂下来的口水重新又吸了回去，咕嘟一声吞了下去，像千年的老狐精对月炼丹似的。展仙跑下来对着电视一顿拳打脚踢，电视图像突然又变大，亮堂起来。接着唱歌跳舞，飞机起飞，潜艇入海，狮子发情，秃鹰偷肉……展仙像个白痴似的对着屏幕打盹。

以前我是不知道他有这么个毛病，要开着电视睡觉。在青阳住宾馆的时候，半夜里我把他赶到外面走廊上去了。他抱着一床被子，在走廊上半铺半盖对付了一夜。白天见到他一脸的紫气，我就问他："展仙，那么晚了，你怎么还要开电视？你这么着，别人还怎么睡？"展仙很委屈地说："我也不想这样，我睡眠质量差，就那么着，我还能睡一小会儿，你如果不让我开电视，我就要坐到天亮。我多少回都想死了，老父亲老母亲不是还在吗？我怕他们伤心，我不能一甩手把这两个老的全丢给我妹妹她们是不是？"我问他："你看医生没有？"他接着说："看了多少家了，没法子治。先是让我吃安眠药，越吃剂量越大，后来医生也害怕了，跟我说你这么吃不行，到最后你会药物依赖，让我去看中医。"我接着问他："那你去看了吗？"他似乎若有所思的样子，然后接着说："看了，吃了许多奇奇怪怪的药，看不好，后来我也懒得看了。"

展仙原先在一家机械厂的工会当干事，平常喜欢写个字画个画什么的。才分有一点，但也就是一般的艺术才分，每个小城里都有那么三五个人在那里兴风作浪的。年轻的时候喜欢跟人谈哲学，什么黑格尔、笛卡尔、叔本华……现在则归于老庄、佛学、看风水、寻地脉等等。他老婆原先是厂保管员，见展仙拎着糨糊桶，胳膊下面夹着一卷花花绿绿的纸，在厂里到处贴。车间门口贴"红五月比学赶超"，厕所门口贴"夏季要到了，大家讲究卫生！小便请上前一步"。她问旁边余大姐说："那个戴眼镜的是谁？"余大姐伸出头一看，展仙退后几步，正在凝视自己的书法作品。余大姐说："王展仙！厂工会的，王大学问你都不认识？"于是喊他："展仙——展仙！过来喝口水吧！"王展仙一进来，余大姐拉着他介绍说："王展仙，我们厂学问最大的人，连上面机械局局长开会的讲话稿都是他写的，那真是'六月天的蛀蚤一肚子饱血'。"展仙的老婆当时就喜欢上了他，事情就这样成了。他们两个人结了婚，第二年养了一个女儿。这个事情叙述得有点颠三倒四的，那时展仙老婆还是个姑娘，有自己的名姓，但我又实在想不起来她姓什么，一般见面就喊声嫂子。现在更没有机会问她姓什么了，他们孩子上小学三年级的时候两个人就离了婚。

有一次在一块儿吃饭，我问他过得好好的，为什么突然散伙了。他叹了一口气说："如果是过得好好的，就不可能出这样的事情。"后来我有个朋友跟我说展仙又失业又失眠，晚上非要拉着老婆说心里话，天天如此。时间长了，任谁也受不了啊！我问展仙："你当时是什么心理？"他说："我心里有气。你拿我来说，书也算读了不少，能写会画的，怎么下岗后找个事情比吃屎都难。她一个仓库保管，走出去就找到事情，工资还比我多两倍，觉也睡得好！晚上回家二话不说，倒头便睡。睡就睡吧，还打呼。夜里我想办点事情，或者跟她交流交流。一碰她，她就跟触电似的，说：'你看看几点啦！你白天没事，闲得蛋疼！做，做，做，做你妈哦！'这个女人没文化真可怕！协议离婚，房子归我，孩子她带走，家里所有的积蓄归她。她走的那天，我正在家写字，写《满江红》，怒发冲冠凭栏处——她进来把钥匙放在画台上。她说：'展仙，你三舅的孩子马上要结婚了，你出的"人情"我给你压在枕头下面了，去吃喜酒的时候随和一点，别有的没的就跟人抬杠，抬杠如果能挣钱，你早就成李嘉诚了！还有你那个失眠症，还要去看。你那样别人没法跟你过日子，你也别恨我，我实在是扛不住了！'"

展仙老婆走掉后，他重又过回到闲云野鹤般的生活，头上梳了一个抓髻，胡子也留起来了。小城里有什么名家写春联，或者书画家笔会，几个朋友就喊他去写写画画。每场润笔三五千是有的，但是因为他好抬杠，人缘不太好。我说过他多少回，不听！我说他："你到场，只管写你的画你的，到拿钱的时候，一人一份，也少不了你的，那些爪哇国的事情跟你有关系吗？"他用手抹着胡子，很认真地听。听完了表态说："我以后再不这样了！"然后用手轻轻在脸上拍了一下，"下次我一定管好我的嘴，我天天免费点化傻×干什么？他们又没有给我钱。"但是终究展仙还是没有管住自己的嘴巴，反正后来这种场合我就很少见到他。我问一个朋友说展仙现在怎么样了，他说牛×大了，不跟我们玩了。其他几个人听我提到他，都一律把头轻轻地晃来晃去像得了羊角风似的。老汪说："这个人太自以为是了，你画完了一边喝茶抽烟去。他这人跟别人不一样，老转来转去的，一会儿说这一笔不好，一会儿说那个构图有问题；古法是怎么样，你这个不合古法。就显着你一个人高明？花花轿子人抬人，这么大岁数，连这个都不懂！"

后来听一个朋友说展仙把失眠症治好了。治得很荒谬。有一个厂医给他一个建议，说他可以喝点酒。展仙原先沾酒就醉，醉酒之后相当具有攻击性，有万夫不当之勇，一言不合操起椅子就往人头上掼。所以我们没有人劝他喝酒，我们喝酒的时候，展仙就抱着一杯白开水在旁边吃菜。他对古人的一些绘画理论很沉迷，不管别人说什么，他总会把话题拉到诸如《画禅室随笔》或者《艺舟双楫》上去，比如董其昌怎么样，邓完白怎么样，别人听不听，他也不当一回事。桌子上谁喝多了，他还好心送回家。有一年下雪天，我喝多了，他一路上深一脚浅一脚搀我回家，路上埋怨我说："老酒弗要吃！吃介许多，做啥事体？"他对喝酒一直持有非常敌视的态度。大约是失眠症把他折磨得太狠了一点，他听厂医的建议，开始喝起来。一喝就喝到不可收拾，先是一小杯，继而喝到一两，后来慢慢酒量就上去了。据跟他走得近的朋友说，现在没有一斤半的酒见不到药效。喝完了满世界惹祸，把他家小区楼下停的小车玻璃砸个稀烂。派出所的警察来了，他又打警察，把草坪上的一截断水管拔下来，撵得几个协警在小区里狂奔，最后酒劲上来了，他就这样拄着水管子站在那里睡着了。我就问："那他现在怎么样了？"那个朋友说："他弟弟妹妹现在把他送去戒酒了，如果你想他，我把电话号码给你，你给他打电话吧！"我记下了展仙的电话，但一年多了也没有给他打。相比失眠症的王展仙，我更怕酒疯子的王展仙！

东北振兴先从喊人做起！

我家门口这条马路非常奇怪，开在我们这边的商店三天两头倒闭，但是开在马路对面的买卖就非常好。十几年了，除了一家饭店受"反腐倡廉"影响歇业之外，其他都活得好好的。连剪头发超烂的一家理发店也没倒闭，我盼着它倒闭都盼好多年了。因为有一次某人网购了一把电推子，要试刀就把我抓过去了。拿了一张旧的晚报，在中间掏了一个洞围在我脖子上就开始剪。剪完像被疯狗咬过一样。我揽镜自照，这如何出去见人？况且一两天后我就有一场外事活动。迫不得已就跑到街对面的理发店把头重新推了一下。平常这家店就喜欢边剪头发边向人推荐各种护发用品，随着你拒绝的幅度越大，理发小哥手上的力度也大起来，如果不是怕国家王法他能把你脑袋拽了去，然后再将你口袋里的钱洗劫一空。我跟他说我自己在家没理好，现在请你给我推个光头。他龇牙一乐，像他妈的黄鼠狼吃了一只耗子似的。然后给我推荐各种护发用品，我没理他。他管自往下念——听他念完我什么也没买。我跟他说光头还护什么发？于是他就恶狠狠地收了我五十元钱。所以我跟他们有仇，老盼着他们倒闭。每天一大早我就看到他们店里站着一排"杂毛鸡"，站在门口唱歌。然后一起喊"努力——""奋斗——""人人为我，我为人人！"店长出来训几句话后，开始一天的骗人。就这样的店也一开十几年，真是没了天理了。

而我们这头的店面，基本上一年时间就能从街头到街尾完成一次代际更迭。现在东北人开的水果店，原先是卖羊肉面的。卖羊肉面之前是开火锅店的，开火锅店之前是开超市的。开超市之前是开重庆小面的，开重庆小面之前是卖童装的。这些店面更换，也就是在两年不到时间当中完成的。

卖重庆小面的时候，我经常光顾他们家生意，这家店是三个四川小伙子开的。豌杂面做得很地道，本城好像没有比他们家豌杂面做得更好的小面店了。但是生意不好，每天中午过了饭点的时候，三个小伙子开饭，就从后厨拎出一个很大的玻璃瓶子，里面泡着姜、辣椒、豆角。他们夹一碗泡菜，然后拿盛面的碗一人盛一大碗饭，下饭菜就是泡菜。有次我在那里吃面，看到他们吃泡菜，嘴馋就问他们要了一小盘。他端菜过来的时候，我问他生意怎么样？那个小伙子苦笑着摇了摇头。我预感到这家店要倒。过了不到半个月果然倒了。接盘的是家开超市的。超市倒了又来了个开羊肉面馆的，一个月前换了一家水果店，几个东北人开的，也不知道是一家子还是亲戚朋友一起过来的。

近几年随着东北经济复兴不成，到内地来的人越来越多，前几天一个送快递的打电话给我："大哥——我上家去了，家里没银（人）儿——"声调悠然，有那么一种天高云淡的味道。我说：

"没搁家呢，东西你撂门口，一会儿我就到家了。"中国语言当中侵略性最强的要数这两个地方的语言，一个四川一个东北。外地人到那个地方去后，口音很容易就被驯化掉了。我有个朋友说一口地道的东北口音，我问他老家是不是东北的，他说是六安的，我说真见了鬼！六安人怎么说一口东北话。他说我以前在三线厂小学上学，学校老师是东北人。我就在六安口音和东北话之间拔河，最后东北口音赢了。

这家东北人开的水果店，开业前几天又是打折又是促销，附近老头、老太太收到线报一大早就来排队。买水果送鸡蛋，水蜜桃买一斤送半斤。蟠桃和油桃比超市便宜不少，而且质量也不错。我经常上他们家买西瓜，他们家的东北西瓜八毛七一斤，宁夏硒砂瓜一块四一斤。比超市的便宜，超市宁夏硒砂瓜要一块八。晚上葡萄打折，夏黑才四块多钱一斤。我回来跟某人说："那家东北人开的水果店水果蛮好的，下次你买水果别到永辉去了，省得拎那么远。"某人去了一趟回来大怒说："什么破水果店，进门就被她叫声大姨！"说完跑到镜子前面左照右照，一边照一边问我："这两年我是不是见老？看来最近甜的东西还是吃多了。糖会使人显老。"我说："没那回事，他们那家水果店老是喜欢用亲戚来称呼顾客。我上次去那个胖姑娘还喊我大伯呢！""那样你还买他们东西？"我说："便宜啊！也许他们那边就喜欢这样喊人。""你太没操守了！这样都能忍。我记得去年在湿地公园，有一对情侣请你给他们照相还喊你'帅哥'，怎么一年工夫就变成大伯了？"

我说："一般以亲属来称呼人的地方，普遍有在辈分上给你上浮一格或者几格的。比如我们本地人喜欢称呼女性为'大姐',男的称'大哥'或者'家哥'(念成'嘎哥')。"长辈在街上向一个年龄比较小的姑娘问路,如果这个姑娘年龄在十七八岁,就称她为"小大姐"。所以有一种说法叫"大姐无大小"。外地人到我们这边来不谙风俗会很惊诧,怎么一个七八十岁的老头称二十岁的小伙子为大哥,实质上这是一种尊称。但这种称呼法在本地用用还无妨,到了南方较为发达地区真是举步维艰。我叔叔在南方一家医院看病,称呼女性医生为"大姐",那个女医生把听诊器一摘,很严肃地对他说:"我看上去有那么老吗?"我叔叔只好甘言美辞地跟她解释说:"大姐在我们当地是一种尊称。"那个女医生仍然不开心地说:"那你回你们当地去用呀。"

某人被尊了一声"大姨"之后发誓再也不到东北水果店去了。她在家里上网查"大姨"这个词条:"大姨——儿女对母亲最大的姐姐的称呼。"查完大怒道:"那个女胖子看上去也有二十七八了吧!她妈总得有五十来岁了。她妈最大的姐姐少说也有六七十了吧,我靠!这太欺负人了。我看上去真有那么老吗?"我用性命向她保证说没有。也许他们东北那边喊"大姨"就跟我们本地喊"大姐"一样是种尊称呢?她说我为什么会被他们喊"大姨"?还不是被你长久气成这样的。我说我自己不也被他们喊成"大伯"了吗?她严肃地说:"你以后再不许到他们家去买东西,就算不要钱也不能去。被他们喊一下很伤元气,半个来月恢复不过来。你知道女人抵抗时光的侵蚀有多么辛苦吗?像举着千斤闸,一刻也不能松劲,买化妆品、买衣服、买包包,打玻尿酸、瑜伽功、塑形提臀，听信养颜的各种谣言。好不容易打扮得精精致致地出去，被这些人当头一句'大姐'或者'大姨'，这个千斤闸瞬间压下来，时间的重量一下子砸在人身上。所有争奇斗艳的信心化为泡影，这种人怎么可能把生意做好，东北经济怎么可能振兴？这家店如果照这样喊人方式干下去，我包它开不了半年生意就得黄。"

我跟唐姐到湖南长沙做《快活馋》读者见面会。我在街上问一个阿婆路，我问道："老人家到某某地方怎么走？"那个阿婆翻了我一眼没有理我。我觉得很奇怪，回到宾馆我问前台的服务员，我说你们这边一般喊女性怎么称呼，她说叫"美女"应该是可以的。我说上岁数的美女呢？她说叫"美婆"。听了她一番话真是受教了，活该我问不到路！

现在民间还活动着这样一种无耻的家伙，明明自己年龄不小了，还装嫩，喜欢把别人喊老，简直其心可诛！小克说她认识一个朋友，自己是七一年的还喜欢喊她姐，把小克气得七窍生烟。中国汉语中在公共场合能恰如其分称呼一个女性的词汇是很匮乏的，本来"小姐"这个词好端端的，忽然被性工作者抢走了。称"女士"吧！又显得那么正式和严肃。不像外国人称"miss"那么圆融自在。而在长江以南，当你无法判断一个人具体年龄或者心理状态的时候，我觉得逢人减寿不失为一种很好的办法。就算我这样一个长得像大伯的人，你尊我一声"大叔"或"帅哥"总不至于死吧？这几天我走到这家东北水果店都绕着走，因为那个胖姑娘远远地看到我就喊："大伯——大伯——店里有新到的'8424'和哈密瓜，进来看看吧！"看你个头！

鸡
犬
不
宁

　　母亲节的早上，张淑琴到菜场买了只鸡。中午儿子带着媳妇和小孙子回来吃饭。她选好鸡后拎到杀鸡的摊位上请人杀鸡拔毛。帮人杀鸡拔毛的于凤莲跟她很熟，从她到这个菜场来干这个活起，张淑琴就跟她认识了。有一回，于凤莲因为她老公赌钱两个人打起来了，她老公拎着小板凳要砸她。张淑琴横在中间拦着她老公说："放下！你是想吃几天牢饭吧？马上我就打110让他们来把你抓走。看你还神气不神气？"然后她掏出电话装作要打的样子。那个男人就怂了，摔下凳子甩手走了。

　　她老公走了以后，于凤莲一边拔鸡毛，一边恨恨地说："一个月拿两千多块钱，还跟人家赌钱。上个月输得精光，这个月又赌，两千八百块钱工资输得只剩下两百块钱。儿子上补习班我问他要钱，一说钱他倒来火了，要打要杀的，有那个本事怎么不到外面搞点钱回来。一个大男人要我养，怎么那么不要脸啊？"

　　她一边说一边奋力拔鸡在甩干桶里没有被甩净的毛。张淑琴看了她一眼说："哎，人都走了，你别把我的鸡皮给撕破了。"于凤莲说："哦——哦——膀根下面不用点劲拔不干净。"

但母亲节这天于凤莲看上去心情不错。看张淑琴买鸡过来，她打招呼说："哎！张姐买菜啊。怎么？今天家里来人吗？"张淑琴说："儿子中午过来吃饭，家里也没什么菜，买只鸡炖炖吧。"张淑琴小声问她："你家那个最近没犯怪？"于凤莲朝里面看看小声说："他在里面。现在不当保安了，他那个地方环境不好，队长就好赌，他如果不跟他们打牌，那几个人就挖苦他。我干脆让他回来帮我干，虽然挣不到什么钱，总比输掉强。你说是不是？"张淑琴说："那也是，你一个人太累了，他帮你干多好呢。"

这时于凤莲的老公过来对她点点头，从她手里把鸡接过去。他看了一眼说："哟——买的土老母鸡嘛！花了不少钱。"张淑琴说："我刚才还跟你家凤莲说话你没听到：儿子中午回来吃饭。媳妇平常上班忙，他们平常三餐就是糊弄，我都看不过去。""那张姐你等一会儿，我帮你收拾。"他走了之后，张淑琴跟于凤莲说："你看现在多好呢！"于凤莲回头看了一眼说："好个屁！他不干这个能干什么？"接着她说："哎！你看看我身上穿的这个衬衫是我儿子买的，前几天从重庆快递过来的，说是母亲节的礼物。"张淑琴说："好看！好看！小东西知道心疼人了。不错不错！""你儿子母亲节给你买什么？"于凤莲问张淑琴。张淑琴说："还不知道呢，不叫他买。哎哟！你不知道现在衣服多贵。他买的我又不喜欢，颜色、样式都不是我这个岁数能穿的。媳妇说人上了岁数就要穿点亮颜色的衣服，这样显年轻。我不叫他们买，有那个钱还不如给我，我帮他们存起来。"

于凤莲说："那也是他们的心意，你看你多好啊，媳妇、小孙子都有了，又有退休金，日子过得多称心呢！我家那个不知道什么时候才能熬出头，靠他爹算是没指望了。现在结婚一套房是少不掉的。"张淑琴安慰她说："你儿子还小呢，今年才上大一吧。我上次听你说在四川上学？"于凤莲点点头。张淑琴说："那你急什么？日子都烦到外国去了。"这时于凤莲的老公把收拾好的鸡递给她，张淑琴说："你在外面再给我套个袋子，一个袋子都省，你抠死算了。赌钱输钱眼睛都不眨一下。"于凤莲的老公不好意思地笑了一下，然后在塑料袋的外面给她套上一个大袋子。

张淑琴拎着鸡过了天桥往家走，路上看见一个推板车卖花的，她站住问了问价格。去年她养的一盆米兰死掉了，那会儿她老公老马住院也没人管它。等老马丧事办完了，转过神来那盆大米兰也掉了一地的叶子。儿子回来她跟儿子说，儿子看了一眼说："不行啦！什么时候你在街上看到再买一盆吧。"

老马在的时候照管这些花可精心了。张淑琴他们家住一楼。老马每天白天把花端出去，天一冷他就叫张淑琴把花搬回家侍候，平常他拉着个腿给花松土、浇水。这是老马第一次中风留下的后遗症。出院的时候医生让他经常活动活动。所以中风以后这七八年里，一大早上张淑琴就起来搀着他到处走。老马懒，张淑琴就说他："你一百七八十斤，靠在我身上我怎么受得住？医生叫你运动，又不是叫我。你看看我这一身汗。"老马就口齿不清地说："死去——管屁用！都是骗人的。"

有时遇到张淑琴心情不好的时候，她就一松手，老马就像个木桩子一样晃几下。张淑琴小声说："马海波，你要搞清楚，这个事情本来是秦芬干的。你不是跟她好吗？来——来——我现在就拿轮椅推你上她家去，看她要不要你。你俩不是海誓山盟要在一块儿过日子，不是躲着我吗？"听张淑琴这样说，老马嘴里呜里呜噜不知道说什么，然后眼泪流下来了。

张淑琴看了看说："哟，还哭了。想秦芬啦！"老马就一推张淑琴的手，然后又赶紧地扶住。张淑琴接着说："脾气还不小！你以为你还是过去的马主任吗？你知道我是什么？病人家属！不看儿子面子早不管你了。我要是不管你，你骨头早就打鼓了。"

张淑琴的老公老马原来在一家市直机关单位当一把手，出过轨。跟一个叫秦芬的女人好过，中间跟张淑琴分居过一段时间。张淑琴跟他闹了很长时间，到老马他们单位找他们领导。也打过闹过，也捉过奸，结果没想到老马身体出状况了。听到消息，张淑琴带着儿子上医院看他，老马躺在病床上拉着张淑琴的手直哭。那个张淑琴嘴里天天骂的狐狸精见老马的原配来了，就悄悄地闪人了。张淑琴遇到人就说："报应啊！这是现世报呀。不是不报时候未到。"

张淑琴不管怎么说，还是把服侍老马的任务接了下来。别人问起来张淑琴总是说，这一切都是看在儿子的面子上，要不然早不管他了。但老马走了，张淑琴哭得很伤心。儿子和媳妇两个人架着她，不然她就一定要扑向水晶棺材跟老马一道走。去参加追悼会的人无不称赞张淑琴这个人做人好，仁义。

中午的时候，张淑琴的儿子开着车带着老婆孩子一起来了。儿子从车后座牵出一条狗说："妈——这是我送你的母亲节礼物。""哎！怎么给我送了一条狗？""爸又不在了，我们平常工作也忙。送你一条狗陪陪你，这样你一个人在家也不寂寞啊。""我不要，以前我服侍你服侍你爸还不够，现在你又让我服侍它，拿走！拿走！不要。""买都买来了，退不掉啦！"媳妇过来说："妈，这是阿龙的一片孝心。买了一两千块钱呢。好狗！哈士奇，可听话了。人家都训过的，来敬个礼。"阿哈把前腿立起来，对张淑琴拜了拜。小孙子也站在旁边拍手说："奶奶你就养着吧！奶奶你把它养着我每个星期都来看你好吗？"张淑琴说："你个小没良心的，你是来看奶奶还是看狗？总之我不养，你们带回去养。"阿龙说："妈，不是我们不想养，我们住在二十七楼，遛狗多麻烦啊！妈你就留着吧，养一段时间养出感情就好了。"张淑琴说："我就怕养出感情不好办，你就说说你爸，说说你——""哎！今天是母亲节不提这个好吧？""反正你们走的时候把它带走。"

吃完中饭，儿子媳妇带着小孙子走了，狗被留了下来。张淑琴把东西收拾好，到了客厅里发现那只倒霉的狗正在撕咬沙发垫子，她就抄起一本杂志敲它的脑袋说："滚！这不是你待的地方。"阿哈用后腿站起来对她拜了一拜。她想着狗还没喂，就拿出儿子留下的狗粮放在一个小碗里喂它，自己坐在沙发上看电视，看了一会儿觉得有个湿淋淋的东西碰她的手。她转头一看，是这只小狗。她问它："那么多你都吃完了，吃完了到旁边睡一会儿。"阿哈就蜷在她脚下斜躺下来。她自言自语说："唉！这个老马走了。

好了我轻闲了，现在又来服侍它了。"说完她蹲下来捧着狗头问它："我问你，你是不是一条好狗？会不会像老马一样混蛋？"哈士奇呜呜地叫，张淑琴很厌恶地一推，心想：怎么连叫声也像老马中风后说话的样子？

『月娥别这样，要犯错误的呀……』

张月娥在北楼镇上是个能人，这一点是大家公认的。虽然有些人说到她时会面露意味深长的微笑，但对于她是能人这一点好像没有人能够否认。

张月娥以前是北楼镇胜利饭店的一个厨娘，老公在乡下做民办教师。是张月娥到县里找人给他转成了公办教师，后来还当了北楼镇中心小学的副校长。如果不出意外的话，镇中心小学的陈校长一退休，校长肯定是她老公的。但是张月娥心强命不强，她老公有一次跟人喝酒，嗓子里卡了一根鱼刺。他用一团饭给咽下去，结果把食道划破了，造成了感染，一根小小的鱼刺就把她老公的命给送掉了。

张月娥老公死了之后，她一个人带着女儿过日子。外头常传说她跟谁谁好，传得有鼻子有眼的，但是张月娥不在乎，她说："拿贼拿赃，捉奸捉双。哪个在我床上活捉一个，我请他吃一顿，亲自下厨给他做红烧鳝段。"张月娥的红烧鳝段得祖上真传，别人看着她烧也烧不到她那个味道。上面的领导来，都指名要吃张月娥烧的菜。镇上每调来一个新领导，大家都传她跟人家有一腿，但也就是传传，过过嘴瘾而已。

张月娥人漂亮，生性又泼辣。镇上领导请客都是到胜利饭店去，她见人自来熟。有时菜上完了，人家喊她："月娥——你来帮着陪陪客。"她也能应答得体，使举座皆欢。一来二去的，她认识了不少县里各个局的领导，县里许多领导也对北楼镇这个顾盼有致的小寡妇有了很好的印象。

有一次，县人大的马主任在胜利饭店吃完饭，他点了一支烟，吸了一口说："月娥啊！你这么好的手艺，放在胜利饭店屈才了，你想不想到镇政府食堂去啊？"

张月娥立刻顺竿子爬，她说："到镇政府食堂当然好，可是我不想到那边做临时工。"

"那个编制还不是事在人为嘛！"

张月娥听他这样说，马上站起来举起茶杯说："那我就以茶代酒，谢谢马主任了！"

过了没有半年，马主任不知道想了什么办法给张月娥弄了个事业编，把她调到镇政府食堂去了。手下管两个打杂的，一个二把刀厨子。镇上是这样考虑的：这今后上头来人了，食堂自己做总要省点钱，而且在食堂里面设几个雅座，也比在外面吃影响要好一点。镇政府在吃喝上确实欠了一屁股债，老债新债积到一块儿，镇上有些饭店看见镇政府领着人来了，就声称厨子不在，或者没有菜，反正就是不想做他们的生意。

北楼镇一面临河，一面靠着一座不大的山坡，山上种着马尾松，老也长不大。一年是那样，两年还是那样，十年八年过去，这些松树还是那样。一条公路穿镇而过，每天最热闹的时候就是长途汽车进站的时候。长途车进站以后，镇上做小买卖的就围着汽车叫卖：

"阿要油条，糍糕啊。"

"要加开水，滚滴滴开的开水啊！让一让，看把手烫着。"

"卖甘蔗啊！甜到心的甘蔗，不甜不要钱。"

原先河道通航，后来慢慢河道淤实了，只有吃水很浅的沙船和运输建材的船还能开到码头下货。镇上原先有个麻纺厂，但是倒闭多少年了，有一个烟囱矗立在那里，从镇的四面八方都能看到这根烟囱。天晴的时候一朵云傍着烟囱，走很远了，回头一看那朵云，动也没动。除了一天四趟停靠的长途汽车，好像也没有什么能搅动北楼镇的平静了。

但是接下来发生的事情，在镇上掀起一阵轩然大波。这个事情到现在还有人说起来，说完都要感叹一下："都说女人家头发长见识短，人家张月娥头发长见识也长，人跟人怎么比——啧——啧。"

张月娥有个女儿叫林丹妮，结合她妈跟她爸优点长的。她爸爸林老师个子高皮肤白，在我们这个小地方也算是个人尖子了。林丹妮遗传她妈的眼睛大、顾盼有神，遗传她爸的腿长、手长。张月娥的美，美在浑身充满烟火气，像早晨暄腾腾的包子，像扎红纸的水仙。但是她女儿跟她不一样，林丹妮让人想到水边白色的鹭鸶，想到一株挺拔的杨树——总之她不像我们镇上的人。

每到星期六放假的时候，林丹妮从县中学回来，她们母女俩手牵着手从街上经过都要收获许多羡慕的目光。许四婶子啧啧称道，说张月娥这个闺女是吃什么长的？仙女似的。

林丹妮考过一回大学，但没有考上，现在在县里的成功中学补习，准备第二年再考。张月娥很为这个女儿的前途担心，她想托人给在县里找个工作，但是女儿心大，她不愿意在县城上班，老是想到外面去，为这个娘俩没少生气。晚上回到家里，月娥问她今年如果考不上有什么打算，丹妮说想去部队当兵。

张月娥听了觉得很吃惊，她就开导女儿说："当女兵是我们这样的人家想的？我劝你趁早打消这个念头。我听镇人武部的王干事说，一般女兵的名额根本就到不了我们镇上来，在县里就被那些头头脑脑给分光了。一年县里才一两个名额，怎么也轮不到我们这样的人家。你要是想到粮站或者镇上的财税所，我还能找找人。乖，你听我话，就在县里找个事情干干，过几年妈给你找个人家，包你过得舒舒服服的。将来你们有小孩了，我还能帮你带。"

林丹妮听了只是不说话，眼泪慢慢地流下来。张月娥理了理女儿的头发说："去洗把脸，菜我给焐在锅里。饿了吧？来——吃点东西。"女儿摇了摇头。

夜里，女儿睡了，张月娥睡不着。她从枕头下面拿出一包烟，从里面抖出来一支点上。女儿真是给她出了一个天大的难题，她在心里盘算着自己有哪些关系可以去跑一跑，但想了一会儿又给一一否定了。她知道自己如果找人说这个事情，人家肯定会笑起来，就算是嘴上不说，心里也会笑她。

她叹了一口气，自言自语："你跟我一样啊！也是心比天高……"她想说可是命比纸薄，但想想这样说不吉利，就把话截住了。她到里屋给女儿拿了一床毛巾毯搭上，又找出电驱蚊器点上。电驱蚊器的红灯在黑暗中一闪一闪的。她想了一会儿没有想出头路，就把烟头摁灭了。屋顶上有只猫在叫，像小孩哭一样，她听了一会儿，也迷迷糊糊睡着了。

天遂人愿，她没有想到机会很快就来了。县里人武部长到北楼镇驻点，检查今年的征兵工作，因为去年北楼镇征兵的时候送了一个兵身上有文身，让部队给退回来了。人武部长姓孙，是北方人，高个子，说话武声大气的。他吃了张月娥烧的鳝段，放下筷子像咆哮一样赞美起来："好！太好了。县里第一，不！是全省第一。"

张月娥说："哎哟！孙部长你可别这样说。你喜欢吃以后多来北楼镇，你什么时候来，我什么时候给你做。你看行不行？"

孙部长板起脸跟张月娥开玩笑："你刚才叫我什么？不长？我长这大个子怎么不长了？"

张月娥听了，掩着嘴笑起来，然后伸手在孙部长的身上拍了一下说："死相！我让你吓一大跳，以为自己说错什么话了。"

孙部长让张月娥拍了一下更是乐不可支。他说："我这一阵子都在北楼住，可少不了要麻烦你。"

张月娥深深地看了孙部长一眼，说："你这么大的官，我们镇上想请还请不来。你是县里的大领导，什么没吃过，我们这个乡拐角能有啥好的。你是在捧我！以后想吃什么跟我说，只要我能做出来。"

孙部长环顾左右说："你们听听，看人家这话说的。听到心里甜蜜蜜的，我都想待在北楼镇不回去了！"席上的人听了都跟着起哄鼓掌。

张月娥说："哎——那个孙部长——"

孙部长一摆手说："叫老孙，不然显着生分。你有什么事情尽管说。"

张月娥说："我有个本家侄子今年想当兵。"

"小伙子多大啦？"

"十八。"

"哦！欢迎啊。年轻人要报效祖国，志在四方，好！你叫他到人武部报名，符合条件，今年一定让带兵的把他带走。这个事情你放心，我给你打个包票。"

席上的人说："还不敬孙部长一杯！"

张月娥借镇人武部王干事的杯子跟孙部长喝了个满的。

过了几天以后，张月娥买了几斤黄鳝和鲫鱼，整理好了，她打发女儿到她外婆家住上一阵子。早上她在镇食堂精精致致做了几个小菜，等着孙部长来吃早饭。

孙部长进来说："昨晚真是喝多了，现在什么东西都不想吃。"

张月娥说："这个酒不是好东西，还是要少喝，伤身体，我给你做了一笼素烧麦，熬了一点粥。你多少吃一点，不然对胃不好。"说完把素烧麦和小菜端出来。

张月娥感到孙部长用目光追着自己。她回头一笑说："你老看我干什么，是不是我身上沾到什么东西了？"说完回身看了一下。

孙部长觉得有点不好意思，竟然脸红起来，他问张月娥说："你不是说你有个侄子想当兵吗，叫他报名了没有？"张月娥说："多亏孙部长还想着这个事情。喔！我那侄子家里还想托我请孙部长吃顿饭，表示一下我们的心意。"孙部长摆了摆手说："那不要了，你叫他去报名就行了。"

张月娥把粥放到他面前说："这么说就是不赏光了？也不是在外面饭店里，我在自己家里做几样小菜。我那侄子家里人都没见过世面，见到当官的，话都讲不圆。也没请外人，就你跟王干事他们几个人，喝点苦酒表表心。"

孙部长把脑袋一拍说："好！我去，到你家看看。"

傍晚的时候张月娥在家把菜烧好，酒杯碗筷摆好。她对着镜子看了看，脸红得厉害。这时她听到外面有人喊，是孙部长的声音："——月娥在家吗？"

张月娥连忙迎出来。孙部长把手中的东西往张月娥手中一递说："别人送的，顺水人情啊！"张月娥："这不倒过来，我找你办事你还给我送东西？"孙部长进来一看就她一个人，他问："王干事他们呢？"张月娥说镇长找他有点事，可能来不了了。孙部长说："那我也走吧！改天改天。孤男寡女的。"张月娥说："我又不是老虎，你怕我吃了你？亏你还是当过兵的，胆子绿豆大。好！你走我不拦你。孤男寡女的怎么啦？你心里有鬼吗？"说完张月娥笑了起来。

孙部长把脑袋摸了一下说："那我恭敬不如从命了，就喝两杯，晚上还有点事情。"

"这倒像个话，人家一大早就去买菜了。好不好的，你夹两筷子也是我们一片心是不是？"

孙部长问："家里就你一个人？女儿呢？"

张月娥给孙部长把茶端来，然后坐在他旁边。她用手理了一下头发说："到她外婆家去了，来！我给你把酒满上，边喝边聊。我也喝一点，我量浅，你随意，跟家里一样。有点热，要不要把外套脱掉？"

孙部长连连摇头说："不热！不热！"

张月娥看他一眼说："呵呵，还说不热，一头的汗，我把电风扇开开。"

张月娥从盘子里搛了菜夹到孙部长的碟子里，她说："动筷子呀！是不是菜不对味？"孙部长说："好吃！好吃！"可是吃到嘴里味同嚼蜡。

两个人说了点闲话。张月娥问他："嫂子跟你在一起，还是在老家？"孙部长说："在老家一个学校当老师，我在这边再干几年也就转业了。"张月娥说："你人好心好，一定能升上去，到时候升上去可别不认得人了哦！"孙部长说："那怎么可能呢？"张月娥说："你先吃着，我到灶屋看水开了没有。"

过了一会儿，张月娥轻手轻脚地进来，她脱得一丝不挂。她从后面接近孙部长，用一条白藕似的胳膊勾住孙部长的脖子。孙部长如被电击一般，他想推开张月娥，但是两只胳膊像灌了铅似的抬也抬不起来，只是喃喃地说："月娥不要这样，要犯错误的呀——要犯错误的呀——"张月娥把嘴凑近孙部长，孙部长还想躲。张月娥一下用口噙住他，孙部长轻轻推了两下没有推动她。张月娥把他抱得好紧，贴在他耳边说："我女儿想当兵——"

孙部长打了一个激灵，他说："这不可能，今年就一个名额，多少人盯着。"

张月娥说："我不管，只要你肯帮忙，事情就一定行。"

"那如果我不答应呢？"

"那我叫起来！反正我寡妇人家是非多，不在乎多一样是非。"

孙部长听了脊梁后面冒凉气，他喃喃地说："你不能这样害人啊！不能啊！我有老婆孩子的。"

于是事情就这样办成了。孙部长在征兵工作会上力排众议，他说凭什么过去都是当官的女儿去当兵，这个不合理嘛！早应该改一改了。张月娥女儿高中毕业，完全符合征兵条件，为什么就不能当兵？大家都阴着脸不吭声。他接着说："今年这个兵我要定了，谁有意见你让他找我说去。"

这个事情简直轰动了全县。北楼镇的人到外面都会被人问道："你们镇上那个张月娥真有本事。县里好些局长、科长的姑娘想当兵，打破头都去不成，她一个厨娘就给弄成了？"孙部长本人也因为这个事情受到上级表扬，部队下来接兵的领导也很满意他今年招的这个女兵。年终总结表彰大会孙部长还做了工作经验介绍。孙部长说："我是顶住了方方面面的说情和压力——县里的关系是盘根错节，在基层干过的同志大概也知道。但只要我们秉着一颗公心，不怕得罪人，就什么困难都能克服！"会场响起了热烈的掌声，孙部长说完自己也跟着鼓了起来。

第 二 部 分

异

谭

吹云记

半夜三点钟起来。黑暗里突然蹿过来一条白狗，狗围着我嗅了一圈走了。白天人的味道，它有记忆了，没有叫，摇摇尾巴又回到角落里躺下来。隔着窗子见叶行一与张唐睡相俱不好，叶行一以双腿夹被子，拥被入怀，以头拱入，如同小孩吃奶。张唐睡得口涎交横，不时咂巴一下嘴，发出很大的声音。然后就是"咕叽、咕叽"地磨牙。我默念一声——悉达多——悉达多，如佛陀见宫女睡相起弃世出家之念，到门后摸出一支好大的竹棒，然后开了门。一天的好星星如落雨一样，远处的山脚有一层白色的东西升起来。我知道时辰到了，再晚就会错过的，赶紧走到院子里收拾东西。这两个贼厮睡得像死过去一样，发出很大鼾声，随着每一次呼气、吸气，震得房梁上落下灰来。

来的时候我带了三个黄酒坛子，一个比一个大，都放在车的后备箱中。其实从二十世纪九十年代初期起，我到各地旅行都带几个酒坛子。一般是陈绍"女儿红"的坛子，这种坛子口小，贮云后以桑皮纸封上，积年不坏。每次收完云，用墨笔在口上作一神符，神符曰："无心出岫，郁勃丹垠。"可存放五十年左右。客来相对无语时，搬出一坛子，对客人说这是一九九四年的云彩，皖西白马尖收集的，上品，轻易不动的。用牛毛针扎破，念动咒语，喃喃曰："两只老虎，两只老虎，跑得快！跑得快！一只没有耳朵，一只没有尾巴，真奇怪！真奇怪！"

起初坛口似乎没有一丝动静，大约一个时辰后，只见坛口升出一缕白烟，初，极细，肉眼几不见。袅袅白烟直升虚空，转瞬即逝。久而久之，如牛奶似的从坛口汩汩涌出，状如章鱼的触角，向四处伸展，又像一株妖花，枝叶蔓生，伸出去的枝叶从四周环抱过来。雾气如神魅附体，无孔不入，先是漫过脚背，然后漫过脚踝骨，渐渐过脐，渐渐过乳，渐渐齐于脖梗子，如同一个溺水者没入水中。这时，画室中只有浮在雾气中的几个脑袋，个子矮的连脑袋也看不见了，他就急得往凳子上爬，有时甚至急得呜呜地哭起来。到了这个时候，我弯下腰，在浓重的雾气中摸到坛子口，赶紧用手去掩它，白雾顽强地从我的手指缝中钻出来，掩也掩不住。我在雾气中摸索到这个哭的人，拉着他的手，然后让他跟在我后面走。哎！向左，再向右，上桌子，睁眼，往四周看，没有不惊异大笑称奇的。这种活动每年都要举行几次，主要是在天气非常热的时候，一年作个三五次法。作多了对胆不好，这玩意儿耗散胆气。

在吹云的时候要做几个准备工作。画室里不能受潮的东西要盖上点，有关节炎的人不能让他看。酒糟鼻、秃头、害眼、歪嘴的都不能看，怕冲犯了云神。胖子不能看，因为他体积大，活动起来，会带风，这样不利于云气聚结。吹云之前，先放一段山间鸟鸣，以鸣春为佳，每次鸟鸣间隔五分钟左右，间以淙淙流水音、风声。竹林在风中偃仰起伏，芒草当风，露出白色的叶背。轻轻地敲桌子边，作伐木丁丁的声音，一人喊："顺山倒啰——后面继起——顺山倒啰！"这时音乐起——一个人齉声齉气唱道："天上星，朗朗稀，莫笑穷人穿破衣，十指伸开有长短，树木琳琅有高低，三十年河东转河西。"

时辰已到，吹云开始——

大约一顿饭工夫，吹云结束！主客寂然，嘴上都叼了一支烟。连咳带呛，开开窗子，散散雾气。如果从后院看，三楼的窗口涌出腾腾的雾气，像着了火一样。但是附近的住户也是见多识广，丝毫不以为怪，没有一个人想起来去打119的。

夜里三点多钟，我走在上山的路上。在竹林里撅了一根竹子，前面挑了一个坛子，后面挑了两个坛子。草丛里传来虫子的繁响，远处有几只萤火虫高低上下地飞。这种虫子昨天晚上把张唐和叶行一都看哭了，说很多年没见了，想死了！呸，太文艺了。

露水很重了，山道上的树叶盛不下那么多水，都低垂下来将多余的水倒掉。我走到山顶的一个亭子里，把凉鞋脱下来，垫在屁股底下坐着，就着一点微光开始书神符。这是师傅教的，用朱砂写。写完了正面，然后写背面。"盘婆罗，十九洲，罗刹鬼，嘟嘟嘴，花花自相对，叶叶自相当，云气都入我坛中，贮以清冷水，放之白鹤丛。"将三只坛子序序伦，大的在前，两只小的在后。将这些神符焚化了，桃木剑、杏木刀陈上，然后我嘬唇长啸，啊！

奇迹出现了。

　　远近的云成阵地向山亭上涌过来，疾如奔马，密如蚁阵，有些没有涌进去的云气，急得围着坛子直打旋。我在旁边安慰它们："不急，一个一个来！"有些逸到外面来的，我用手掌把它们往坛子里面赶，像赶一群羊一样，它们都很驯顺，头尾相接，都钻到坛子里面去了。收完了云，天都麻麻亮了。我把东西收拾好，担下了山。路上遇见一辆车，在后面"嘟嘟"按喇叭，我就站到路边让车过去了。

　　张唐与叶行一在农家小院里饱餐战饭，精赤着背，头上都吃出汗来。

画
水
记

　　大慈寺寿宁院的房子总算盖好了。傍晚的时候老方丈站在院子里，几只乌鸦在头上盘旋着，这群乌鸦住在藏经楼的屋檐下，白天飞到城外觅食，傍晚的时候飞回来。它们在归巢之前总要围着寿宁院飞几圈，有的站在树梢上梳理羽毛，有的在空中追打一番。啄下的羽毛碎雪似的从空中飘下来。这些乌鸦飞着拉屎，飞着觅食。它们在廊檐和树枝上留下白色粪便。老方丈身边跟着几个随从，他们忧心忡忡地望着天空，生怕一不小心这些坏乌鸦在方丈的头上屙屎屙屎。他们形影不离地跟在老方丈后面走，身后是七长八短的影子。老方丈围着新盖好的大雄宝殿转圈，他们都不明白老方丈在想什么事情。老方丈皱着眉看看天上，就问他们："这普天之下画水要数谁画得好？"一个叫本愿的和尚说："孙知微。"老和尚沉吟不语。

　　本愿和尚是监院，他惯于揣摩老方丈的心意，应对得体。平常寺里迎来送往这些事情都交给了本愿。本愿走到老和尚的身边说："师父莫不是还想请这个孙知微来画庙里的壁画？"老方丈点点头。跟在后面的几个和尚叽里咕噜说起什么，苍蝇一样嗡嗡起来。老方丈回过头说："要说话就请大声一点，我耳朵背，听不见。"这时有一个叫本空的和尚趋近几步说："哎呀！师父你是有所不知，这个孙知微是出了名的脾气古怪，不好请。上回在我们庙里画《九曜星君图》，差点没把我们祸害死。这回我们换一个人吧，天下擅长画水的又不是他一个人。"方丈白了他一眼说："我不是要找一个画水的，我要找一个配在咱们寿宁院墙上画水的。你们都怕跟孙知微打交道，我也听说这个人难缠，这人有本事的脾气就大，担待点吧！修行这些年，嗔心还不改？"本空跟本愿互相瞧了一眼，低下头说："是，弟子谨记了。"

　　前些年寿宁院配殿要画一张《九曜星君图》，庙里的和尚跟孙知微打过交道，都有点怕他。从他的屋子里经常飞出茶碗、毛笔、砚台和水壶。晚上庙里打了鼓，一庙的僧众正在禅定之中。大门一扇一扇被关上。一个老和尚拿着竹帚沙沙地扫地。门口有两只狗起草[1]，他拿土块给打走了，喊曰："咄！"狗子跑远了，接着办事。城里人家传来喊孩子回家吃饭的声音："庆安——庆安——来家吃晚饭了！"树上的鸟雀也没了声息，牛羊下来。太阳收了最后一抹余晖，一院的僧众看经的看经，想心思的想心思。本空坐在禅床上，两脚垂下，一个小和尚正在给他捏脚，听到人喊差点把木盆给踹翻了。一个小沙弥连爬带滚跑进来喝说："不得了啦！不得了啦！画师们要杀人！"本空带着护院的僧人，各执棍棒绳

1　起草，方言，指动物进入发情期。

索去劝架。只看到这孙知微师徒两个，一个手中拿着板凳，一个手中操着朴刀，正斗得如痴如醉。本空就跟看热闹的画匠打听，有一个人边看边现场解说道："这个小徒弟姓童，叫童益仁。擅作主张在孙知微画好的仙瓶中画了一株莲花，孙知微看了老大不高兴，跟童益仁说：'这个宝瓶是行云布雨的，你在上面画株莲花不成了插花的花器了？谁让你这么干的？窝心脚把你肠子窝出来。'其他的几个画师跑过来拉，孙知微把一只鞋子踢飞了。他对童益仁说：'把为师的鞋子捡回来，让我踢上几脚消消气。'童益仁偏不捡，还对他怒目相向。有一个叫宝通的弟子把孙知微的鞋子捡回来，跪在地上给他穿上。孙知微尚且气苦，他把气出在宝通身上：'轻着点，给驴挂掌吗？'"

晚上掌灯后，童益仁坐在小板凳上吃饭。孙知微经过他身边，趁他不防在头上连敲十记栗暴，擂得肿处坟起。童益仁大怒，抄起板凳，橐的一声跳到院中，把板凳舞得花一样，要与老师斗上三百回合。孙知微道："好畜生！竟然要打师父，打便打，怕你不成。"说着从门背后抄起一把朴刀跳到院中立了一个门户，使的这招叫"哪吒赶海"，那边厢童益仁起了个"二郎担山"封住了刀的来势。孙知微的朴刀常年不磨，刀身上锈迹斑斑，一打纷纷往下掉铁锈，又被童益仁的小板凳碰得缺了好几个大口子。本空看看一时半会儿出不了人命，就问那个画匠说："画莲花也不是死罪，值当这样大动干戈吗？"那个画匠说："打累了，他们自然就停下来的。死不了人的！大和尚你们回去歇着吧，我们一贯这样打架的，一年不打上个三五十回，都不算是过日子。"本空将信将疑地走了。临走的时候本空说："你们看着点，看看不善就要上去拉。事情闹大了，连你也脱不了干系。别净想看热闹，打死不偿命吗？"那个画匠对他摆摆手，懒得理他，聚精会神地看起热闹来。

后来相处时间长了，一院的僧众也知道他们画匠的习惯了。隔个十天半来月，这帮画匠之间就要起纷争。有时是单打，有时是群殴，第二天吊着胳膊肿着眼睛爬到脚手架上画画。有人向老方丈报告，老方丈翻着经书像没有听到一样，许久叹了一口气说："他们自己人打自己人，关你什么事？"天气好的时候，孙知微带了酒食让徒弟们在一起相扑为乐。孙知微上身刺了一条青龙，龙头搭在胸口，嘴里噙着一颗珠子，龙身从腋下穿过，龙尾巴正好甩到肩头搭下来，下身一条牛鼻裤扭扎在一起，叫嚣跳踯，没有一刻消停的时候。有一回，老方丈看了孙知微的草图，对一个神仙的衣着有些意见。他就托本愿去说，结果被孙知微拿着缺了口的锈刀追出二里多地。本愿这回实在是不想与他打交道，提到他头都疼。但是老方丈一提天下谁画水最好，他只得硬着头皮说是孙知微，这是蜀中三岁小孩都知道的事实。

老方丈看了他一眼说："我也知道这个人比较难缠，上次连我的面子也驳回了。但盖大雄宝殿这个银子是人家张乖崖张大人捐募来的。张大人指名道姓要请孙知微在四壁上画水，以展他平生绝学。他说了人我们去请，钱他来花。看来这个事情非得本愿你去一趟不可。你跟他打过交道，能说得上话，其他人去我还不放心呢。"本愿双手合十说："师父抬举，弟子明天就派人去接。"

本愿回到屋里，小沙弥给他把茶端来。他喝一口茶，几案上土定瓶中插着一枝从院角折来的枸杞，上面结了不少红果子。他从枝子上摘了一粒红果子扔在嘴里，一边嚼一边想心事。他想起上次为了改画自己跟孙知微闹得很不开心。他想到跟孙知微放对[1]的那个徒弟，这个童益仁虽说犟一点，但画功最好，在孙知微的徒弟当中那是数得上号的。人家傲有傲的本钱，画《九曜星君图》时在墙上扑粉本都是这个童益仁扑的。过去画壁画的，都有一个羊皮的粉本。师傅画好稿子后，徒弟用针顺着师傅画好的白描线条密密地扎上小孔，然后把粉本悬在墙上，用白粉包顺着扎了孔的线条一路拍过去，然后把羊皮粉本拿下来，看看墙上的痕迹印得清不清楚。不清楚的地方孙知微就爬上去，用白粉笔补勾一下。勾好后，他就没事了。这里大部分的活计交给了童益仁掌管。有时孙知微来了也不说话，只是在很远的地方相一相，然后转身就走了。

大殿的角落里很暗，其他几个徒弟登在梯子上，给童益仁打下手，一边给他递颜料或者更换毛笔，一边小声地唱歌。这些画匠是连吃饭也不下地的，像海船上的水手一样。他们下到地上反而走不好路。大殿的上方垂下很多条绳子，他们像蜘蛛一样顺着绳子上上下下，明明有梯子或者是房梁也不走。拽住绳子，脚一蹬，就从东边荡向了西边，两个人在空中相遇时，还要在对方的脸上涂上一笔，或者扯一下耳朵。有的时候卷着绳子升到有五层楼高的地方递麻筋，忽然把绳子一松，人就像一粒弹丸一样坠下来，快要触地的时候，又把手中的绳子一紧，来个后空翻，稳稳地立在地上。看得

1　汉语词语，指比武时摆开架势对打。

本愿心惊肉跳，不断拍着胸口，嘴里念着："阿弥陀佛，阿弥陀佛。"

壁画画起来很麻烦，要先做墙的泥底子。上面要打一些很小的木桩子，然后把麻筋跟泥混了，放在外面踩得烂熟。踩好的泥分层涂到墙上。踩泥的时候都要唱歌，歌曰："飘飘兮白云，荡荡兮秋风。五尺之木兮，可制强弓。三寸柔泥兮，可以构重楼。"孙知微听到唱歌的声音就从屋里跑出来，把衣服脱了，光着膀子跟他们一起踩泥。他们互相把泥巴抛来抛去，把脸都涂得跟泥猴似的。有时孙知微扑到徒弟身上，把他们压到泥里，几个徒弟又合在一起把孙知微压在泥里。他们踩泥的时候要唱歌，研磨颜料的时候也要唱歌。把颜料钵子在空中抛来抛去，跟今天我们在工地上看泥瓦工扔灰桶一样。颜料钵子在空中飞鸟一样飞来飞去。脚手架上人说朱砂，下面人呼的一声扔上去。说石青，一钵石青呼的一声扔上去。画到暗处的地方，他们拿火石点亮头灯（像唐玄奘西天取经时头上戴的那种东西），取火点亮了，能照出巴掌那么大一块地方，画匠的影子投在壁画上鬼魅一样。

到最后定稿的时候，孙知微用一根竹子缚着毛笔一条线拉出几丈长，来看孙知微画画的人没有不惊叹的。仿佛泥墙底下隐隐然有一张画只等着他勾出来便好了。当他画到人物的鼻翼或者眉宇这些精微地方时，旁边看的人都屏住呼吸。孙知微却不以为意，一边唱着一边画。壁画才画到一半，城里就传扬遍了，说是《九曜星君图》画得如何活灵活现，有一个卖茶老汉来看"罗睺"的喷火的头，吓得连茶桶也翻倒在地上，回家以后发了十几天高烧，差点把命都送掉！壁画上的线勾好了，他吩咐徒弟们上色，自己跑到迢月楼厮混去了。他听人说那里最近来了一个歌伎，叫赵仙游，人称赵四娘。人虽然长得不好，塌鼻子、眯缝眼，脸上都是麻子，可是嗓子好。她一唱歌据说连屋外的花花草草都被感动，连后院的木芙蓉、鸡冠花都会跳起舞来。

一首歌经赵仙游唱过以后，城里城外就传唱开了。洗衣服的唱，铡马草的人也唱，连田里车水、割麦的人都会唱了。白天孙知微坐在脚手架上，手里拿着毛笔，从迢月楼隐隐约约传来赵四娘的歌声，他竖起耳朵听，又没有了。所以线一勾好，他抱住脚手架的柱子，两腿一盘从上面溜下来，一边脱颜色斑斓的衣服，一边从桶里抄水洗脸，脸上水滴滴地说："等到开光的时候你们来找我。我到赵四娘家去也！"颜色上好了，孙知微还没有回来。本愿问童益仁说："孙知微跑哪儿去了？"童益仁说："师傅听歌去了。""什么时候回来？""不知道。"

本愿去找了童益仁，说寿宁院的人不计前嫌请孙知微画水。童益仁叹了一口气说："这要早来一两个月，人都还在。现在师傅下面的徒弟都散了，有的过汉中往西北那边去了，有的人到江南寺庙画佛像去了，还有几个改行推鸡公车贩枣子去了。现在一下子要画这么大的墙壁，就算我师傅答应，人手也凑不齐了。"本愿回来把童益仁的话告诉老方丈。老方丈沉吟了半天说："既然这么着，就把墙空着吧，我们等他。你让童益仁来把墙壁做好，这方白墙就是孙知微的，你在城里放风说盂兰盆节孙知微要来寿宁院画水。"本愿说："这妥当吗？"老方丈说："嗯。"本愿低头说："弟子这就去办！"

快到盂兰盆节的时候，成都城里传扬遍了孙知微要在寿宁院画水。盂兰盆节是佛教节日中的一个大日子，每年寿宁院有一台盛大的法会，供奉佛祖和僧人，济度六道苦难，报谢尊长养育之恩。到了那一天，城里的善男信女把庙门都要踏破了，扫地和尚扫来的被踩脱的绣鞋差不多有一筐，像秋天树下落的树叶一样。等到节庆过了，他把筐子放在院墙旁边，每天有城里的女子过来找鞋子，城里的无赖汉就尾随在后面说些风话。节庆的那一天，寿宁院那口能煮五百人饭的大锅，要烧七八锅饭。庙门外有走索的，变戏法的，卖药卖油塌的，卖五福饼、豆儿水、鹿皮浆的，喷火的，摔跤的，差不多要玩上七八天才能消停下来。现在又添上孙知微画水，今年又不知道热闹成什么样子。

但是到了离节庆还有三天的时候，还没有见到孙知微的影子。本愿有点沉不住气了，他一天好几回见到老方丈，想提这个事情，但看看他没事人一样，怕说了老方丈又要责怪他沉不住气。到盂兰盆节的头天傍晚，寿宁院门口来了一个人。他骑着一头小驴，用脚把驴肚子碰了一下，驴停下来。正在扫地的和尚过来说："施主你把驴往南面牵一点，拴在大槐树下面。"这人把头上的笠子摘下来，扫地僧一看，这不是孙知微嘛，他说："我给你知会监院去。"孙知微说："你拉上我的驴子，牵到后头喂上，明早我就走。今儿夜里你得帮我一个忙。"扫地僧撇了扫帚说："你尽管说。"孙知微说："夜里你帮我磨墨，你到厨房里拿几个大碗来，磨好的墨就倒在碗里，我自己下来取。墨磨好了，你就去睡吧！不要跟旁人说。"

晚上众人都歇了，孙知微哑着嗓子对扫地僧说："有多少墨了？"扫地僧说已经研了三大钵了。孙知微说你去睡吧，我一个人画就行了。他牵着一根绳子，把腿盘在上面，慢慢向黑暗处升去。起初还能看到他头顶的灯光，随着他的升高慢慢变得跟黄豆一般大小。他在黑暗中画出第一根线条……

传说那天夜里，老方丈听到江声浩荡，自屋后升起，就蹑手蹑脚去看。他举着蜡烛，一个长长短短的影子跟着他走。他听到声音是从四壁传来，就举着蜡烛去照。一看，就吓晕了：寿宁院发大水啦！蜡烛掉在地上，骨碌碌滚了很远，还亮着。老僧跪在地上不住地念佛："南无大慈大悲救苦救难广大灵感观世音菩萨啊！救命啊！孙知微救命啊！孙画匠！你个王八羔子！寿宁院的人没得罪你啊！白天不来晚上来，哪一回你来蹭饭没让你吃饱啊！"

掀天的巨浪把老僧围在中间，越旋越高。他就着蜡烛的一点微火一路爬回僧寮，水像空气一样在他手指缝里流过去，抓又抓不住，捧又捧不牢。蜡烛在大殿的地上亮了一会儿，渐渐火苗子小下来，然后一跳，两跳，灭了。四壁的涛声更大了，四股浪头绞缠斗争到一起，此起彼伏，摇屋撼树一般。一院的僧众惶惶如丧家之犬，都赤着脚坐在床上想心事。心想孙知微这王八蛋，不知道在这画里施了什么魔法。明天无论如何得找到他让他把画给涂了，不然这夜夜就别睡了。远处是浪头打在礁石上的声音，一个大浪在地上碰个粉碎，分折成涓涓细流，一滴不剩又流回墙上。地上鞋子被浪头打得东一只，西一只的，上面还漂着一只钵，钵里蹲着一只耗子，吱吱叫！

第二天孟兰盆节。信众们第一眼看到这张壁画，没有不惊到面无人色的。这一年跑掉的鞋子比哪一年都要多，扫地僧足足扫了二十筐。许多人一边跑一边狂呼："不得了啦！寿宁院发大水了，快逃命去吧！"等到大家醒悟过来，纷纷往这张画下扔钱。钱堆得山一样，本愿让铲钱的小和尚一人捧一个簸斗，等钱堆满了就铲一斗捧出去。晚上铲钱的小和尚说腰酸得都直不起来了。特为来看这张壁画的达官贵人也不知道有多少，后院喂马的槽子新添了几百个。成都的老百姓说夜里经常能听到从寿宁院传来的涛声。寺庙的天空隐隐有一道白光，天河一样。

后来孙知微死了，赵仙游也死了。又经历许多战乱兵火，大家都不知道孙知微这个人和那张壁画了。寿宁院的乌鸦还在天空中飞来飞去，它们落在枯树和残垣断壁之上。满地的黄叶被风撵着在地上跑，跑累了歇一歇再跑。原先画壁画的地方是一方断墙，下面有一只野狗在那里撒尿，它支起一条腿尿完就跑了。

苏东坡后来感叹说孙知微死了，画水的笔法就断绝了。一断就是五十年，近年来成都出了个叫蒲永升的，也画得一手好水。这人嗜酒放浪，一天不到妓院走上三五回就画不出画来。他要喝高兴了，嫖高兴了才画水，有一二分孙知微的本事。黄居、李怀都不及他本事好。随你什么王公富人，钱堆得跟山似的，只要蒲永升不想画，一笔也不画，天王老子来了也没有用。这狗才呀！只要画兴一来，如精虫上脑，不择贵贱好丑，顷刻而成幅。他为我临抚过寿宁院的水，前后共二十四幅。夏天的时候我老人家挂在高堂上，只觉得阴风袭人，毛发竖立，皮肤上起罗汉豆那么大的疙瘩。永升现在也老了，画子就更难得了。过去的董羽、近年煽呼得厉害的姓戚的画匠，也算是天下出名能画水的了。呸！他们那种水只好称为死水，怎么能跟蒲永升相提并论呢？

性别阵线

　　这几天晚上睡不好，翻出《阅微草堂笔记》闲看。《阅微草堂笔记》里的文章都不长，翻几页，眼睛倦了又能睡一会儿。其中有一则谈狐狸的文章很有趣，但也不想照抄出来。纪昀说北京多狐狸精，说得有鼻子有眼的。比如某书生寄寓在一个破庙里，夜里读书写文章，早上起来一看几案间狼藉的笔砚整理一新，砚注已换了清水，笔洗里还漂着几朵小花。到时令的果子下来的时候，每天有一个素瓷盘装着果饵以飨书生，甚至有南方的佛手、香橼列在条几上，空气中飘散着阵阵幽香。有时又剪几茎秋蕙插在瓦瓶里，待要嗅的时候，又没了味道。

　　书生虽然不敢吃，但还是很感念狐狸的美意。他私意这必是一个绝色狐狸精，如能一睹芳容就算死了也无恨了。有一天半夜起来舔破窗纸往书房里偷窥，过了很长时间从房梁上下来一双大毛腿。此狐原来是一个昂藏大汉，三四十岁的年纪，脸上络腮胡子暴长，青虚虚的，身穿一件褡裢衫。他来到书桌前小心拂拭砚台、镇纸、砚注、笔搁。每一件擦拭完毕后，还要在唇上亲一口，似乎要把这个香吻寄托在文具上，把这种柔情蜜意传达给书生。书生看了，寒热大作。天未亮，就请人来搬家，喊了一帮"窝脖"，把一应家什扛在肩头。临走，他到屋里看看还有什么东西没搬的时候，听到房梁上传来一声沉重叹息，似乎万分不舍的样子。

还有纪昀的一个同僚说，有一个村汉不学好，又赌钱，又喝酒，地里活也不上心，经常被老婆打。一般是劈胸揪住，掼在地上，拳头脚尖俱下，打得一身是伤损。他从地上挣起来就跑，一边跑一边喊人救命。村里人也不喜欢这种闲汉，另外也怕他老婆的悍勇，大家伙就装作听不见，当他快跑到门口时就把门合上，不放他进来。

这鸟蠢汉就跌跌撞撞地跑，一直跑到村口的一座破庙里去，爬到莲花台下面躲着，吓得浑身瑟瑟发抖。他老婆一脚把虚掩的庙门踢开，从神座下面拽着他的耳朵把他拉出来接着打。这时候听到庙里屋梁上有说话的声音："哪里来的恶婆娘！反了天了，竟然当着佛祖的面打老公，还有王法没有？""住手！夫为妻纲，有你这样对待纲常的吗？""这个老婆是三天不打上房揭瓦了！""弟兄几个，我们下去帮这个老弟振振乾纲！"村汉老婆抬头一看，房梁上蹲着几只公狐狸，目莹莹然，气得伸腿捋胳膊的，跃跃欲试地要顺梁柱下来帮打架。

这时听到一阵骚动，一群母狐狸从房顶上跑过来，砖瓦齐飞，一边跑一边骂："这种老公好吃懒做的，打死算了！要他作甚？""自己挣不到钱，还要耍钱，不要脸，往死里打！""天天几杯猫尿下肚，百事不问。爽性打死，另投高门大户去！""开门七件事，京师哪一样不要钱？你这样天天喝得烂醉，也不怪你老婆往死里打你！"然后一齐鼓噪："打死老公！转投豪门！打死老公，转投豪门！"公狐狸这边早已按捺不住，蹿了过去就扇母狐狸几个大嘴巴。你想这京师的母狐狸可是好相与的？先抓了几把土扔过来，然后把屁股一拍说："我不活了，老娘跟你拼了！"说罢一头撞过来，两下里就捉对厮杀起来，互相揪得毛血洒了一地，有的抱着前爪就啃，有的揪住尾巴往墙上扔，跳掷詈骂，打得不可开交。

正摁住老公打的悍妇都看呆了。他们两个慢慢从地上爬起来，把庙门掩上，胆战心惊地往家走。走了好远，竖起耳朵一听，庙里正打得沸反盈天，动静大得跟铁匠铺似的。

写这种东西时，我忽然想到一个人。现在他也不知道走到什么地方去了，这种题材还是江湖来写最好看。

凤
凰
在
此

看苏七七写的书《第一感》，看到里面一篇《鹫峰寺》的文章时，我忽然笑起来——原来福建那边还有这样赶麻雀的。文章是这样写的："又有一会儿，过了一片菜地，为防鸟雀，插着几根竹子，挂了几个红白塑料袋，爸爸说了一个旧风俗，'那时候防鸟雀，也先支根竹竿，然后垂一根绳下来，绳下再挂一个牌子'。他问我：'你知道牌子上写什么吗？''不知道。'我想不出来。'写凤凰在此。'爸爸说，'这四个字不是分开写的，是先写一个凤字外头的大框，然后在里头写鸟凰在此四个字，看起来像个符箓。这是一个驱鸟符，意思是让麻雀起惭愧心。凤凰为百鸟之王，如同老虎为百兽之王一样，麻雀是凡鸟，一看到凤凰在这里就只好裹足不前了，田里的稻谷得以保全。'"

这种写法一定是来源于道家的画符。比如现在我们还能见到过春节写"招财进宝"，先在中间写一个繁体的"宝"字，左边写"进"，右边写一个"招"字，下面画一个走之，形似聚宝盆。还有"黄金万两"也是用一种道家写符的办法。鲁迅先生就感叹广东人迷信得敬业，为了敌住对门的妖气，花很多钱请菩萨、扎彩楼，不像江浙这边人，随便用墨笔在墙上写个"姜太公在此，百无禁忌"就算了事了。

"凤凰在此"这个符篆灵不灵呢？这个要问苏七七。前几天，我在外面给人写春联就写了不少张"招财进宝"的符咒，这是我在现场跟老黄现学现卖的。上次画展开幕式上，老陈请了一个风水大师写了一张符咒裱了起来。据大师说他写的符咒百试百灵，并且要求一定要挂起来才显神通，一再叮嘱道："现在会写这种招财符的人全国也找不到几个，一般人我还不给写。"这种符是用一种红色颜料写在宣纸上的，不知道是不是朱砂。连绵回环，又像字又像画，很吸引人的眼球。这张符请回来挂在哪里？这让我们很犯难，又不好跟美术馆工作人员说这是我们请来的符咒，怕人家说咱们公然搞封建迷信。后来就想了一个办法，把这张天书挂走廊上。也就是心到神知吧！

结果开展的第一天弄得人很抓狂，许多人不看主展厅的画，好几十个人拥在走廊上看这张符。他们拉着我问："这是个什么东西，怪好看的！你给我解释一下嘛！"我又不好跟人说是招财符，怕被人家说俗，只好硬着头皮跟人说这是道家的一种文字，是祝愿合家平安符。还有人问："这个卖吗？""这个字有学问！""东巴文吧？"

现在看到七七老家竟然连吓麻雀也使用这种古法，大概是宋代泥马渡康王时传到福建去的。这个办法比我老家赶麻雀的办法简便多了。我们那里到了稻谷成熟时候，为防麻雀偷食，就在田里缚稻草人吓鸟。稻子一熟，秸秆之间扯起了蜘蛛丝。下雨了，蜘蛛丝上会挂满水珠。稻子灌浆了，成熟了，田里的麻雀就多起来了，如骤雨般从一块田里倾泻到另一块田里。人从田埂上走，麻雀"轰"的一声飞起来，会让有密集恐惧症的人起一身疙瘩，耳边全是鸟鼓翼的响声。安徽和县那边麻雀更多，我在长江边住的时候，一到秋天就看到从江南往江北飞的麻雀阵，一大团，一大团，像浮在天上褐色的云彩。早晨从江南飞过来，傍晚的时候又飞过去。秋天的江水枯了，铁锈一样慢慢流淌着。岸上散落着的卵石，白得像骨头。

和县这里的人又不书咒，又不扎稻草人，他们在田里设了大翻网。网先伏在地上，麻雀落到田里啄食的时候，有几个人忽然站起来轰鸟。麻雀斜刺里一冲，正好冲到拉开的翻网上。一网能网到成百上千只麻雀，麻雀被网在网眼里拉拽挣扎，"啧啧"叫着，然后捕鸟的人过来从上面往下摘鸟，一地翻飞羽毛。麻雀真是没多大吃头，就胸脯上两块肉，一对细劲的小爪子，黑铁似的。有专门加工麻雀的作坊，先油炸，炸好后浸在香油中，一毛钱一只对外卖。

到了秋天，街上饭店都有卖炸麻雀的。这是当地的一道时令菜，只有秋冬季节能吃到，很有名，上过徽菜的菜谱。我在乌江吃过一回，很香！吃之前饭店的伙计很小心地用一根长竹筷子从坛子里往外掏，油浸的麻雀掏出来下锅烩，里面无外乎放些葱、姜、蒜之类，吃口重的放红辣椒丝。饭店的食客基本上每人面前都有一盘这样的炸麻雀。也许还有其他的吃法，但我没有尝试过，不好瞎说。

　　我的老家轰麻雀最常用的办法是扎稻草人。稻草人扎好后，要装饰一下，力求使它威风一点，这是大人、小孩各显神通的时候。露顶的草帽子、漏了的雨衣、旧蒲扇、露了肘的衣服、破围巾，都给它穿上。小鬼很像样子嘛！穿好后，就扛到田地中间扎下去。这家伙就很尽责地伫立在田里。风来了，雨来了，稻草人身上的衣服就舞动起来，长袍大袖甩起来，前仰后合。旧蒲扇破成了须须，衣服一条一条挂下来，麻雀见了很害怕。灵也就灵个三五天，见多了也就不怕了，麻雀落在稻草人的旧草帽上呼朋引类，快活得要命。有时风把一个稻草人刮歪了，这具稻草人就倚在另一具身上，很温存的样子。时间久了，稻草人都有了各自的特征，有的天生老相，头上的草散乱开，九世乞丐的样子，垂着的衣襟无风自动；有的则显得十分诡异，雨水纵横在它脸上留下印记，像个刀客。它们都站在齐腰的稻谷中，时时有一种行走的姿态。

　　夜里它们会不会三五成群从不同的方向走过来，聚到一起聊天？稻草人应该用一种什么样的嗓音说话，它们会哑哑地笑起来吗？稻草人应该是不会抽烟的，它们怕火。秋后我们在田里烧荒，已经破败得不像样子的稻草人让火一燎就着了。火先从下面的秆子烧起，慢慢引到身上，烧到破草帽，火苗子骤然大起来，烧成的白灰，掉到地上蜷曲、软掉。一个、两个、三个的稻草人被烧着了，像高高擎着的火炬。

　　有些侥幸没有被烧倒的稻草人，会在下过霜的旷野中站一冬天。东倒西歪地站着，露出伶仃的竹木骨架子。它们就这样一直站到春天，到了春天的时候就自动溃败了。身上的肉，也就是稻草完全松散不成个形状了。竹木架子被拆开放在田埂边，水声活活，田里的紫云英被犁翻了。牛在田里走过去，又走回来，把稻草踩到土里面去。稻草人就伏在土里，身边升起浑浊的水泡。初醒的小蛤蟆惊奇地从它身边跳过去。稻草人等着到了秋天的时候复活。到了秋天日子就好过，它们会被再度召唤出来。苍天下，它和它的同伴们穿着奇形怪状的衣服，在稻谷之上大步流星地行走。

赶房人叶行一

我正在大栅栏跟一个姑娘吃卤煮的时候，叶行一给我打了个电话。他说："风老师你到北京来啦！你现在在哪儿呢？"我说："在大栅栏这儿跟一个姑娘吃卤煮，你要是不远就过来一起吃。"他说："我不爱吃卤煮，糊里糊搭的有什么好吃的。"忽然压低声音说："哎！那个姑娘漂亮吗？"我看了姑娘一眼，然后转过身小声地说："漂亮。""那这样，你们在那里别动窝，等会儿我过来请你们吃饭。忘记问了你没喝酒吧？"我说："吃个卤煮喝什么酒。"我跟那姑娘说："一个朋友等会儿要来，你不介意吧？"她笑着摇摇头说："不介意，反正我晚上也没事，正好在一起聊聊天。"等吃完卤煮出来，正是华灯初上的时分，一轮大月亮从城楼的一角升起来。暮春时节的北京已经有点热了，街边的泡桐树开出紫色的花。微风中飘来烤串跟炸臭豆腐的香味。我跟那姑娘坐在街边的椅子上，看着来来去去的人流。我问她："你能喝酒吗？"她说："一点点，我不会妨碍你们吧？"我说："没事，我这个朋友尤其好客。在老家的时候我们经常在一起喝。去年说要到北京来采阴补阳，我们有一阵子没有见到了。""采阴补阳，他不是什么坏人吧？""啊，我忘了介绍了。我这个朋友是个术士，江湖上人称叶行一，也有叫叶天师的，反正随便你喊。他这个人很随和的，应该没什么问题。据他自己说他的法术是他表舅传给他的。他的表舅法术很高，会钻土，跟土行孙一样。后来羽化升仙了。据他自己说，他表舅是踩着二踢脚直上云霄的。"那姑娘捧着脸，像看个神经病似的看着我。我说："你怎么用这种眼神看我，这是真的。他自己还写过一篇文章介绍过，回头我把链接发给你。"她说："那好吧！"

过了一会儿，她问我说："那你这个朋友怎么采阴？"问完这句话后脸上露出很厌恶的样子。我说："他是个正经人，不是你想的那种采阴补阳。据他自己说他到北京来有一个重要的修炼阶段，叫什么'坐圜守静'。要打通大周天和小周天。""那他为什么不在名山大川里修炼？要跑到北京来？空气那么差，吸进去都是雾霾。"我说："我也问过他这个事情，他解释说北京这个地方阴气重。他自体阳气太盛。三十五岁了，现在刚好达到至阳之顶。再过五年以后就会由至阳之顶向下转换，所以要趁着这个最佳时刻到北京来摄取阴气。"

"那他怎么个采法？"我说："他这一行我也不太懂，听他说过一点。好像先是存神，练浑元之神。现代人每天忙七忙八的，神是散的。像散在地上的乱麻一样。你先要摄神，把这个乱麻理成一束一束的，这个阶段叫存神。存完了就开始练气。具体是采用胎息功还是龟息功，他没有告诉过我。然后念动咒语。据说是北魏道士寇谦之传下来的《云中音诵》，我听他念过，蛮好听的！过去道家念的时候还要伴之以小阮或者是古琴。叶行一没学过这个东西，他就一边念一边弹吉他。他以前练过摇滚，有一把好嗓子。念诵的时候那些被理成一束一束的元神就像小蛇一样把头昂起来，随着音乐上下晃动。人会变成透明的，连五脏六腑都看得清清楚。跟照 X 光似的，然后这些元神就从四面八方往身体里钻。"

"好可怕！起风了——有点冷了，你问问他什么时候来？"我说我来打个电话。我拨通电话，我说："叶行一你到了没有？我们都等急了。"他说："我正在过马路，我看到你们了。"这时斑马线上的绿灯亮了。叶行一手插在裤兜里晃了过来。我说："怎么弄这么长时间？"他说："刚下班，一号线上人多得不得了。挤了两趟都没挤上。"我问他："你不是说在采阴补阳吗？怎么又上班了。"他说："我也不想上，我老婆在家天天骂我。把我作法的法器都给扔掉了，说再不上班下月的房租都交不上了。"

我说："来来——我来介绍一下。黄姑娘，在艺术品拍卖公司上班。"黄姑娘朝着他浅笑了一下，点了点头。然后我一指叶行一："六明教第三百八十八代传人叶行一，浙江省人，人称地风水火赶山牧云叶天师。安吉县书法家协会会员、花木盆景协会理事、安吉白茶协会副会长。"叶行一连忙打了稽首："贫道有礼了。"我问他："晚上准备请我吃什么？"叶道长说："你住在什么地方？"我说："建国门那边。"他说："那我们走着过去吧，在路上我们看到哪家馆子合适就在哪家吃你看怎么样？"我说："行，这样我回去也近点。"叶行一从口袋里掏出一瓶"小二",说:"晚上我们喝这个你看怎么样?"我说:"客随主便,那我们就走吧!"黄姑娘拽我一把,小声说:"叶道长怎么不拿拂尘?看着就是一个平常人嘛。"我说:"也许让他老婆给扔掉了。"

我们顺着长安街走过去。一个当兵的拦住我们,示意让我们从一台检测器口中穿过去。路边看到一个橘黄色的招牌,上面写着"楚天湘菜馆"。我问叶行一:"这里行不行?"他摇了摇头说:"太闹了!我们找个小馆子,那里人少好说话。"然后我们默默地走了一段,这时候黄姑娘看到路边有家菜馆子,说:"这家广东菜不错,我以前吃过的。他们家烤乳猪做得好。"叶道长白她一眼说:"烤乳猪最是伤生,不能吃!小猪生下来眼都没睁,连一个太阳都没见过,就被人烤了。所谓纯阳未足,吃了最是伤人。于宅心亦有妨碍,你以后记住了,有人请你吃烤乳猪一筷子也不要动。哪怕它烤得皮焦肉嫩也一筷子不要动,由他们去吃。"

后来走到大羊毛胡同里,看到一家"东北大棒骨"的馆子,叶行一说:"此地甚好!就这儿吧。"这饭馆正中间挂着一台电视,人要仰着头才能看到。老板背对我们,正在看电视,叶行一问:"还营业吗?"老板说:"刚走了一拨,怎么这么晚?""外地来个朋友,我去接他,晚了一点。"老板扔过来一本油渍麻花的菜谱说:"想吃什么?菜都在上面,地三鲜没有了。"叶行一说:"操!怎么没有地三鲜了。"老板说:"茄子用完了。"说完背过身去继续看电视。他老婆出来给我们用一次性杯子一人泡了杯茶。电视里正在重播《亮剑》,老板看到李云龙要用意大利炮轰鬼子炮楼,嘴里不由得"嘿嘿"笑出声。

叶行一点菜的时候，我打量着周围的环境。饭店进门的地方有个小柜台，上面有香烟、酒和北冰洋汽水卖。一个女的坐在柜台后面嗑瓜子，眼睛也盯着头顶上的电视。她和老板在发笑的时间上稍微有点延迟。我说来三瓶汽水，叶行一听到抬头说："我不喝，你拿两瓶就行了。"黄姑娘说："我也不喝，风老师你一个人喝就行了。"

叶道长点了六根酱大棒骨，然后拌了个大拉皮，还有老虎菜。他问我够不够，我说够了，然后又拿了两支啤酒给黄姑娘。老板娘过来把酒给开了，我们就喝了起来。黄姑娘喝了一口，问叶道长："听说叶道长是到北京来采阴补阳的，怎么又去上班了呢？"叶道长戴上塑料手套准备开工了。他一边啃骨头，一边嘴里呜哩呜噜地说："房租太贵了，不找个兼职真练不下去了。"黄姑娘又问道："叶道长在哪里高就？"

叶道长说："目前在一家公司写方案。在老家我帮人写剧本，你们如果有什么文案或者剧本的我可以帮你们写。"我在桌子底下踢他一脚。他惊觉到了，然后改口说："其实我们修道的人对生活是无所谓的，'一箪食，一瓢饮，在陋巷，人不堪其忧，回也不改其乐'。北京这个地方主要是空气差，不然我靠喝风也能活得下去。虽然我还没修到餐霞饮露这个阶段，但偶尔喝喝风还是可以的。风老师这根骨头你要不要啃？"他指着盘子里的骨头说。我说："我不啃了，你拿去啃吧。"

他举着骨头在空中比画道："这个修道最重要的是'禁欲虚

心'，没有这四字其他都是胡扯。""刚才我听风老师说你在北京采阴补阳，到底怎么个采法？"叶道长警惕地看了一下四周，然后用大棒骨摇了摇，说："人多的时候我可不敢说，你知道我现在住在哪里吗？"我俩都摇摇头。他声音更小地说："我住八宝山那边。""噫！可不敢胡说。那地方怎么住人？"叶行一把身子往后靠了靠说："我不是住里面，在外面住。在附近租的房子。"我跟黄姑娘才松了口气。我接着问他："那你为什么要住在那个地方呢？""你是知不道，那里面老早埋的可都是改朝换代的主，能量源大得很。我在那个地方修炼，一年能抵在地方上练十年。"说完他把手伸过去说："来！黄姑娘你把我手拉住，你感觉一下。"黄姑娘看我一眼，我示意没关系，她才把叶道长的手拿住，忽然惊叫起来："吓！有电！"叶道长满意地笑了，他说："是不是跟过电一样？"我说："我也来拉一下。"他把手收了回来说："我们就不握了，你摸摸我的头部。哎，就前额，天灵盖这个地方。感觉到有什么不一样没有？"我伸出手摸了一下，果然是活动的，好像有一种巨大的吸力把我的手往里面拉。我使了很大力气，手才拔了出来。我觉得手腕隐隐有点痛。我说："确实功法大进啊！"

黄姑娘说："你练这个功有什么用？""什么用？看你也不是外人，这个地方不妨简单说一下，这种功练成了小则福寿延年，大则赶山牧云。我老祖的时候曾经把山从河南赶到浙江省来了，我老家安吉那边几个山头，都是从河南赶过来的。一座叫信山，一座叫阳山。现在山上产安吉白茶，如果不是我老祖把山赶过来，浙江省怎么可能有安吉白茶呢？你不信你看看信阳毛尖的茶种是不是跟安吉白茶茶种一样的。不过你听到别外传,现在江湖上九大派都在练这路功法。他们都想练成以后把老家的房子赶到北京来。但具体的赶法他们不明白,湖南那边顶了天就赶个尸体什么的。这个在我们六明教当中都是雕虫小技。不值得一提!"

听说能把老家的房子赶过来,黄姑娘很有兴致了。她说:"叶道长你具体说说怎么个赶法嘛。哎呀!这个法术太神了,如果能把我老家房子赶过来,我就不要再租房子了。现在我一个月租房子要去掉工资的十分之一。"叶道长掏出一包红塔山,从里面弹出一支点上说:"其实赶房子是很不容易的。非常辛苦!首先我要斋戒七七四十九天。在这四十九天里我一点荤腥都不能沾,一点荤腥都不能沾还是小事,还不能近女色。别说是夫妻敦伦,就是肌肤相亲都不行。功法破了之后不仅房子赶不走了,连自己都要受害,有可能以前练的功法清零。你看聊斋里有那千年老狐炼得一颗灵丹,往往在月夜望空吐吸之际,忽然被人劫了去,这就算完。一千年白练了!"

我俩听了都倒吸一口凉气。我过了一会儿问他:"那我想把老家的房子赶到历史博物馆门口你说行不行?"他瞪大眼睛说:"那当然不行!"接着他说:"你想啊,馆长早晨上班,忽然发现你们老家的八间大瓦房盖在他们门口。第一时间他就会打电话给市容部门,分分钟钟给你拆了。赶房子是个技术活,在赶之前我们要签一个格式合同。合同上要写明原房所在地,赶房目的地。然后你要有个授权的黄表纸。我在列仙前面焚化了,才能赶。有些不合理的要求我们也办不到,就是神仙也不是万能的。哎!黄姑娘你家哪儿的？"黄姑娘说我家湖北荆州的。叶行一说："比如这个黄姑娘现在委托一个活儿，她们老家有一幢九十年代盖的四上四下带院子的房子。她让我给赶到故宫太和殿去，那这个活儿我就不能接。因为我办不到。你做生意是诚信为本，做到就讲做到，做不到就是做不到。现在他们九大派都在江湖上接活儿，大嘴拉拉。甚至说能给人家房子赶到北海公园或者纪念堂去，这怎么可能嘛！根本没有职业操守，他骗你一笔就跑。等你把赶房费也交了，再找他连人影子都找不到了。我这个跟他们不一样，原则上只接四环、五环外的活儿。"

我听他这样说觉得有点心动，我说："那你跟我们说说这个具体怎么个赶法，怎么个收费。""风老师你在老家有房子吗？""有，祖上传下来的六间大瓦房。外带一个放农具的披厦，现在给人家养着鸡呢。""你又不在北京工作，赶过来干什么？"我说："可以租啊！六间房怎么也能租两万块钱。如果赶成了我在老家收房租。那真是睡了吃吃了睡，什么事情也不要干了。"他冷笑道："你净想好事，你这个房子赶过来就不是原来大小了。因为在赶的路上我要念咒语，每天都要缩小一点。等过了廊坊差不多只有一本书大小。真到了目的地，那得根据你放在什么地方，如果你想放在景山公园里面，我只能把它缩小到跟蛐蛐罐子差不多大。卫生部门如果查得严的话，说不定会更小。这个到时候在合同里都要给你注明了。"听到这样说，我们都觉得意兴索然，那不等于赶了一个微缩的建筑模型来了吗？人又不能变成蛐蛐和黄蛉那么大。他说："谁说不能变成蛐蛐那么大？"

他耐心地给我解释说:"这个房子赶过来以后事情还多得很,水电路三通总要吧。因为是微型的房子那个输水管比医院输液的管子粗不了多少。接在地下的自来水主管上就行,电,更不是问题啦!一节二号电池管用一年。这还是在用电热油汀的情况下。如果靠近暖气管道连这个也省了。"我觉得他在愚弄我,我说:"你跟我说说那这个人怎么住进去?难不成连人也要缩微吗?""你说对了,人也要缩微。等赶过来后,我每个月在微信上发布缩微口诀。你可以通过微信转账的方式买口诀。目前暂定价格是三十,有包月也有包年的,包年还有优惠。大概每个月在二十五块钱左右。"黄姑娘说:"微缩了我怎么上班呀?"叶行一说:"早晨上班的时候还有一个咒,念完了一切恢复正常。就'嗖'的一声或者'啪'的一声,不耽误你赶公交或者地铁。如果你嫌麻烦也可以到单位门口再念,这样连地铁票都省了。""那到底是'嗖'的一声,还是'啪'的一声?"叶行一搔了搔脑袋说:"这很重要吗?"

我说:"那你大概给我描述一下赶的全过程,以及微缩过程。如果可以的话我们下一步来谈谈费用。"黄姑娘说:"说了半天,我都有点困了,叶师傅你露一手给我们提提神。"他仰天长叹道:"哎!你们这些小信的人啊。这是个不配见证奇迹的时代,闲着也是闲着。请上眼!"他说完之后摘下塑料手套就进入入定状态,嘴里还叽叽咕咕的。这时放在黄姑娘面前的筷子自动站了起来,它灵巧地在一碟老虎菜里夹了一筷子香菜和黄瓜,给她放在碗里。黄姑娘说:"我不吃香菜。"这双筷子又灵巧地将香菜择了出来。二锅头凌空升起来,在我的杯子里倒起了酒。快要满的时候瓶口点了两点，刹住流下的酒水，然后回到桌面上。

我们交换了一下眼神说："真神哎！"他向我们说："这个都是小道，不值一提。过去茅山道士就仗着这个混饭吃。因为你俩跟我有缘，现在签合同给你们打个八五折。明年北京房价一涨，我们赶房的费用也会水涨船高。到时候我的活儿多，你们想排都排不上了。"黄姑娘说："你让我再想想，万一人缩小回不来就完了。我总不能像个蛐蛐一样在北京活着吧。"叶行一说："你确定你现在不赶？"黄姑娘连连摇头说："听着有点不靠谱。""那好，我跟风老师谈，黄小姐我们加个微信吧。万一你以后还想赶就在微信上通知我。"

这时老板娘过来说："老板不早啦！要打烊啦。"我说好好我们马上就走。等出了"东北大棒骨"，那轮大月亮已经落下去了，满天密密麻麻的星星。我们把黄姑娘送到胡同口，她悄悄捏了捏自己的脸跟我说："这不是在做梦吧！"这时她叫的车来了，她回头看了我和叶行一说：那我先走了，你们聊。风老师等你房子赶过来我去参观一下。"

车的尾灯在马路转角消失后，叶行一说："风老师我可能坐不到地铁了，你的房间几张床？"我掏出手机看了一眼，哟！快十二点了。我问他："那你今晚不回八宝山采集阴气了？"他说："不了，今天是星期天。明天早上我坐早班车到公司去。"我说："我那个房间有两张床，你就住吧。回头我们聊聊具体怎么操作。"他说："那行。"

躺在床上，我问叶行一："你赶房子是不是作完法之后要坐高铁到北京来？"他在床上把手枕在头后面说："那怎么可以，要顺着明代的运河一步一步走过来。最快也要半年时间。去年我赶过一单，结果房子到了微山湖地面，再也赶不动了。"我欠起身问他："那怎么了？"他说："我那单活儿接得还可以，目的地在五棵松那边。我一个哥们在那边做旧相机生意，当时说好先预付二十万。等房子赶过来把尾款结清。他老家是江苏扬州那边的，古时候称广陵。我从那里赶到北京，等于顺着大运河从头走到尾就行了。这个价钱怎么说也不算高。"我说："还行。"

我说："为什么不能坐高铁呢？"他说："像我们职业赶房人都要离带电的东西远远的，不然冲散了元气，房子就走不了了。过去湘西那边的赶尸人都要拎着一面小锣，一路走一路敲。那些居家住户听到锣响，知道赶尸匠来了，就把家里的狗拴起来，不然狗一冲去，好不容易聚起来的阴气就被冲散了。那尸体就再也赶不动了，变成一具僵尸。赶房子也是一样，白天睡觉，到了夜里过了子时才能动身。动身之前先焚黄裱，然后念道：'云从龙风从虎，天灵地灵。爬山过岭见星光，点得周天亮光光，照见大地见针明，左叫左转，右叫右转，若还不转，九牛拖转，再叫不转，铁车拖转。'等念完咒，把拴在树上的房子解下来，一边敲锣一边拖着房子往前走。下雨天就要歇下来，然后找草修草鞋。"

我说："穿旅游鞋都不行？""一切都须遵从古法。""你想不想看我作法时的工作服？"我说："拿过来看看——"我接过他的手机，他在大运河皇码头动身时照了一张照片。长身玉立，头上戴着一顶大作怪的帽子。帽子上写四个朱砂大字"奉旨进京"。身上穿着一件民国时算卦先生常穿的白色熟罗纺长衫。左手牵着一根绳子，右手执着一柄拂尘。我问他："这个你怎么拍的？"他说："用自拍杆拍的。""你不是说一切现代东西不能用吗？"他说："手机除外。因为我每天要将路上的行程报告给客户，让他在网上转发点赞。现在做公号不得不花点心思。"他说你关注我公号能看到我每天的行程。

我说我扫一下。嘀——扫上了。只见公号上写道："第一天从邵伯码头出发，风大。房子在天上摇摆得厉害，到了下半夜风定。计走了十五公里。"后面还有许多是每天吃早饭用了多少钱，住店用了多少钱。路上请一个铜锅的吃饭花了多少钱。都是很无聊的流水账。其中一则写道：

"鸡叫时到台儿庄，远近雾气沼沼。不小心差点掉到河里，房子也差点被枣树挂住。一个早起遛鸟的老汉问我是干什么的，我跟他说是赶房子的。他叹息说有五十年没有见过，并且流下了热泪。后来他要请我喝胡辣汤，我因为要睡觉，婉拒了。我实在太困了……"

我问他："你这个房子怎么像风筝一样在天上拖着。"他说："念过咒以后，房屋所有的物质重量都被释放光了。然后就浮在天上，用赶龙草编的绳子拖着走就行了。这根草绳子还是我表舅留下的旧物，你看有些地方被磨得快要断了。我去年在老家找这种草修补了一下，但手艺比他们老辈人就差多了。这种草现在很不好找。只有在绝壁悬崖的阴湿处才会生长，叶脉有一线金黄直贯到根，比头发丝还细。就用这种草来搓。现在人都没有工匠精神，谁会耐烦来做这个？可我一路上什么都想到，但没想到在女色上出了点问题。走到微山湖那边出事了！"

我说："你不会路上嫖娼了？""那怎么可能，你又不是不知道我的为人，生平不二色。我踩滑了脚，跟一个女的凌空接了个吻。房子立刻僵在那里，拖不动了。现在被风吹得百孔千疮的。"我说："怎么会遇到女的呢？"

他说："我也是大意了。那天贪赶了几里路，快到早晨的时候我听到鸡叫，我心里也急。我这个房子说是赶，其实是我用法术拘着几百个鬼卒在往北方扛。这个中外鬼都一样怕鸡叫，《哈姆雷特》中他的父王贵为一国之君都怕鸡叫。我正在从天上一把一把往下收房子，镇上开小旅馆的一个女老板出来倒洗脸水。我刚说老板娘有空房吗？就踩到这摊水上，一下子就倒了下去。就在这个电光石火之间，我一把就抱住了她，结果就吻到她脸上。冰冷带霜的嘴印在人家的热脸上，那人家可干？当场就叫起来：'大清早就耍流氓啊！'然后就用脸盆往我头上招呼。我跟她解释，我说我是一个职业赶房人。你看拴在枣树上的就是我要赶到北京的房子。然后我安慰她说：'大嫂你一大把岁数了，连腰都没有，我不可能这样重口的，这一点我敢对天发誓！'我越解释她火越大，她说：'你一个放风筝的，还说什么赶房人。你再装神弄鬼我叫人把你送到派出所去。'结果我只好落荒逃走了，连那个房子的小模型都没敢从树上放下来。现在我那个朋友天天跟我闹，要我赔他房子。说原本想进京的，现在连老家也没有安身之地了。其实我真冤死掉了！你看这一天一天都记着呢，公里数，步数，消耗多少大卡，吃饭多少钱，住店多少钱。"

我安慰他："干哪行都不容易。"他说："如果那么好赶，我早把我老家房子赶过来了。我给你看我老家浙江的房子，四层八上八下。"我说："时间不早了，睡吧！明天还要上班呢。"

然后我熄了灯。夜里我做了一个奇怪的梦。我梦见自己翻开景山公园的石块，下面竟然看到许多北漂的朋友，一窝一窝的。有的在画画，有的在写剧本，还有的在谈恋爱。有的弹着吉他唱歌，有的在吃卤煮火烧，有的在写小说。他们见到了光就像蟋蟀一样蹦了起来，转眼逃得无影无踪。然后我一下子就被吓醒了。我看看手机上的时间，已经快早上九点了。叶行一不知道什么时候走了。床上堆着空了的被窝卷，像一具蝉蜕下的壳。

大市北的
狐狸精[1]

洛阳大市周长八里。市南有座皇女台，为汉代大将军梁冀所建造。有五丈多高，站在城里就能看得到。市东南有通商、达货二里。洛阳城里男女老幼要买东西就上这个地方。相当于今天上海的南京路，北京的王府井。市西多的是酒家、妓馆。喜欢喝酒玩乐的人都喜欢到市西去。市西的酒家中以刘白堕家酿的"春酒"最有名。有一年，青州刺史毛鸿宾买了春酒送人，半路上遇到一伙土匪。土匪抢了钱财马匹后一看还有"春酒"，就喊："哥几个快来瞧瞧，刘白堕家的春酒哎！"一尝就放不下来，最后醉了一地。来拿贼的官兵屁事没费，拴了一串跟蚂蚱似的走了。后来江湖劫道的土匪就口口相传说："不畏张弓拔刀，唯畏白堕春醪。"市北的慈孝、奉终二里都是开棺材铺、车行的。洛阳城死了人的最先想到的地方就是市北，到了市北什么白事就算置办齐了。去的时候一个人，回来浩浩荡荡一大群人。有响器班子，打灵幡的，

1　改编自《洛阳伽蓝记》。

冒牌的孝子贤孙，专门唱挽歌的，牵绋的。后面七八人抬着一口大棺材。在市北有个唱挽歌的专业歌手叫孙岩，每天一大早就到牌楼下面跟几个同行在那里等生意。汉魏的时候朝廷规定：家里死了人必须请歌手来唱挽歌，否则就不算是一场完完整整的葬礼。死者的后人就会被当地人视为"不孝子孙"，所以唱挽歌的生意都还不错，竞争也很激烈。想做一个专业唱挽歌的要从小就训练，有的歌手被现场气氛所感染。老是哽咽不能成声也不行，完全没有现场感也不行。孙岩这个人长得不错，嗓子也好。他们家干挽歌这行已经干了好几代了，可称为业内翘楚。丧家到了市北第一件事去找孙岩，孙岩走了，才轮到别人家做生意。

　　春三月一个早上，洛阳城里的柳树冒出金色的嫩芽。晨鼓敲完，孙岩从坊里出来，手里端着一碗胡辣汤喝着。他看见另外几个唱挽歌的在牌坊底下等生意。他回过头对卖胡辣汤的唐掌柜喊了一声："等会儿叫个伙计过来收碗，钱明天给你。"卖胡辣汤的唐掌柜说："孙大郎，我还怕你跑了不成？有空尽管来喝汤吃饼。"唐掌柜转过头跟其他几个喝汤食客说："我们这条街的孩子起小我就看他有出息。别人还不信，现在可知道我的话准不准了？听说最近孙大郎跟身毒[1]国来洛阳贩香的瓦拉迪合伙做生意。今后丧家到北市只要跑他们一家都齐活了。"孙岩刚到牌楼底下，其他几个唱挽歌的同行都围拢过来。有的喊："孙哥早啊！"有的问："你跟瓦拉迪的白事行啥时开张？要雇人吗？"其中一个叫张元修的说：

1　印度河流域古国名，始见于《史记》，为中国对印度的最早译名。

"这个天不冷不热，城里的老货好几天都没人死了。我都三天没开张了。孙哥我要像你趁那么大家业，我早就不干这一行了。我把家里的本钱拢拢，跟那些胡人到波斯国贩乳香。做那个生意多挣钱！"孙岩蹲在地上，他把碗里的胡辣汤喝完抹了抹嘴说："你们是一家子不知道一家子难，我也有我的难处。"大家伙说："你们家到你干这行都三代了。你爷爷在这行里谁人不知谁人不晓，那些个王公贵族家里有了丧事不请到你爷爷宁愿放臭了都不发丧。现在你在家排行老大，今后这个家业还不都是你的。大家伙儿就是羡慕，没别的意思，你也别哭穷。没人问你借钱。"孙岩叹了一口气说："这个事情说起来都没人信，三年前我不是娶了媳妇吗？唉——我现在凡百都顺心，就这个媳妇不顺心。"张元修蹲在地上问他："怎么了？是不是性生活不和谐？"说完他对其他几个站着的人挤了挤眼。孙岩说："要是不和谐就好，比那个还糟。我媳妇睡觉不脱衣服。"那几个摸着下巴直摇头，有的说："嫂子看上去不像古板人呀！每次在街上遇到都是有说有笑的，怎么会睡觉不脱衣服呢？真是日怪了！"张元修问他："难道洗澡也不脱衣服吗？""洗澡也不脱，就这么穿着衣服往水里一坐。""那她上来不得换衣服吗？你就趁她换衣服的时候。"张元修做了个饿虎扑食的姿势，孙岩说："她从水里出来，身上的衣服也是干的。她就这一身衣服三年没换，脏了就往水里一坐，等出来就新崭崭的，连上面绣的金线都跟才绣上去一样。"大家说："你没趁着她睡觉偷偷给她解开，看看究竟是怎么一回事。你是她汉子，怕她怎的？"

孙岩听了直摇头，他说："她万一翻脸了呢？夜里她纺完布以后喜欢在院子里盘石锁，抛上去拿胳膊肘接住，然后使个'苏秦背剑'又给扔上去。百来斤的石锁玩得跟扑蝶似的，你说说我怎么扑她？""等她睡着了呀！老虎还有打盹的时候。女的都这样。起初都绷着，你把她衣服脱了就好了。我们真算是服了你了！成亲三年了，你竟然没看见过自己媳妇裸体，这说出去一整个洛阳市的人都不信。"张元修回头问一个叫小五子的挽郎说："你信吗？"小五子说："打死我也不信。"张元修说："你听哥哥的错不了，你今天也别做生意了。找个地方眯一觉，晚上等她睡了你给她悄悄脱了，什么不是你的。"说完他用胳膊肘撞了一下孙岩，孙岩说："这能行？"其他几个说："能行！你就照着张哥教你的去做，管保错不了。"这时前面来了一个人悲悲戚戚的样子，张元修推了他一把说："你到旁边躲躲，这桩生意我跟小五子他们做了。你又不缺这几个。"

傍晚的时候，乌鸦回巢了，天上还剩几只蝙蝠在盘旋着。街上的孩子脱下鞋子往天上扔去，一边扔一边喊："燕巴虎，穿鞋来，你爷不来你爸来！燕巴虎，穿袜来，你爸不来你妈来！"孙岩走到家门口，拍拍门，他媳妇开门说："饭做好了，洗洗手吃饭吧！"孙岩答应一声，把身上唱挽歌的道具往炕上一扔。他盘腿坐在炕上，媳妇给他把汤端上来："今天生意还行？"孙岩撕了一块饼扔在嘴里，一边嚼着一边喝汤。过了一会儿，他闷声闷气地说："我没去做生意，在外面睡了一天。"孙岩媳妇端了一碗汤坐到他对面说："是不是张元修他们又说你什么了？""他们说什么要你管呢！是我自己觉得闷得慌。你说你在我们家也有三年了，可我怎么就不见你脱衣裳睡觉呢？"孙岩媳妇白他一眼说："晚上等我忙完家里的事情，还要织布。等上床的时候都快鸡叫了，你睡得跟死猪一样，我脱不脱衣服你怎么知道？再者说了，你想弄那个事情，尽管到市西去。要钱我给你拿钱，我又不是醋娘子！过日子你别听那些闲汉说三道四的，如果你听他们的，这日子就没法过。我要说我是狐狸精，不脱衣服是怕吓到你，这个你信吗？"孙岩听了直摇头。他媳妇说："你们人的被子是盖不暖我的，我有自己的被子。我睡觉的时候要盖自己的被子才能睡得香。"

睡到五更天的时候，孙岩爬起来。月光下他看见媳妇蜷在床尾那里睡着了，身上还穿着那件红衫子。他偷偷解开她的衣服，上半身没问题。等把裹衣解开，孙岩吓得差点叫出声来。他媳妇长了一条长长的尾巴，红色的，跟山上的狐狸尾巴一样样的。孙岩什么也没穿就从屋里跑出来，一边跑一边喊："快来人啊！抓狐狸精啊！"这时他感到有个铁钳子一样的手抓住他的脖子，然后把他掀翻在地上。他媳妇坐在他身上左右开弓抽他大耳巴子，身后还有条尾巴迎风招展。她一边抽一边骂："三年了，我哪里就亏待了你，谁没点隐私？在外面听风就是雨，还喊人抓我，今天你看到我的尾巴，也就是我尘劫尽了。难道这世上就许你们人类有毛，狐狸就该光着吗？"越说越气，从怀里掏出剪刀就给孙岩剃了一个狗啃头。邻里听到孙岩家打架，都提了灯来解劝。灯下只见他们两口子半裸着在打架，岁数大的都把脸转了过去。唐掌柜的眼尖，他大叫一声："孙岩媳妇长尾巴啦！"这个狐狸精听到喊声，三蹿两蹿来到眼前给唐掌柜的也剃了，一边剃一边说："就你多嘴！"狐狸精看看人多了，就放下唐掌柜顺着院墙跳到屋顶上。屋下的人纷纷往上面扔砖头瓦块，这个妇人变为狐形顺着屋脊一溜小跑走了。

　　第二天早上满城的人都知道孙岩媳妇是个狐狸精。唐掌柜和孙岩都没有出门做生意，发型被剪得太丑了。一两岁的孩子见到他们就哭起来了，家里大人连忙抱在怀里安慰说："不怕，不怕。"过了没有几天，慈孝、奉终二里唱挽歌的差不多都被剪成狗啃头。张元修的头被剪得最难看，跟害了癞痢头似的。据张元修本人说："那天我从市南回家，离奉终里还有二里多路的时候，一个美女喊我。说跟我打听个路，因为最近老有人被剪了头，我就加着小心。我让她到人多的地方说话，她就过来二话不说把我摁在地上就剪。我在地上喊救命，城里人跟没看见似的。他妈磨镜子的，卖掸子的，还有卖火烧的全跟聋了似的，一个人都不过来帮忙。眼睁睁瞧着我被剪成这样！"但据当时的目击者说，张元修从市南快走到奉终里的时候，忽然倒在地上又叫又嚷。许多人以为他发了羊角风，过了一会儿他从地上起来就变成这样了。所以城里的适龄男青年都感到非常害怕，官府在城门那里贴了安民告示，告示上说有敢妖言惑众者当严惩，可是这个贴告示的人走了没多远也被剃了狗啃头。受害者供述受害经过——看到一个穿茜红[1]色衣服的女子，她站在树下叫人过去。爱美之心人皆有之，这世上还有不喜欢美女的吗？我们只要一走近，她摁倒就剃。有的

1　绛红色。

人更惨，被她剃得跟葫芦似的。官府里的人问道："为什么像葫芦？"报案的人一捂下身，官府里的人说："原来是这样！你们走吧，到外面不要瞎传知道吗？"闹得最厉害的时候，慈孝、奉终二里有一百三十个男子被她剃了头，弄得街市上人心惶惶，女的都不敢穿红衣服上街。《伽蓝记》中载：当时有妇人着彩衣者，人皆指为狐魅。城里开丝绸店的都关了张，唯独好了铁匠店。过去打犁头、犁铧、锄头、钉耙的铁匠店，现在纷纷改行给人打铁帽子。一个有二三十多斤重，早上请人合力戴上，晚上请人拿下来。有钱有身份的人还要请人给这铁帽子加上装饰，画上鸟雀和四时花卉。最贵的铁帽子要卖到四五金呢。他们戴着这么巨大的帽子在街上走，遇见从大食国[1]贩香料的驼队，互相都愣了一下。连忙拉住问："今年中土怎么流行起这个了？"本地人说是有个狐狸精喜欢剃男的头，只要男的长毛全剃。我们也是没办法了，买一个防着呗。阿拉伯商人很担心了，他们不仅上面有头发，而且还留胡子，这一大挂胡子可怎么罩住呢？

1　大食国是中国唐、宋时期对阿拉伯人、阿拉伯帝国的专称和对伊朗语地区穆斯林的泛称。

盗墓世家

前进路菜场卖豆制品的有四家摊子，生意最好的就数刘应得他们家的"汉方豆腐"。他们家豆腐不像别家豆腐一炖就碎了，筷子都夹不上来。刘应得家的豆腐久煮不烂，而且容易入味，做家常豆腐的时候稍稍一煎就起一层油皮。我一般的烧法是在他家摊子买一块豆腐，然后买一块连瘦带肥的猪肉放一起炖，搁油、盐、酱油。最后出锅的时候撒一把青葱，还没揭盖就扑鼻的香。有时想吃素的，就买三块钱的乌菜烧他们家的"汉方豆腐"也好吃，起锅的时候放一点猪油。一定要放点猪油，这很重要。炖老的豆腐里布满了细孔，细孔中满满鲜美的菜汁，轻轻地咬一口，这种烫嘴的幸福感就在口腔中满溢开来。

我问刘应得为什么你家豆腐做得这么好吃？刘应得鬼鬼祟祟地看了周围一眼，然后压低声音说："是古法，汉代淮南王刘安传下来的，能不好吃？"我说："说你胖你就喘，能不能不要吹！"刘应得说："真的，哪个骗你是狗！我们家做豆腐的方子还是我爷爷传下来的。"这时来了一个人买千张，老刘招呼他去了。我说老刘你忙着，我走了，哪天有空再聊。老刘说："豆腐回去就烧哦，别老放冰箱。放老了就不好吃了。"

前不久天冷了，我到菜场去取弹好的棉絮，弹棉絮的顶着一头棉花絮出来说："对不起！上面网子还没做好，你等一会儿，你还没买菜吧。到菜场转转，买好菜，我这边就差不多了。"我说："行！大概得多长时间？"他说："估计得有四十分钟到一个小时。"我说："那行！"我到老刘摊子上，老刘叼着烟，正在看一本《今古传奇》。他见我来了就站起来说："买什么？"我说："还不是老样子，汉方豆腐，二斤。"

我说："老刘你上次不是说你们家豆腐的秘方是汉朝传下的，说说怎么回事！"老刘说："你今天没事呀？"我说："我在等弹棉絮的给我做网套。"他说："那边有个凳子，你拉过来坐。"我坐下来，扔了一支烟给老刘。老刘接过来夹在耳朵上，他抹了一下嘴说："我们家过去不是做豆腐的，是干盗墓的。从我爷爷那一辈子才开始做的豆腐，到我已经是第三代了。"我问他："为什么放着盗墓这么有前途的行当不干，磨起了豆腐？"老刘叹了一口气说："谁说不是呢！世上最苦的行当有三样，'打铁、撑船、磨豆腐'。这个事情坏就坏在我祖爷爷把淮南王刘安的墓给盗了。"我说："这个人我知道，是他发明的做豆腐。"

老刘说："我们家祖籍以前在河南。我祖爷爷跟村里一个长辈学盗墓，我们一个村都干盗墓。好几家都发了大财，盖了青砖到顶的大瓦房。家里拴了大牲口，长工请了好几十个。冬闲的时候我祖爷爷就跟着家里长辈学这门手艺。干这行的是两个人，最好莫过于父子。因为是至亲不可能彼此黑对方。外人信不过，万一在地下弄到好东西你藏起来怎么办？还有你把宝贝递出去了，外面的人起了贪心把洞口一堵，里面的人就活活闷死了。我祖爷爷的师傅是本家三叔。据说盗墓很厉害，他会看风水土色，骑一头大青骡子。他有一次走到太康县的地界，大青骡子一叫。他侧耳听了听，说往西南角走二百步，从那儿下铲子。打了有十几米，铲头就碰到东西了。他蹲在地头抽了袋烟，想了想说：'把土填上，晚上来。'晚上他们打着气死风灯[1]，穿着老鼠衣又来了。三叔用脚跺了跺地，说：'唐墓，从这儿下家伙！直到墓室顶。'结果掏下去真就是墓室的顶，你说神不神？眼睛比 X 光还厉害。那一票可弄了不少好东西，但我祖爷爷因为是小伙计只分了一个玉镯子。后来他问他三叔说：'你怎么知道那个下面有东西。'三叔说：'听骡子叫，忽然觉得地下有回音。那几天刚下过小雪，其他地方土层是实的，地气就暖，雪下到上面就化了。而这个地方下面是虚的，雪一下就积起来了。'再要问，三叔脸上神情就不对了，说：'后生家心浮气躁能成个什么事？做一样学一样，慢慢来吧！'"

　　"可是没想到转过年，三叔得了一场伤寒蹬腿了。我祖爷爷觉得自己差不多了，就领着我爷爷干起这行。也不知道是学艺不精还是运气不好，挖的都是别人干过的墓穴。不仅没挣着钱，还把以前分的玉镯子都给赔了。有的墓都被洗了好几遍，甚至连值钱的棺材板都让人给弄走了。地上盗洞密得蜂子窝似的。我祖爷

1　古时点的一种灯笼，不容易被风吹灭，故叫"气死风"。

爷看看实在没什么可挖的，就带着我爷爷到寿州这边来了。因为他听人说这边有个淮南王的墓没动过，他想淮南王姓刘我也姓刘，都是一家人，挖他顶多算是小辈子向长辈借点东西过日子。那年河南正赶上蝗灾，收成也不好。我祖爷爷就带着一家人逃荒到这边来了，别人都往西安那边走，可是我们一家取路往东南方向走。谁也猜不透我祖爷爷在想什么，其实他是在下一盘大棋。"

老刘正说得入港，旁边卖炒板栗的许老四捧着个杯子过来说："应得又吹上啦！给我来一斤千张，白干子也拿几块吧！"许老四看我很面熟，对我点点头说："没事啊！"我说："正听老刘说家史呢！"许老四说："你听他胡吹年都要过错了。"老刘冲他摆摆手说："滚！懒得理你。"我说："你接着说——"

老刘说："后来不就是把淮南王的墓给盗了吗？我祖爷爷跟我爷爷足足干了一冬。那时我爸还小，夜里也跟着去拎拎东西，帮着把风。刘安墓旁边几个村子里的人都姓刘，万一让人家知道抓住，还不活活打个贼死。夜里一看到火光或者听到人走路的声音，就拉绳子，绳子下系个铃铛，然后小声喊：'爷——来人啦！'他们就一动不动等人过去。后来挖到墓室，我祖爷爷一看就气吐血了，是真吐血了。瘫在地上一把眼泪一把鼻涕哭啊！除了一个石碑上面刻着些曲里拐弯的字，以前盗墓的什么都没有留下。我爷爷把半死不活的祖爷爷拖出来，这时他的眼神都散了。躺在地上喘了一会儿说：'石碑拖上来，什么都别给后来狗日的留下。'临终他拉着我爷爷的手说：'儿啊——这就是命，服了！'说完身子一挺就走了。办完丧事，我爷爷做了个绞盘把石碑绞上来，放在屋后山墙下面竖着。"

我说："那可是文物，好好藏着。"老刘把烟屁股扔掉说："屁个文物！"他接着说道，"后来我爷爷找到刘家大屋的刘敬斋，他是我们当地出名的大学问。做过拔贡，段祺瑞请他出去做官，来好几批人都没请动。这位老先生喜欢认些稀奇古怪的字。我爷爷就把石碑上的字描了请他认，刘敬斋接过来看了一眼，他把戴在眼睛上的白铜老花镜推到额头上，打量他一眼问：'你下去了？'我爷爷红着脸不说话。然后他意味深长地一笑说：'既是吃了那么多辛苦，我不妨把碑上的方子写给你。好好做，日子是不愁的。'刘老先生写好后，手捻着胡子，伸出留着长指甲的手指，指着字摇头晃脑地念道：'凡黑豆黄豆及白豆绿豆之类皆可为之。水浸、破碎、去渣、蒸煮，以盐卤汁或石膏点之，就釜收之。但凡咸苦酸辛之物，皆可点浆收敛耳。切记！其面上凝结者揭取者为豆腐皮，最为益人……'他念完，把纸递给我爷爷说：'记不住回去请人裱起来贴墙上，今后也是个传家宝。'我爷爷接过纸，给他老人家作了一个揖。刘敬斋老先生一把搀住他说：'别谢我，这是你应得的。那个碑还在你家吗，能不能送还给老朽啊？你这弄出来，我还要请人放回去，反正也没有便宜外姓人。回去照着方子好好干吧！'"

老刘说到这里，一指屋里挂的汉方豆腐的牌子说："下面那个就是刘老先生笔迹的复印件，你要不要进来看一下。"我说："时候不早了，下回来看吧。我要去拿被絮了！"

关山密雪图

皇祐四年一个春暮的傍晚，许道宁正在右掖门内的皇家画院里涮笔。他听到屋外斑鸠的叫声，密得像雨点落在地上。他估摸着晚上有一场大雨。

这时他的弟子马伯礼疾步走进来说："掌院大人来了！说找您谈点事情。"许道宁叹了一口气说："时候到了，该来的总会来的。你把灯点上吧。大概我是不能教你了。"马伯礼叉手说："老师如果离开画院打算到什么地方去？弟子已经想好了，您到哪里我到哪里。"许道宁说："这你又是何必呢？你现在画刚刚有了起色，你跟着我不免要吃许多苦头。你准备好了吗？"马伯礼说："我准备好了，我自己的画现在只是在形上跟老师有几分相似，要论起意境和神韵，那是万万不及的。"许道宁拿过一张废了的画稿一边擦笔一边说："神韵哪里是学的？这个话我只跟你一个说。这画院中人以为我自秘，其实我弹雪的时候他们都在旁边看着——大千世界那么多东西不好画，为什么非要学我弹雪？真是让人沮丧。"

这时门外的司阍[1]高声喝道:"掌院大人到!"一个穿着绿袍子的胖子进来。他头上戴着幞头[2],脚蹬黄牛皮对缝的革履。他板着脸走进来,许道宁站起来叉手立在一旁。掌院拉了把椅子坐下来,看了许道宁几眼没说话。许道宁说:"我这回闯祸了,给掌院大人惹了不少麻烦。"掌院摆了摆手说:"你也算是进画院多少年的老人了,怎么这么一点规矩都不知道。画匠不许在画上署名,多少年的章程了。"

"如果不是画院同仁保你,你这回可要流放瘴蛮之地了。皇上看了你那张《关山密雪图》,一眼就看到你题在树根上的'许道宁'三个字,气得直拍桌子。你说你多大的胆子?过去有那些胆大妄为的把名字题在树叶或岩石缝里。你可倒好,题在树根下面。亏你想得出来?会画雪了不起是不是?"

许道宁说:"不敢!"他跟这个掌院关系不睦。许道宁知道掌院等这一天已经等了很久了,上次他在万千草堂画《谷口春雪图》,当他将弓上的白粉弹完之后,回过身微笑问画院同仁说:"怎么样?还有那么点意思吧!"画面上纷纷扬扬的春雪像柳絮一样从空中落下。雪中的梅花含苞待放,山谷中呵手的樵夫正负柴从山谷中走出来。远处江面上一只船上一个渔婆正在起炉子,炊烟顺着江风横着弥漫开。江边有几个扳网的人正缩手缩脚拉着绳子从水中起网。盛夏时节,围观的人看了不由得浑身一凛,不由自主

---

1 看门的人。

2 幞头,又名折上巾、软裹,是一种包裹头部的纱罗软巾。

地把手捧到嘴边呵几口热气。就在大家纷纷赞叹的时候，他看到掌院的脸上露出一丝冷笑。这个冷笑比他营造出来的雪景还要冷。

这时掌院打了一个呵欠，然后从袖袋里掏出一卷纸说："许道宁狂悖无端，永不叙用。逐出京城，钦此！"掌院清了清喉咙说："许道宁你听明白了吗？""听明白了，我明天就走。东西都收拾好了！"

掌院大人的爷爷是画花鸟的，擅长画孔雀与锦鸡。传到掌院这里已历三代了，但是一点没有变化，连孔雀站的太湖石下面的洞眼都没有变过。许道宁心说一个人怎么可以这样画画，这是多枯燥的事情，真亏了你们两代人的好耐心。他看了不免手痒，就画了一张《紫薇锦鸡图》。看到的人没有不说好的。消息传到掌院大人那里。他负着手来看画，许道宁看他面色不豫。就赔着小心说："大人你看哪里不好，你是行家里手。你给指点一二则个？"掌院干笑着说："好——好——他们都说你画得好，我来跟你学好不好？"许道宁说："不敢，不敢。""皇上还夸你呢！夸你的《谷口春雪图》画得好。皇上在环翠阁跟文彦博宰相谈论朝政，文宰相看了你的画子，身上直起鸡皮疙瘩，冷得不行。后来皇上叫人给他拿了个'半臂'穿在身上才好些。你等着吧！皇上必有重赏，到时候可别忘了我们啊！"说完扬长而去。掌院走了之后，马伯礼过来问老师："他是什么意思？"许道宁说："这张画惹祸了！你去把它收起来吧。"

掌院走了之后，许道宁一个人坐在空空荡荡的画室里。一只萤火虫从窗外飞进来，屁股上发出微弱的一点光。他看着萤火虫，想起过去在汴京缸瓦市卖药的时光。每天早上天没亮，他背着从外面采来的草药来到药材市场。帮他占摊子的王花儿已经捧着胡辣汤吃得一头汗了。王花儿一见到他就喊："哥——昨晚又跑哪个勾栏去要了？又不带兴弟弟，来来——我把你位子占好了。"许道宁说："哎呀！昨晚在南市马子勾栏看的《兰采和》可把我肚子都笑疼了。等今天散了市我们一起去要要，你去到王婆家给我端碗胡辣汤来。让她多放胡椒，这天可真够冷的。"

许道宁把牛至、瓦松、木笔、毛姜、乌头、艾叶从背囊里掏出来，一样一样摆好。王花儿捧着一大海碗热腾腾的胡辣汤回来。他把碗递给许道宁说："哥，趁热喝了吧！昨天收市的时候来了好些人要看你弹雪。我跟他们说了让他们今天来。要看一个人给两文钱。"许道宁说："我又不是打把式卖艺的，你收人家什么钱。要看随他们看呗。""哦，我听到昨天看的人当中有个人说像你这样的手艺不进画院都白瞎了，他说他今天还要来看。""进画院有什么好？"许道宁问王花儿，王花儿说："我听人说那就是做官了，不比天天在街上卖药好？一天到晚喝风吃土的，哥，你要发达了可别忘了我呀。""哎，上人了，你帮我把东西归置归置。"

许道宁看看人上得差不多，把手拢在嘴边吆喝起来："许道宁药材地道——货真价实，不二价了——买药奉画一张，多买多送啦！"这时候听到吆喝的人纷纷围过来："走走——看看去——许酒鬼会弹雪，不知道他怎会的这路手艺。"许道宁把一张空白的粗绢挂在一棵老榆树上，他从王花儿手中接过酒葫芦喝了一口，然后手执毛笔退后几步，端详着画布说："请上眼，今天画《关山密雪图》，初到宝地，老少爷们有钱的捧个钱场，没钱的捧个人场。"人群中有人说："他妈的，许酒鬼要画就画，哪来那么多废话，大伙儿都等得不耐烦了。"许道宁又嘬了一口酒说："好——好，请上眼！"王花儿捧着砚台，他蘸了一笔墨，转瞬纸上就出现一个陡壑。"把那个白盘子给我。"有好事的递给他一个白盘子，他说现在我要画几棵老松树。"哎——掌声在哪里？"大家纷纷鼓掌，许道宁画画有点人来疯。人越多他越来劲。这时有个人过来问："许酒鬼你那个瓦松怎么卖？"许道宁说："三文钱一捆，你让王花儿拿给你。"说完他继续画缠在松枝上的藤萝。一条一条被风吹得歪歪斜斜的。藤萝画完，又用浓墨点了松针。他放下笔说："激动人心的时刻来临了！"

回过身来，他从背囊里拿出一架小弓说："大姑娘小媳妇都站远点，我要弹雪了。到时候溅到你们衣服上省得你们哭。还有那个老汉把你孙子抱远点，弹到眼睛可不是玩的。"他把弓子在白粉里浸了一浸。然后离开画布有七八步远，起了个势子说："列位看官，你们有所不知，这个天下的雪各有各的样，有的像盐粒子一样，有的像面粉一样。今天我要弹的雪是絮雪，等会儿弹完了你们看看可像绒絮。如果我身上沾一滴颜色，喏，这个摊子上的药材白送。"

说完他开始弹雪，只看他左右盘旋，一边弹一边嘴里还嘀嘀咕咕。这时有个看客忽然发现袖口上出现一枚雪花，他摸了一摸冰凉的。他喊道："哎哎——许酒鬼弹到我身上来了！"周围的人说我身上也弹到了。许道宁哈哈大笑说："那是真雪。"这时大家才回过神来，天上不知道什么时候下起了雪。而且越下越大，远近白茫茫的一大片。人群开始慢慢散了。这时一个老者走过来说："你那张《关山密雪图》我要了，摊子上的药材我也要了，你等会儿收拾一下。我们出去喝一杯，看来这雪一时半会儿也停不了。"许道宁对他唱了个肥喏[1]："敢问老者有什么吩咐？""不急，你先收拾东西吧！"

算了药材钱之后，许道宁跟王花儿约了晚上在南市勾栏听曲，然后就跟老者到缸瓦市西边有家叫"万芳楼"的店里喝酒。酒过三巡，老者问许道宁说："想没想过到画院去当供奉？"许道宁说："你看我现在这样也挺好的不是吗？"老者摆了摆手说："自在倒是自在，但你这样久而久之会画到魔道上去了。你是一个天才，你知道吗？"许道宁说："天才不天才我不知道，反正在缸瓦市这边我是这一号的。"说完他伸出一个大拇指。老者抚须笑笑说："我看你在咱们大宋朝也算是这个！"许道宁避席谢道："那可不敢说！天下高人多着呢。"

老者说："不瞒你说我是画院的掌院，我是画花鸟的。这几年老有人把你的画拿来给我看，这几年画院清闲，我就到这边来打听你这个人，你也许不知道，我都看过你不下数十场弹雪了，怎么说呢，叹为观止！东西是真好！卖得也真是贱。"许道宁搔了搔头说："我原也不是靠卖画过日子，我是拿弹雪做个彩头，引动人来买药。"老者把手盖在许道宁那只画画的手上说："天地灵气

1　一种对人躬身作揖，口中出声的礼节。

所钟，不要辜负了！跟我到画院去吧。"许道宁说："那儿有什么好处？"老者说："有好处，自然也有坏处。野鹤无粮天地宽——这个事情你要自己合计。照你现在这种状态，也许你最后画得很江湖，跟别的打把式卖艺的差不多，也许你越画越好但是传不下去，谁会藏一个卖药人的画子？买得贱自然就不会把你的东西当回事。"

老者说："我自己儿子、孙子都是画画。没天赋，死要学。怎么说怎么不听！你去了之后，他们跟在你后面也许能悟到什么。但这个事情难说，也许将来他们会成为你的对头。"许道宁说："你老人家既然这么看得起我，我跟你去。大不了回来卖药。"老者笑了笑说："只怕你以后想卖药也卖不成了！手艺人之间的嫉妒心是可以杀人的。你把你的弓子拿出来给我看看。"老者在手里左右翻看一会儿说："这不就是他们少年弹鸟的弓子吗，看着挺平常的。"许道宁说："我以前经常到山上的林子里弹鸟，后来就琢磨弹颜色。再后来弹雪，这个弓用了有三四年了。老者你要喜欢我送你！"老人呵呵一笑说："我不要，你送我我也弹不好。你又不能把你的手送给我。"

许道宁到了画院，才知道这个老者就是现在掌院的爷爷。他的儿子与孙子都是照他爷爷的粉本画的。老爷子走了之后，他们父子再也翻不出新的花样，经常捧着做成标本的锦鸡和孔雀在院子里跑来跑去。因为皇上不满意他们的画，要他们呈上新的样子。这两个人只好一会儿把标本捆在树上，一会儿捆在石头上，然后弯腰撅屁股描摹。许道宁看到不由自主地把嘴咧开笑，真是用线缝都缝不上。

马伯礼是他进画院五年后收的学生，家里是南市杀羊的。有一次许道宁看他蹲在沙地上画杀羊、剥羊，许多人围在他旁边看。许道宁等他画完了，就问他那个嘴里叼着刀腾出两只手剥羊的是谁？这个孩子站起来说："那是我二伯。"许道宁说："你领我上你们家看看。"许道宁看到孩子二伯后，不禁大笑，跟沙地上画的一模一样，长得像个酒坛子，满脸的络腮胡子，嘴里叼着刀正在开剥。许道宁找到孩子父亲说："让孩子跟我学画吧！"许酒鬼在开封城没有人不认识他的。孩子父亲说："我们家还打算让他继承祖业呢，他能学出来吗？"许道宁说："过去人家说学艺找师傅难，其实师傅找徒弟更难。我不会走眼的，你把孩子交给我吧！"事情说好，许道宁在他们家吃羊杂喝酒，晚上就领着孩子回来了。起初帮他涮笔研磨颜色，两三年之后有些不紧要的地方也能让他画画了。唯独这个弹雪，许道宁没有教他，马伯礼经常看着挂在墙上的弓子发愣。有一次他问师傅："你什么时候开始教我弹雪？"许道宁问他："我的师傅是谁你知道吗？"马伯礼摇摇头。许道宁说："不要着急，以后我会带你去见我的师傅。等见到我的师傅以后，你会觉得弹雪吹云都不算什么稀奇的呢！"

夜里下了一场大雨。早晨他们师徒俩走在出城的大路上，路边都是被风雨打下的花瓣，一片狼藉。有两只乌鸦从麦田上低低地飞过去。赶牲口的赶着驴进城，还有推着独轮车的走亲戚的，"咿呀"声连绵不绝。马伯礼很兴奋，他对老师说："真好看！哎，师公厉害不厉害？""怎么说呢，他脾气有时候电闪雷鸣的，有时候和颜悦色。"远方有一只老鹰飞在天上，一动不动的，像镶在天上似的。许道宁指了指，说："师傅也许坐在老鹰背上，也许藏在花瓣蕊中，也许就藏在独轮车的车轴里，也许在路边那摊牛粪里面。"马伯礼做了个鬼脸说："师公有那么大的神通，怎么可能坐在牛粪里面？"许道宁说："师公的神通比我们看到的或者想象到的还要大，你觉得那个牛粪不好看，可我刚才看到牛粪旁边的屎壳郎就很漂亮，你注意它背上那种蓝色多美呀！"

他们师徒两个就这样一路说说看看，走到山里去了，后来再也没有人看见他们。许道宁的弹雪法，传到元代就失传了。王蒙的《岱宗密雪图》就是用的许道宁法。陆俨少先生在《山水画刍议》中说他屡试不得其法，后来他自己创了一种敲雪法。就是拿一枝毛笔饱蘸白粉后，用另一枝毛笔敲击它，使它的白粉落下来，落到纸上形成雪花纷纷扬扬的样子。

马大山人的奇门遁甲

马大山人的大名叫马世云，他是我们老家高老集的一个道士。

他对于方圆五十里的百姓来说是像神一样的存在。他掌管着人间的婚丧嫁娶、生老病死、跑媒拉纤，还料理着猪、马、驴、牛、羊、鸡、鸭的健康，因为马世云平常不做法事的时候也帮六畜治病。

马世云家住在附近的山上，离村有三四里地。门口是一片马尾松林，他是一个六十来岁的老头，蓄几根狗油胡子，头发花白，用一根筷子绾起来。做法事的时候他穿着八卦衣才把头发放下来，拿着桃木剑像疯子一样上蹿下跳的。

我们当地把做道士的叫作山人，家里"老"了人办白事的时候，不仅要请和尚也要请山人，非这样不算体面。这几年请和尚的行情高上去了，许多人家嫌贵，干脆把这个省略掉只请道士了。所以马大山人的生意不错。

马大山人是从江西到我们这个地方来的，他跟他老婆说江西话，我们一句也听不懂——他的老婆我们称为"马山娘"。

马山娘一天农活也没做过，养得白白胖胖的，没事就赶集。她赶集也跟别人不一样，人家赶集是把要买的东西一次买全。她是一次买一样，所以她不是在集上，就是在赶集的路上。

马山娘喜欢在集上卖杂糖的摊子上逛。她尝得多买得少。

集上有个蒋老四，他们家四代开糖坊。卖花生糖、姜糖、烘糕、寸金糖、米花糖、金草果子——马山娘站在他摊子前面，人没到手就先到了。她一把抓了好几个金草果子，金草果子是拿米做的，里面灌糖稀，做好后上面撒一层糖霜，这东西很甜，吃起来很解馋。

蒋老四脸色就不好看了，他嘀嘀咕咕说："又不是家里没钱，怎么那么喜欢占人家便宜。人家和尚吃十方，我看你们家要吃十一方。"

马山娘听了把手里拿的金草果子一把塞在嘴里，然后就一屁股坐在蒋老四的摊子前面放声大哭说："走过路过的君子你们看一看，瞧一瞧啊！蒋老四不是个人啊！他欺负我一个妇道人家。我来买糖跟他好言好语，他见色起意。上来就抓我奶啊——呜呜——你这让我今后怎么做人啊——呜呜——"

蒋老四收拾摊子说："我算你狠，好男不跟女斗。我走还不行吗？"

马山娘跳起来拽着他担子说："想走——没那么容易。"

过路人解劝说："马山娘喜欢吃，你给她一包算了。"

蒋老四说："今天偏不给，你们问问她一年到头白吃我多少糖食，还有脸在这里说嘴。说我见色起意，你叫她把色拿出来看看。"说完扒开马山娘的手旋风一样走掉了。马山娘在后面狠狠地说："好你个蒋老四，回家我让我家老马用法术治死你。"

大家哄的一声笑起来。

马山娘给周围的解释说："你们别看蒋老四厉害，我们家老马用法术分分钟让他不好过。别人不欺负我狠了，乡里乡亲的我也不会下此毒手，你们别不信，等着瞧吧！"

马山娘闹过一场以后，买了把锅铲回家了。回家以后她把蒋老四怎么欺负她添油加醋说了一遍。马大山人虎着脸听，一边听一边呼呼地拔长烟袋。马大山人有一根超长的烟袋，从地下能到胳肢窝那么长。他把烟锅子在地上敲了敲说："这个蒋老四我早晚要治他，欺负到我头上来了，也不看看马王爷几只眼？"

过了没多久蒋老四就出事了。他有一天早上起早赶集，走到山上土地庙附近忽然迷路了。土地庙那边一条路通往张飞集，一条通往黄庄。还有一条窄路通往山坡下的一口浑水塘。夏天我们在山上放牛，在牛吃饱后总会拉着牛到这里来"打汪"。牛在水里左右翻滚，把身上糊上一层泥，这样蚊蚋就叮不到它。

这口塘的水永远是浑黄色的泥浆，蒋老四走到这个地方不知道怎么就不认识路了。他挑着担子走到浑水塘边，把一担糖食往塘里一倒。然后就坐在塘边抓泥往脸上糊。嘴里泥糊满了，又开始糊鼻子。

一个赶早集的人听到水塘边有咻咻的喘气声，这个人是黄庄的黄永奎，出名的胆子大。如果不是他，蒋老四可能就不在阳间了。黄永奎问："那个谁啊！你在做什么事？"

蒋老四听到人声音，一下子好像从梦里面醒过来了。他眼睛糊的全是泥，嘴里也是泥，只是唔唔地叫。

黄永奎跑到水边把他拉上来，一看认得。黄永奎说："蒋老四你在干什么？寻死也不是你这么个寻法。"黄永奎搀着像泥牛一样的蒋老四送他回了家。家里人赶紧烧热水给他洗，灌了几大碗姜茶以后，蒋老四呕出许多泥浆，然后哀哀地哭起来，像牛哞一样。

后来有人问蒋老四当时怎么回事，蒋老四说："我天还没亮就到了土地庙那边，心里也明白得很。可是不知道怎么搞的，我往哪边走，哪边就有一堵红颜色的墙挡着我。我在里面转半天，转着转着迷糊起来了。"

黄永奎听了说："你是叫人家下障了，用的是奇门遁甲中的'惊'字门，他是吓你的，也不想要你的命。你最近有没有得罪谁？"

蒋老四说："就跟马大山人老婆吵了几句嘴。"黄永奎想了想说："可能是马大山人捣的鬼，回头你拿点杂糖跟他道个歉算了！"

很多人问黄永奎说："你给说说这个奇门遁甲是怎么回事？"

黄永奎说："奇门遁甲是道家的一种法术。也是一种兵法。共有'奇''门''遁甲'三样；'奇'即是乙、丙、丁三奇；'门'就是休、生、伤、杜、景、死、惊、开八门；'遁'是躲藏的意思，六甲旬首遁入六仪即戊、己、庚、辛、壬、癸，'遁甲'就是九遁，九遁包括天遁、地遁、人遁、风遁、云遁、龙遁、虎遁、神遁、鬼遁。"

前面这九遁马大山人都不会，他会尿遁。大家问什么是尿遁，黄永奎笑笑说上次我们几个人在许宝廷家喝酒，马大山人躲酒说是去尿尿。去了好长时间没回来，他留了一只棉鞋在茅房里。人家在外面喊他，就听到茅房里马大山人答话，但就是不见人出来。后来他们打着手电进去看，只见一只棉鞋放在茅房的墙头上。

有个人说："我听说马大山人还会地遁，好多人亲眼看见的。"黄永奎问那个人说："是不是到张寨喝酒那次？那个事情我都知道，哪里是什么地遁。那天我在场，喝完酒我们几个人顺着山上的小路往家走。马大山人走在前面忽然一下子不见了，我们找了半天也没找到他。当时以为他土遁了。我们几个人没在意都回家了，哪想到他是掉到麦地边上一口土井里去了。摔晕过去了，后来自己拿烟袋锅在井壁上掏出脚窝子爬出来的。"大家听了呵呵大笑。

蒋老四心有余悸地说："我看过他能念咒让板凳竖起来，还对人点头晃脑的。"黄永奎说："那也没什么稀奇的，过去经常有道士到村里来讨米。不都是拿一条板凳作法讨钱讨米吗？这都是小把戏，跟奇门遁甲沾不上边。你想如果马大山人那么大本事国家不把他收去了，还天天忙着帮人看风水选阴宅、跑媒拉纤吗？"大家听听觉得很有道理就散了。

蒋老四老婆见老公吃这么大亏，一担杂糖也没有了，气得好几顿没吃饭，到了腊月的时候不知道从哪儿弄了一碗狗血倒在马大山人的头上，说是要破他的妖法。大家都很为蒋老四老婆担心，但过了很久也没见什么异常。

蒋老四现在也不挑担子卖杂糖了，他买了一辆电动三轮车。被破了功的马大山人照样在外面作法、看风水、帮六畜看病。马山娘也过世好几年了。马大山人将自己家的房子修得跟道观似的，进门有个王灵官手里拿着鞭子吹胡子瞪眼的。有一次回老家我看到马大山人，我问他现在生意怎么样？他说还好，想发财不行，混碗饭还是可以的。

谋代鬼

我们村克明大伯擅长说鬼，如果要追溯我的文学师承，克明大伯肯定算是我的领路人。秋冬季节，夜长昼短，我们村的小伙伴们吃完晚饭就忙不迭地要到克明大伯家听他讲经。我们那里把讲故事称为"讲经"。听克明大伯讲经也不能白听，从家里大人的烟盒里抽一两支香烟带上。他讲到关键时候喜欢拴个"扣子"，然后假装在身上摸香烟。这时我们就适时给他递上一根烟，他点上一根烟深吸一口，过半天才从嘴里放出一条线，烟气在空中徐徐地弥漫开。然后他把煤油灯的灯光旋暗一点，嘴里还自言自语地说："太亮了，费油！"到现在我才明白过来他是在营造一种紧张的气氛。

像电影大师希区柯克一样，他也是制造悬疑的高手。他的带入感是通过当地我们熟悉的地名、人名、器物，甚至风俗习惯，很有耐心地一步一步把我们引进去，直到我们成为故事的参与者。他说的鬼主要出没在我们老家村子附近，不是黄家大包，就是柳树井那边，都是我们日常放牛或者玩耍的地方。因为场景熟悉、人物熟悉，所以更加害怕。他说的某家某家闹鬼，这些人家我们都认识。他说完只是叮嘱我们不要去问人家，到时候人家找上门他就不好给我们再说了。

农村里黑得早，等他说书结束的时候，所有的人吓得尿也不敢撒，互相紧张地看着。大家一个拉着一个像螃蟹一样不敢松手。他打了一个呵欠说："时间不早了，我要睡觉了。都回去吧！"喊几遍没有一人动窝，他叹一口气说："妈的！都是胆小鬼。胆子这么小还要听鬼故事，这不是自找的吗？好好——我来点个灯送你们回去。"他从床角落里摸出一个破灯笼，然后点上，一家一家把我们送回去。我们拉着克明大伯的衣角连头都不敢回。虽然被他吓得半死，第二天晚上仍然急不可耐地跑过去听他说鬼。

所以说鬼故事制造现场感非常重要。我在汤口的时候晚上给同事说鬼，也采取他的这种伎俩。半夜里月光从窗户照进来，山上的猫头鹰凄厉地叫起来。我们屋里几个同事把身上的被子拥紧，然后喊我："给我们讲个故事吧！"我们屋里的几个同事都是司机，我先给他们说猫头鹰在窗外叫一般来说没有什么好事，某某地方猫头鹰叫后第二天屋里头人就死了。然后给他们讲了一个司机开车下山的时候忽然气刹没有了，然后直接翻到山崖下去的故事。这正说到紧要关头，忽然我们屋里的天花板掉了下来，砸在一个同事放在床头的水瓶上，腾起一阵白烟。我一个同事吓得连声都变了，都带哭音了。他战战兢兢地喊："别说了！明天还让不让人上班了。"说完裹在被子里不住地抖。

今天要讲的这个鬼故事发生在皖南歙县，是改编自潘纶恩的

《道听途说》。潘纶恩这个人很有意思，一辈子没有考取功名，以做幕僚为生。回乡以后专门搜集一些胡扯八扯的故事。这些故事发生的地点大部分在徽州地区。当时有人问他搜集这个干什么？他说："今后我这个人就靠这个传下来了！"说实在的潘纶恩现在还能被人知道，真的靠这本胡写八写的书。书中有一个"谋代鬼"，"谋代鬼"的意思就是说一个人死了之后要讨替代。这个"谋代鬼"是个女鬼，上吊死的。中国的鬼故事里面有个定律，比如自缢的鬼一定要找个自缢的，别的什么投水的、服药的、病死的都不行。非常有个性！非常轴！

书中说有个在歙县屯溪开店的人叫田翁，我干脆给他起个名字好了。这个人叫田修德，在屯溪街上开了一个经营文房四宝的店。屯溪离歙县有七十多里路。（大约现在三十公里，有一年春末我自己开车走过。沿着新安江边走，风景绝佳。）田修德的老婆托人带信给他说，儿子在家里害"大腮帮子"，让他到"同德仁"药店买"黄金绽"回家。白天店里生意忙，他忙到傍晚才动身往家赶。好在那天有月亮，太阳一下山月亮就出来了，照得四周亮光光的，远近的草木都看得很清楚。远处的新安江像匹白练环在山脚下。

他爬了几架山，走到一个亭子里面歇脚。四周都是像落雨一样的虫鸣。这时他远远地看见山路上走过来一个穿白衣服的女子。他心里有点纳闷，心想这么晚了怎么还有个单身女子走夜路？不过转念一想也许就是附近村里的人。他歇了一会儿又走，走走觉得身后不对。就转过身来看，月光下一个女子也站住了。离他大概有几百步的样子。后来走到德泽桥这个地方，他过了桥，看见这个女的站在他前面。他停下脚，心里想：刚才没看到她过桥呀？现在怎么走到前面去了。他心里有点发毛，就开口问道："那个女眷你是哪个村的，怎么一个人走夜路？"

那个女的对他施了一礼说："这位客官！你不要怕，我是吊死鬼。今晚赶着去找替代。前面有个伏魔殿，我一个人不敢过，想求你带挈，帮我引一引路。"田修德这个人素来有胆气，从来不信什么鬼啊狐啊什么的。他想一个人不做亏心事就不怕鬼敲门，便说："哦！你是吊死鬼哦！我正好一个人走夜路，你伴我聊聊天也是好的。"

月光下他看看这个女鬼，同平常人也没有什么异样，只是脖子那里有道红色的勒痕。他就问她："你这是到哪里找替代呀？"那个女鬼说："本来这个事情也没什么好瞒的，只是我告诉你，怕你嘴不严。到时候走漏了风声我就替代不成了。我不害你，你也不要害我。"田修德笑道："我一个人，怎么还害了你鬼呀？你多虑了。"然后两个人又走了一段。这个女鬼问道："客官在哪里发财？""在屯溪街上开了间文房四宝的铺子，家里小儿害'大腮帮子'。我回去送药。"女鬼说："哦！现在这个文房四宝可不好做，那个洋烟做墨，听说把你们挤对得都不能混，是不是有这么一回事？"田修德说："你还什么都知道。"女鬼说："我家以前那个死砍头的也是做文房四宝生意的，后来生意不好，下扬州跟人学当铺去了。半年前给人带信说要纳个小的，我气不过就上吊了。你说他还是个人吗？我一天到晚在家大门不出二门不迈的，照顾完老的还要服侍小的。他在外面倒快活，狐朋狗友一堆，弄两个钱也不往家带，天天烟花柳巷的。后来还要纳个小的，先生你给说说这个天下男的可有一个好的？"

田修德听了撇撇嘴说："那话也不能这么说。这个天下尽有那些忠臣良将，这些人不都是男的吗？"那个女鬼说："讲起来忠臣良将，对家里人就不晓得还有几分良心了。总之你宁愿相信世界有鬼，都别相信男人的破嘴。"田修德听了不免心里不快。他说："你也不能一篙子打翻一船人是不是？"话不投机，两个人沉默地走了一段路。走到伏魔殿附近，那个女鬼说："先生麻烦你走在前头，我跟在你身后。我们讨替代的鬼就怕这一关，过了这一关就好了。"田修德说："那你跟在我后面吧！"

田修德在前面走，后面静悄悄的。他走了几步回头一看，那个女的头紧贴着他的后背。那个女的说："你不要这样看人家，我还有点害臊。"田修德就问她："你这是到哪家找替代呀？"女鬼说："我看先生你倒像个好人，不像我家那个砍头的。我不妨告诉你，我是到雄村去讨替代。雄村你知道吗？""雄村我知道呀，那里有个桃花坝，还有个竹山书院对不对？""正是那里。"田修德又问："你怎么知道那里有个人要上吊？""我接到通知了呀！一般我们这个讨替代都要走这样一个程序，比如说我是自缢的，阎王爷名册就登上了，那就等着转世投胎。这个要等，长的十年八年，短的一两个月也说不定。凑巧赶到有人自缢，当坊土地爷就要把信息报上来，一路报到无常办公室。无常接到了，然后一查名录。这一期正好轮上我，那就该我去投胎了。如果没有轮上继续等。"田修德问她："这么说来机会还很难得？""怎么不是呢，我算是走运的了。半年就等到了。"田修德说："要不要送东西？或者托关系？"那个吊死鬼说："这个阳世阴间都是一样的，火到猪头烂，钱到公事办。你看我这头上身上原来戴的金器银器，还不都是拿去打点这些烂鬼去了，就说那个无常鬼嘴上手上还占我便宜。我一个女流之辈又能怎么办？总之天地之间男的都不是个东西。"田修德皱了皱眉，心想你是东西？你是东西你怎么还要去害人，找替代？

田修德按下对这个憎男派女鬼的厌恶。他接着问她："雄村那个你要替代的人死了没有？男的女的呀，照理说你是个女的，那个死的一定是个女的？"那个女鬼说："是个女的，童养媳。家里姓曹。没满一周就抱过来了，是婆婆带大的。虽然是洞房花烛了，还是想打就打想骂就骂，男人跟人在外学生意。三四年才能回来一趟。前几天不是腌冬菜吗，这个童养媳把菜刀从菜筐底下漏到水缸里面去了。找死找不到。婆婆就说她把刀偷出去换粉糖吃去了，晚上一顿死打，拿蘸潮的麻绳抽。背上打的全是青道道。还说明天再找不到，就把她嘴撕烂。那个童养媳实在捱不过，今晚准备上吊，我就去替代她。"田修德说："那今晚是你的好日子，恭喜哦！前面就到岔路了，你顺着左边走。我要转向右边了，祝你投胎快乐！""同乐！同乐！"

田修德走了一两里路，心想我跟这个曹家人无亲无故的，但这个童养媳实在身世太苦了，明明知道她今晚要上吊，又知道她是被冤屈的，不救实在是于心不忍。况且这个吊死鬼实在烦人！

叨叨什么天下男人都不是好东西，今天我就不做好东西，看你把我怎么着？他打定主意就顺着一条小路往雄村跑。快到雄村的时候鸡才叫头遍。这时月亮已经落下去，天上挂着几颗残星。他一边跑一边心里默念：别死！别死！进到雄村，街巷萧然。他站在街上急得头上热汗直流，哪个是曹家呀！哪家有童养媳呀！要有打更的还能问问。他一边疾走一边到处看。后来看见一户人家赶早磨豆腐，从门缝里透出一线光。他赶紧过去敲门问："麻烦打听户人家？""叫什么？""姓曹，家里有个童养媳的。""什么事？""救人！"

那个人说离这儿不远，从这里往东第三条巷口，进去第四家。"算了，我领你去吧！"这个人领着田修德疾走。一路走一路问："什么事啊！"田修德不吭气，他跑得已上气不接下气了。到了门前他奋力捶门，一边捶一边大喊："主人速醒！主人速醒！"曹家老公公披衣开门问道："你是干什么的？"田修德推开他说："没时间跟你细讲了。你媳妇房间在哪？赶快救人！"曹家公公瞪着眼睛说："噢，在后面厢屋。请跟我来。"几个人跑到厢屋，看见这个童养媳已经在房梁上系好绳子，脚下垫着板凳，手扒着绳子正把头往里钻。几个人拼命敲门，怎么也敲不开。田修德说："让开！让开！"然后他撞破窗户一头跳进去，把那个童养媳腿抱住，往上抬，其他人解绳子才把人放下来。

曹家公公惊讶问道："这位先生你怎么知道我家媳妇要上吊？"田修德坐在凳子上大口大口地喘气，他摆摆手："等我喘匀了，给我弄碗水。"等田修德喘匀了气，他把在路上遇到吊死鬼讨替代，然后他们怎么聊天，后来他怎么想救人说了。然后问曹家公公说是不是因为菜刀找不到起的纠纷？曹家公公听了直点头。田修德指了指说："刀就在水缸里面，捞捞一定在里面。我听那个吊死鬼说的，你们找找，她没拿去换糖吃。以后不要不问青红皂白就打了，你跟她婆婆说人命关天，就算她娘家没人了，你们也不能这样打孩子，她万一有什么好歹，你们家吃上官司，你要多少钱才是了局？就算不吃官司，到阴曹地府里她会放过你们？这孩子受屈呀，连我这个外姓人都看不过去。好了，话我就说这里了，你自己掂量着办。我走了——"

这时田修德听到屋顶上传来阴惨惨的哭声，一边哭一边骂道："宁愿相信世上有鬼，也别相信男人的破嘴——呜呜——"田修德跳起来跑到院子里说："你讨替代你有脸呀！就破嘴，你能把我怎么着？"哭声渐行渐远。

田修德把碗里的水喝干了，他说："我还赶路，走了！"曹家公公跪在地上说："恩人哪！你是救了我们一家子呀。我怎么报答你呢？""别报答不报答的了，对这个孩子好点就行。我走了！"曹家公公指指外面说："等天亮再走不迟，说不定那个吊死鬼还在外面等你呢。""嗨，怕她。走了，你们睡吧。"田修德出了村口，从木槿花后面走出这个女吊死鬼——

"破嘴！天下男人没有一个好东西！""就破嘴——你讨替代光荣是不是！""破嘴，不要脸，翻舌精！"然后两个就打了起来。两个一边扭打一边往前走。吊死鬼说："我非揪你到阴曹地府不可，你敢得罪无常！""无常算个屁，就得罪！我就不让你们害人！"打着打着，太阳从山后面冒出一线红光。那个女吊死鬼就近钻到一处坟地里不见了。然后喊："有种进来打！"田修德在外面喊："有种出来打！"然后把双拳挥得跟风火轮似的。有个赶早市贩猪的过来拍拍他说："哎！大哥别挡路，练拳也不找个地方。边上去！"田修德这才明白过来，咦！我怎么在这个地方？他在山坡上坐了一会儿，这时山上的鸟都起来了，叫成一片。他冲着坟地大喊一声："来！跟我打呀！"等了半天没有回音，他慢慢走下山去。

第 三 部 分

人
情
世
故

恭喜发财

跟老蔡吃饭的时候，我发现他没有戴以前那只硕大的戒指。

我问老蔡："你那个金戒指呢？"他说："可别提了！化了打了一条金项链，脖子上挂着呢。"说完他把领口拉低给我看，上面拖着一条粗大的链子，金光耀眼。我说："好好的金戒指你化它干吗？那个多吉祥啊，我记得上面有个'发'字。"他说："发个屁，我为它都赔钱了。还发呢！"

我问他怎么回事。

他说："上个星期三晚上下班的时候，我开车经过临泉路那边。忽然后面上来一辆SUV别了我一下。我猛打方向，差点跟旁边的车撞上了。我一脚油门就撵上去，也别了他一下。结果这个王八蛋落下车窗还骂我，说让我靠边要弄死我。你说哥哥我可在乎他？"

我说："你跟他干了？"

他说："那当然，宁被他打死不能叫他吓死呀。我打灯靠边停下，他刚过来我就扑上去掐他。小狗日的劲儿可大，掐了两把都被他格开。他朝我脸上来了两拳——"

他指指说:"喏,就在这边。现在还有点肿。"

我看了看说:"怪不得我今天看你有点儿不一样,还以为你发福了呢。原来是去检查身体去了。"老蔡有句名言:"每年打一次架相当于体检一次。"

我说你今年检查结果怎么样啊。老蔡说:"你还别说,这个拳怕少壮。要打趁早打打,老了还真打不动了,对方三十来岁的样子,出手也快。我一掐他,他就右手抓我手腕,左手冲我脸上就打了两拳。又快又重,我都被他打蒙了。我定了定神,飞快打了一套组合拳。左直拳,右直拳,然后一个勾拳,像定场锣一样就把对方打趴下了。跟我打,我有幼功呀!"

老蔡年轻时候练过拳击。现在虽然已年过五十,但平常在家里还坚持练。每天晚上跑三公里,回来还要打沙袋、梨球什么的。下雨天不能到外面去,他就爬楼梯或者是跳绳。他家住高层,二十八楼,坚持多年就是为了应对这种突发事件。结果这一场当然是老蔡完胜对方。用"发"字大方戒在对方脸上盖了数十个印。

后来人家打了110,派出所来了把两个人都带去了。

派出所一个年轻警员把他们两个带进去后,让两个人靠墙站好。然后就问他们是怎么回事?老蔡说对方开车别他。结果对方说是老蔡开车开得很慢,占中间道慢慢悠悠地走,他屡次想超车老蔡都不让。后来超过去气不过才别他的。老蔡说有哪条交规规定我要开多快的?

那个警察一拍桌子说:"你别说话!一个一个来,让他先说。"

对方说:"然后他就要打我,结果我们俩就把车靠边打起来了。"

警察想了想说:"情况是不是像他说的那样?"

老蔡说:"不是这样的,是他先要弄死我,然后我才靠边跟他打起来的。"

警察又问:"你们两个谁先动的手?"

两个人都指对方。

等他们都吵累了,警察说:"你们俩是扰乱社会治安知道吗?哎,你手上戴的什么东西,手盔吗?"老蔡说是戒指,说完他把手伸给警察看了看。

警察说:"够大的,你也老大不小了,看上去也像一个有身份的人,怎么动不动就要打架呢?你这种情况根据治安条例要拘留你知不知道?造成伤害还要赔钱。他别你一下你就要别回来,吃点亏会死吗?什么年代了,还处在丛林法则中。拳头大为王呀!"

老蔡低下头不吭声。

说完警察看了看跟老蔡打架的那个人说,来——来——你手上也戴一个戒指,过来让我看看上面写的什么。哦,"财"字,这下你们两个都要破财了。

这个人说我下巴这个地方好疼,嘴都张不开了。

警察说那你要到医院去,等检查报告出来。你拿报告上派出所来。

然后他把脸转向老蔡说:"你下手可够狠的啊,你看看他脸上让你打了多少个'发'字?"老蔡说:"他也打我了,你看看这儿,还有这儿。"他指指下巴还有额头两处，分别有两个"财"字，"现在也好疼！"

"知道疼，当时为什么就不能克制一下呢？现在恭喜发财了！你们两个都到医院去验伤，治伤。等验完了拿报告到派出所来，其间不许乱跑。随传随到，听到没有？"

老蔡听了说哦。

那个人点点头，捂着腮帮子不说话。也许是真的说不了话了。

老蔡看看他脸上和头上的都是通红的"发"。老蔡纳闷说我的戒指没那么大呀，怎么印在脸上这么显大？也许是肿了吧。

老蔡回到家里把事情跟老婆一说，让老婆一顿臭骂。说你挺大个人，一天到晚能不能让人省点心呀，你那么喜欢打架怎么不到国家拳击队去呢？有本事你跟邹市明打去呀。打赢他还能挣钱。这次你把人打伤了到时候医疗费、误工费你自己想办法。一天到晚跟你操不完的心，你也不看看你多大的人了。

老蔡支支吾吾说："他也打我了，你看看他把我头上都打出'财'字来了。"说完他把脑袋凑到他老婆近前让她看。她说："我不看，活该！他打你，你不能叫警察？"

第二天早上上班的时候，单位的人看到老蔡脸上两个"财"字，都问他："老蔡想发财想疯了吧，你找人文的？"

老蔡没好气地说："文个屁，让人给揍的。"

还没到中午手机响了，一接是那个警察的，让他到派出所去一趟。

进了派出所他看到昨天跟他干架的那个家伙，头包得像粽子一样。

那个警察叫他过去说："医院的报告出来了，你把他下颌骨给打裂了。你现在已经对人家造成轻伤害了，根据治安条例像你这种情况要处以十五日以下拘留还有罚款。你看看现在怎么办吧？"

老蔡听了头嗡的一下就大了。过了半天，他小声问警察能不能只罚款不拘留？警察说："这个我说了不算，你得问他。"说完他指了指那个"粽子"。

"粽子"悲哀地看着老蔡。老蔡过去掏出一支烟递给他。那个人摆摆手，指了指自己的嘴，确实不能抽。脸上除了眼睛，嘴那儿被裹得只剩一条缝了。

老蔡说："兄弟，昨天我们俩都有点冲动了，怪哥哥下手重了点。对不起，什么事情好商好量的。咱们都平心静气的，你说个数——"

这时一个胖女人过来就骂老蔡，看来这个女的是那个人老婆。

"你把人打成这样，想拿钱摆平。我跟你说门都没有，我让你牢底坐穿！"说完还把地跺了几下。

老蔡说："你老公也打我咯，你看我头上脸上。一只碗不响，两只碗叮当。弟妹什么事情不能商量吗？"

两个人正说话的时候，那个人伸出两个手指头。

老蔡问他："两千？"他摇摇头。

老蔡又问："两万？"他点点头。

老蔡说："得嘞！兄弟你是爽快人，哥哥也是爽快人。一分钱不还你的，两万就两万。"

　　老蔡赔偿了对方两万，又交了罚款。前前后后花了有两万五千多块钱。回到家里郁闷得半天不说话，后来他安慰自己是财不散，是儿不死。然后就头上顶着个"财"字找人打牌去了。打牌的时候老蔡手气臭得要死，别人都嘲笑他说："老蔡你这'发'字不灵啊，别晚上摸了什么东西吧？"

　　麻将散了以后，老蔡走到一家金店。他把戒指撸下来说："你给我把它融了，打个金项链！上面不要有字。"

炕上信主

老周说她二大爷闯关东回到老家，给村里带了两件宝贝：一是主的福音，二是在屋内盘炕。

老周她二大爷老家离安徽北方不远。那是个四省交界的地方，冬天死冷死冷的，但当地的人除了加厚衣服和鞋帽之外，从来没有想过在屋里盘个炕。有一年我到那边去，差点没有冻死。

我那个北方朋友说："喝一口吧！喝一口就不冷了。"

喝酒的饭桌就支在堂屋里，前门和后门开着，穿堂风带着哨音呼啸而过。

桌子上的热菜没到两分钟就结了冰，碗里的猪油冻得像白玛瑙一样。我看着菜直发愁，但他们安慰我说："不要急，等一会儿大菜就要上来了。"

说话间大菜上来了，是一盘拔丝苹果。

大家纷纷下筷子，一边吃一边赞美说："好吃！不是老邢谁能做得出来这么好的拔丝苹果？"我问："老邢是谁？"他们说是做菜的厨子，本地做拔丝苹果是一绝，除了他没有谁能把糖稀熬得这样稠。这时我看到桌子上有纵横交错的糖稀的尾迹，它们已经被冻结在桌子上，自菜盘边呈放射状向外扩散。

我冷得牙齿直打战，不知道酒宴什么时候结束。我就问旁边一个朋友说："你们要喝到几点？"

他的舌头已经不能做主了，也不知道是冷的还是酒的作用。他说："今天这个酒要喝到晚上，等会儿把桌子上的菜回一下锅，接着还要喝。"

我一听觉得天地无明了，我说："我这脚冻得跟狗咬似的，实在是坐不住了。"

他看我一眼说："你坐好，我去给你找点衣服。"过了一会儿他拿来一件油渍麻花的黄军大衣，还有一双老棉鞋。他说："这是我三叔的，你先穿着。"我到一边把鞋子换了，黄大衣也穿上，立刻在衣着上和他们打成了一片。

傍晚的时候天上下起了小雪，桌子上喝多的人已经被架走了。剩下几个酒量大的还在喝，然后用筷子指天画地夹空气下酒，因为桌上的菜早已冻得梆梆硬。

雪被风吹落到桌子上，慢慢地几个人头发、眉毛上是一片白了。我问我那个朋友说："你们这个地方煤也多、柴也多怎么不盘个炕？"他说："不会盘啊！我们这边人抗冻。你现在觉得怎么样？"我说："冷，我要到床上去了。晚饭不吃了。"

床上也冷，虽然是新絮的棉花，但一脚伸进去像伸进铁皮筒里一样。所以老杜写诗说"布衾多年冷似铁"，用词确实精准。

晚上就在半梦半醒之间念叨："为什么不盘炕？为什么不盘

炕？"眼前浮现许多红光闪闪的炉子。有铁皮烟囱的炉子，炉子上坐着水壶，水壶盖被蒸汽顶着在跳舞；也有西方的壁炉，壁炉里面烧着松柴。

我把脚架在对面的椅子上，然后装上一斗烟满意地吸了一口，然后仆人给我端来一杯锡兰红茶。一只猫跳到我的腿上，我抚摸着它，猫幸福得呼噜呼噜叹息。

我自言自语地说："只有这样的冬天才是值得过的！"这时我听到屋外的树被寒风冻得"咯咯"响，小狗被冻得呜呜地叫起来，它走每一步，爪子都好像被烫了一样。

这时我的朋友从外面进来，卷进一股寒气。他说："快起来喝碗羊汤，喝了羊汤你就不冷了！"

我更深地往被子里钻了钻说："我不喝，我一定会被冻死在这个地方。明天，说什么我也得走。求你了，找个人盘个炕吧！"

从我的苦难经历中可以想见，老周二大爷这两件宝贝给村里带来了怎样翻天覆地的变化。

老周的二大爷新房落成的时候是初秋季节，他在屋里挂上十字架，在炕的四周贴上画，有"耶稣在客西马尼园警喻众弟子"图，也有"分五饼二鱼使众人吃饱"图。还有医好了得大麻疯的病人的神迹。

二大爷看看差不多，就到田间给人布道。

他遇到第一个人就对他说："你看这天上云彩和地里的庄稼都是神迹——有空的时候你到我屋里来我给你讲讲。"那个人推说要给田上粪就走了。

这样他又走了一会儿，遇到一个老婆子。二大爷又说："你看这天上的云彩和地里的庄稼——"老婆子没等他说完，就说村小学要放学了，她要去接孙子，急急忙忙地走了。

一只鸟在远处的田里飞过，飞了一段，它落在草窠子里。二大爷自言自语地说："这也是神迹！天气好像越来越冷了……"

他村里村外转了一圈，连一个信众也没找到。

他就站在路口，在薄暮光影中从口袋里拿出已翻得卷了边的"和合本"，一翻就翻到"马可福音"。

他念道："看，有个撒种的出去撒种；他撒种的时候有的落在路旁，飞鸟来把它吃了。有的落在石头地里，那里没有多少土壤，因为所有的土壤不深，即刻发了芽；但太阳一出来，就被晒焦；又因为没有根，就枯干了。有的落在荆棘中，荆棘长起来，便把它们窒息了。有的落在好地里，就结了实：有一百倍的，有六十倍的，有三十倍的。有耳的，听罢！"

然后二大爷信心满满地回家盘炕。

立冬的第二天，他踏着一地的严霜去捡柴。

回来的路上他遇到上次声称要给地上粪的老头。那个老头问他："你捡了不少柴，我看你家门口的柴堆得山一样！"

二大爷说："就这我还怕冬天不够烧的。过去我在东北那个地界可给冻苦了。零下三十多度，我们那个地方小孩只要一舔铁器，舌头就被粘住了。不盘个坑可怎么活人？"

那个老汉递给他一根烟。二大爷摆摆手说："自从信了主就戒了，现在呼吸畅快多了。你什么时候到我屋里，我给你说说。我那屋可暖和了。"

那个老头迟疑了一会儿说:"那我今晚上你屋坐坐,听你说道说道。"

这样二大爷有了第一个信众。

随着那个老汉的传扬,二大爷的信众滚雪球一样越来越多。村里人都说:"有炕真好!明年一定要请二大爷指导盘个炕。"

大家晚上围着炕听二大爷讲道,识字的每个人念一段,不明白的地方二大爷就解说给他们听。二大妈就负责烧水,一晚上要喝掉七八只水瓶的热水。炕上炕下都是人,说了一段后,二大爷就领着这些迷途的羔羊唱《我们终于成为赢家》,还有《主啊!我亏欠了你》。

因为屋里有炕的吸引,连附近村庄的人都来听二大爷布道。还没到"大寒"的时候,门口的柴垛子已经下去一大半了。二大爷晚上领着信众唱完歌以后宣布:"明天来唱经的人每人背一捆柴来。"

有的人说:"那是应该的!应该的!"也有小气的人就不来了,但过了没几天在家里实在熬不住,在冬天享受过炕的温暖的人,再也回不到冰锅冷灶的屋里了。

到了晚上村子里常常看见这样神奇的景象:许多人背着柴往二大爷家走。二大爷家门口的柴垛子变得比以前更雄伟了,大风大雪的天气里,二大爷的家里就像明亮的天国一样,烟囱里冒出青烟,屋里传来:"你是我心中唯一的诗歌!我要向你尽情地歌唱——向你献上最真诚的爱——"大家沐浴在主的荣光和炕炉的温暖中，老太太蘸一口口水，然后问旁边识字的人："你们看到哪里了，给我讲讲嘛！"

腊月的时候，当地唱戏的戏班子拉着戏箱子到村子里，找到几个过去的老戏迷让他们去拢人。

几个老戏迷说："我们现在都信主了，再说现在寒天腊月的，外面多冷呀，哪有信主好，信主还能为家里儿子儿孙积福呢。"

戏班子一听，明白这个村阵地算是丢了，发动车子灰溜溜地走了。

就这样二大爷从东北传回的两件宝贝算是在村里扎下根来了。

张家兄弟 写春联

以前我老家过年的时候都要请人写春联。一写写一天，除了大门以外，猪圈上要写"肥猪满圈"，鸡舍上要写"六畜兴旺"。犁头和锹把上也要贴上春联，连灶屋的灶台上都要贴上春联。

村里字能拿得出手的就数张家两兄弟。老张家原先是村里的大户，家里开着糟坊和糖坊。走几十里路还是老张家的地，长工雇了几十个。解放后张家就衰落下来了，家产也让村里人给分了。我家还分了他们家一个雕花的碗橱和小方桌。

因为家道败落，张家两兄弟连媳妇都没有娶上。他们俩一年当中所能享受到最幸福的时光，就是春节的时候帮人家写春联。订好日子以后，要写春联的人家就先来帮他们把文房四宝"请过去"，然后把一间屋子扫得干干净净的，他们写春联的时候不允许人进去。下午写到三四点钟，主家还要准备晚茶。

晚茶就是在滚水冲好的炒米里面打两个鸡蛋。他们两个人都很讲规矩，碗中的鸡蛋无论如何只吃一个，另外一个留下来端出去招呼主家的孩子吃掉。老大写字的时候，老二就在旁边帮着折纸上的格子。张家老大一个眼神老二就知道这个纸要裁多大，折几个格子。

因为是帮村里人，他们不收报酬，大部分人家会给点"回礼"，或是杂糖，或是挂面、元宵、豆腐之类。顶大方的人家给一方肉。给外村的人写收个两块、三块的。

张家老大以前上过私塾，写得一手好欧体字。用我们当地的话讲，像"刻版"刻出来一样。老二字写得不如老大好，但是他会画画。什么东西他看上一眼就能给画出来。农闲的时候，他画八仙过海或者南极仙翁到集镇上卖。有时人家家里"老"了人（去世的委婉说法），要画遗像也请他，画一张给个几块钱。他们两兄弟一般从腊月起就在外面写春联，一直要写到年三十才回来。

我上小学的时候学校上描红课，字一写就写得超出格子。有时还洇得一塌糊涂。我爷爷请张家老大看我的字，让他给指点指点。张家老大翻开描红本子看了看说："这个体不好！要写就要照着仿字写。"然后他找了一块硬纸板，剪成很小的方块。先写横画，然后竖画和撇捺。他说先把这个笔画写好，以后再拿给他看。

他摇着笔杆子说："这个字就像人的大褂子，先要讲究个横平竖直。把这个写好以后才能谈到体势，什么颜、柳、欧、赵都要从横平竖直中来。"他让我半个月到他那里去一次，写好一个笔画以后就换一个。慢慢写到简单的字，比如"天、地、日、月"等。

张家两兄弟的日常生活过得很戏剧化。饭烧好了，老二就到老大旁边小声地说："家哥——吃饭吗？"老大把眼镜推到额头看他一眼说："有劳了——那就吃吧！"老大给人写寿幛或者墓志，写好后请老二过去看。老二认认真真看完以后说："甚好！甚好！"

他们俩有一块自留地。别人家犁地都是一个人使牛，犁到地头喊牛"撇——着——"牛就拐弯。他们两兄弟一人牵牛，一人在后面扶犁。一般是老大牵牛，老二扶犁。到了地头老二就喊："家兄有劳了——转弯——不知你意下如何？"老大听了就把牛牵过来转它一圈。村里人看到两兄弟在地里干活，看了都觉得好笑。

春天的时候紫云英开花了，老大跟老二在地里挖地。老大看着灿如云锦的花被埋在土里，忽然对老二说："我想起个对子，不知道老二你还记得否？红芽瑞茁蓝田玉——"老二说："家哥——下联是不是——金线香分紫云英。""啊，正是！正是！"

张家老大是一个很有童心的人，他看到我们捽泥炮。就说他做泥炮做得好，然后用我挖来的黄泥做了个泥炮。一边做一边还给我传授做泥炮的窍门，说中间要做得空，这样掼起来才响。看见小孩在水边用瓦片打水漂，他也捡一堆瓦片和我们来比赛。张家老二就站在旁边，笑吟吟地看他哥哥玩。

我跟张家老大学了两年的字。到了第二年的时候，他说你自己家的春联自己写吧。他写好了几个范例给我，然后教给我折格子的方法。我写好以后拿给他看，他说很好，以后再要写就要照古人的字帖去写了。我问他写什么帖。他说："你写颜体字吧！《多宝塔》就很好。那个字有气势！过去有个大书家叫董文敏的就是写这个字出来的。但我现在没这个帖子，以前家里有，都叫人给拿走了。"

张家兄弟晚景很不好，随着印刷对联流行起来后，过年请他们写对联的人少了。过去吃完了年夜饭张家兄弟就要开始写下一年的春联了。他们一天写几十条，写好后用个塑料袋扎起来。因为怕空气侵蚀到里面红纸就不鲜亮了。这些写好的对联批发给方圆几十里开小店的，一年下来也够两兄弟吃穿使用的。

他们两兄弟日子过得很简单，冬天白菜上来就吃一季白菜。偶尔蒸几块腊肉，也是算好块数。谁也不多谁也不少，碗里油汤还要兄弟怡怡地让半天。写对联的收入少了之后，老二只好在家拼命画画拿到外面去卖。

有一年过春节前老二画了不少观音送子、财神来到的画在集市上卖，那天生意不错。到了下午的时候卖了有几百块钱，老哥俩说今晚上回去无论如何要喝它几杯。

谁知道，这几百钱当中竟然有两张一百是假钱，开小杂货店的把这两张假钱给挑出来以后，老二听了半天没有说话。他默默地收摊子，然后把挂在绳子上的春联拿下来，拿春联的时候忽然呕了一口血。老大问他："二弟你怎么了？"老二用脚把地上的血痰搓了搓说："没事！没事！回去我还画。"

老二回到家里没到正月就死了。临死的时候老二握着老大的手说："家哥——你要好好的——我走了——不能照应你了。"老二走了之后没半年老大也走了。

村里人把这弟兄俩葬在山坡上一片意杨林里，草已经长得很深了。现在我们当地过春节的时候都是用印的对联，有的还是用金粉印的。有些年龄比较大的人还记得张家两兄弟，认为这种印刷的没有他们写得好。

富贵还乡

孙有志问他爸爸，我们家跟屋后的孙有义家怎么结的"梁子"？

孙有志爸爸说："这个事情说起来就长远了，照理说我们家跟孙有义他家祖上都是一个祠堂的。以前还有个家谱说我们是从山西迁过来的，一支迁到湖东面的孙集镇；另一支就迁到靠山沿这边落下脚了，然后在这边散枝开叶，这边方圆几十里要论起来这个姓孙的都是一个老祖。以前我们两家处得还不错，平常什么借一升还一盒的，谁家帮谁家换个工都常有。土改的时候，孙有义他爷爷当时在村农会当主席。我们家那时几辈子都下南京挑盐，攒了点钱，在山上买了几十亩薄地，都是旱田。只能种些山芋、黄豆、红豆——没什么大收成。可孙有义他爷爷把我们家报成富农，为这个我们家没少受人欺负。你爷爷当时就起誓说：'这个后代子孙要有跟老孙家交往的，腿打断！'"

孙有志说："这都什么陈芝麻烂谷子，怎么到了你这一辈子还结着怨呢？"孙有志爸爸竖起一根指头，指指天上说："那个是祖训呀！再说了，我瞅孙有义他们一家子就不顺眼。你就说孙有义他爸爸那年盖房子不明摆着欺负人吗？上梁的时候我跟孙太华（孙有义爸爸）说：'你们家屋脊头跟我家一样高就行了，太高了压住我们家风水，后代子弟不发旺。'狗日的怎么说！他说他家有钱想盖多高盖多高，你说气人不气人。"

孙有志沉吟了一会儿说："他们家有义人不坏，这几年过春节回来见着村里老的，只要过了六十岁，见人就包一个大红包。"孙有志爸爸往地上下死命啐了一口说："他那个是烧的！小人乍富狗穿皮裤。意思是自己在外面混得好呗。过年他是到我家拜年，我有一回给过他好脸色吗？你以为他是给我拜年来的？人家是来显威风来的。"孙有志嘀咕说："你可能想复杂了。"

孙有志跟孙有义上高中时是同学。孙有义成绩很烂，还好打架，把乡里几个学校都念遍了，留了两年级留成了孙有志的同学。乡高中离村里十几里路，每天早上鸡不叫狗不咬的，孙有志就要到学校去。路上要经过一片坟地，有一次孙有义蹲在一个坟头后面，看着孙有志快要走到了，他忽然跳出来说："劫道！把钱拿出来！"把孙有志魂都吓飞掉了。

孙有义问他："你为什么不理我？"孙有志嗫嚅道："我们家人不许我跟你在一块儿玩。"孙有义过来把手搭在他肩上说："你个怂货！昨天饭又让人给抢走了吧？你跟我说我罩你呀！"孙有志把他手拿下来说："我不要你罩，给我爸知道他要把我腿打断。"孙有义听了放声大笑说："好——好——那以后上学我就在这边等你，我们一道走路。一个人走路，连个说话的人也没有。这样，你陪我走路，我帮你抢饭。你看这样公平吧！"

那会儿乡下高中都在学校蒸饭，有些混账的学生专门抢良善之辈的饭盒子——饭吃完了就把饭盒子里面装上泥沙，扔到学校后面的水塘里。孙有志被抢了好几回，他也不敢跟老师说，就这样一直饿到回家吃晚饭。这个孙有义倒是说话算话，自从他们俩一道走路以后，学校再也没人敢抢孙有志的饭盒了。有几次孙有义端了一饭盒米粉肉过来，他看看孙有志饭盒里的菜——蒸黄豆、咸萝卜干。他说："操！你爸就给你吃这个，你还帮他念书？"他拨了一半肉给孙有志命令说："吃！"然后自己用手从饭盒里把肉抓起来塞到嘴里，吃得顺嘴角流油。孙有志问他："哪弄来的？"孙有义嘴里占着东西，呜哩呜噜说："你吃你的，管那么多干什么？"

高中一毕业，孙有志考上大学，孙有义跟他舅舅到上海贩菜去了。他俩在生活中再无交集。孙有志考上大学让他爸爸觉得脸上很有光彩，在村里流水大席办了好几十桌。酒席上村里人奉承说："孙有志这个孩子从小看着就不一样，有老成气！将来必定会飞黄腾达，当大干部。"然后小声说："不像孙太华家的小子除了惹祸啥也不会，老孙你可得传授传授怎么教育孩子的。那个我先干为敬！"

孙有志爸爸第一回觉得在村子里扬眉吐气了。他总结说："我一个做田的能有什么经验？我就跟儿子说这个做人第一是要本分，过头话不说！过头事不做！不像有些人在村里横行霸道的，都是乡里乡亲的，那样办事情不积阴德哩。"那天孙有志爸爸喝高了，他躺在床上头一勾就要吐。孙有志给他端盆，他吐完了看着孙有志说："小子——你给爸露脸了。你记着，从今以后我们家处处要压着后面一头，这话你可给我记在心里。"

孙有志寒假回家，村里人在村口遇到都跟他打招呼说："大学生回来啦！"附近给他提亲的人不少，都让他爸给拒了。理由是现在年龄还小，等年龄大点再说。实际上是他爸爸觉得儿子现在已经上大学了，今后找对象的范围怎么也得是城里的姑娘。

孙有义出去以后有那么七八年，连过春节都没有回来，村里人说到孙有义，都直撇嘴："他那个样子估计在外面混得不好，还有脸回来呀！老孙家这一门子怕是爬不起来喽！"

孙有志大学毕业以后，被分配到市里一个污水处理厂当技术员，然后在城里娶妻生子。没有飞黄腾达，也没有当上大干部。倒是背了一身的房贷、车贷。村里人说他不怎么"认人"，意思就是找他办事情差不多都给回绝了。比如说托他到医院找个专家，或者是给孩子介绍个工作什么的，他都是直推眼镜十分犯难的样子。而且他有点惧内，据说他自己亲戚到他家去，他老婆都不给好脸色。孙有志有个女儿刚上幼儿园，不好好吃饭，他老婆喂饭的时候，焦躁起来就是几耳巴子，孩子嘴里含着饭就号起来。乡下亲戚只好丢下东西落荒而逃。

孙有志在村里地位落下去，反而抬升了孙有义。大家都说孙有义这个人做人漂亮，到上海只要找到他，事情给你办了不说，还好吃好喝地招待。临走家里大人小孩子礼物色色周全。村里人就问孙有义怎么不回去过年？孙有义说，等什么时候混出点头绪再回来。但大家做梦也没想到，孙有义的"头绪"竟然大到回乡过春节是县长陪他一起回来的。孙有义在村里见到过了六十岁的长辈，一人一个四百块钱的红包，拿到红包的人喜得半天嘴都合不上。孙有义答应在当地投资办一个蔬菜深加工的工厂，而且是产供销一条龙。孙有义的"奔驰"越野车就停在孙有志家的屋后。孙有义看见孙有志就过来招呼他说："来——来——家里坐坐。好多年不见了，现在还好吧？"

孙有志说："谈不上好，混饭吃呗！你现在怎么样？"孙有义说："也是瞎混，以后到上海一定找我。方便的话留个电话。"这时孙有义接了个电话，他回过头说："我真怕回来过年，喝酒都喝伤掉了。晚上县里招商局的几个人又要请喝酒，怎么推也推不掉。过两天等不忙了咱们弟兄喝两杯，你初几回去？我们班那个副班长现在怎么样了？"孙有志说："我初六上班，年初五就要走。我一出校门跟他们联系就少了。虽然说离家不远，其实也就是过春节回来住几天。"县招商局来接人的司机等得不耐烦，就在一旁催道："孙总，时间不早了，我怕路上要堵车。"孙有义拉开车门做了个打电话的手势说："以后我们常联系啊！"

晚上吃饭的时候，孙有志喝了不少酒。孙有志爸爸话题总围着孙有义说来说去的。后来孙有志发火了，他说："爸——好不容易回来过个年，你老说人家有意思吗？"孙有志爸爸讪讪地摇了摇手说："好——好，不说，不说。"过了一会儿他又说起来，他问儿子："那个孙有义买的车是不是很贵？比你买的那个车好不好？"孙有志差点让他爸给气乐了，他说："我家那个小破车跟人家没法比。这个人过日子天天跟人家比你累不累？"他爸听了没说话。过了一会儿，孙有志老婆在旁边说："看这个势头，你那同学在上海一定混得不错，都是一个村里的，怎么差别这么大呢？"说完做出一副百思不得其解的样子。孙有志白他老婆一眼说："你看他好跟他过去！"他老婆说："你放屁。"

睡到半夜，孙有志醒了。他枕着手望着房顶。外面的月光透过窗格射进来，把屋里照得很亮。他发现月光下好像有什么东西在反光。他从床上下来，用脚摸索到自己鞋子，然后趿上。轻轻开门出去，停在屋后的"奔驰"正闪闪发着光。他伸着手摸在冰凉的车身上，然后围着它绕了一圈。看着看着，他小声地哭了起来。

你
会
后
悔
的

我到城里上学之前，在乡下一直念到二年级。乡小星期三下午有堂写大字课，许老师溜到我后面忽然拽我手中的毛笔。我一惊，手攥得好紧，没有让他拽走。老师就夸我毛笔握得好。放学的时候老师让我到他办公室去一趟。几个老师笑眯眯地围着我说："你表现得很好！竖和横都写得有劲！回家跟你家大人说一下，老师晚上要送奖状到你家去。"我很高兴，放学以后也没跟哑巴、五狗子他们到坝埂上去摔跤。秦家宝、秦家根他们一出校门就钻到麻地里面去玩"赶老龟"，喊我去我也没去。我顺着田埂走回家，路上遇到扛耙的有明大伯。有明大伯问我："你在学校书念得怎么样啊？"我说："老师夸我字写得好，晚上要送奖状到我家去。"有明大伯听了很同情地看我一眼说："这些老师看来馋急了，你快点回家吧。让你奶奶杀只老鸭吧。"

我奶奶在老家跟我叔叔过，家里养了七八只鸭子。端午节杀了一只，家里来亲戚又杀了两三只。现在活着的几只鸭子都长得很肥了。早晨把篾编的鸭笼子打开，几只鸭子都急得摇头晃脑围着人讨吃的。从麻袋里抓一把瘪稻谷撒在地上，鸭子就拿嘴去撮。鸭子吃东西都是拿嘴去撮，像一把小铲子。我蹲在地上看了半天，直到奶奶叫起来："都几点了，你还不去上学！"我背着书包向学校飞奔，李淑琴老师站在校园的刺槐树下拿个尖嘴锤子，正在敲半根钢轨。"当——当——当——当"，她像和尚敲木鱼一样由慢到快，然后越敲越快。教师从宿舍里三三两两出来，许四眼老师把快吸到尾巴的香烟又嘬了两口，看看快烧到手才恋恋不舍地把烟蒂弹出去。

许四眼老师有句"人生三大香"的总结是"头烟、二茶、烟屁股头子"。他教我们数学，老说我是个天才。一、二年级的时候我数学确实非常好，老师出个题目全班同学都答不上来。就开始打通堂！等打到山穷水尽疑无路的时候，他才慢慢喊我起来回答问题。我一般是停下手中正玩的活计——有时是从人家地里弄来的高粱秸子，有时是一把坏了的锁头子，有时是我爸从部队给我带的子弹壳。我站起来看黑板一眼，张口就把答案报出来。许老师就用眼"小视"班上群氓，然后喊道："一样上学！为什么人家会你们都不会？你们的心长哪去了？"许老师论成绩好坏的原因，主要是从"心学"上来讲。他会用黄檀棍子指着你的前胸质问："这都错了，你心呢？你心呢？"你刚想后退，他用棍子那么一钩就把你给"钩"回来，使用棍子之娴熟，不亚于一个交响乐团的指挥大师。

我的心是到城里以后摔闭合了，从那以后数学就超级烂了！我记得是一个冬天下午，我跟班上十几个男生玩骑马打仗。骑马打仗就是两队人，分红方、蓝方相对而立。一个同学骑在另一个同学脖子上，双手张开拉下对方骑手者为胜。冲锋之前有排兵布阵，权谋与试探。马也要有个马的样子，不仅要学马嘶还要会尥蹶子。有的人连马冲锋前用蹄子刨地都学得惟妙惟肖的。总之一匹真马会的，我的同学都会。我骑在张红叶的脖子上拉对面一个同学，忽然我胯下的"战马"一个马失前蹄，就把我给摔下来了。当时我就感到一片黑暗，过了很久以后有一线微明在闪动。微明中恍恍惚惚看见许多蝴蝶从什么东西上飞起来。它们在什么东西上盘旋了一会儿，接着就一只一只飞走了。这时我感到一阵剧痛。在我的脑袋上方悬着许多脑袋。他们问我："怎么样了？疼不疼？没事吧？"没事才怪！我怔怔地回到教室。从此以后我数学课上再也不能抢答了。

那一年我本来准备跳级直升初中的。我的数学老师一直不知道我出了什么问题，她以为我被班级的几个坏蛋带坏了。下课时间我只要玩什么，她就给没收了。有一次上课的时候我恍惚听到下课铃响，我立刻跳起来跑到操场上去占球台。我们学校只有三张水泥球台，去晚了就打不上了。数学老师正转过身在黑板上写字，一回身我人不见了。她以为我上厕所去了，等了半天没见我回来。就从教室出来，看到我拿着两副球拍蹲在水泥台子上，校园里一个人也没有。她就走过去揪着我耳朵把我拽回教室。两副"红双喜"球拍也被她给收走了。回到教室她又屈起指头节在我头上一阵猛敲，但可能敲打的部位不对，那些飞走的蝴蝶始终也没有飞回来。她一边敲一边喊："你会后悔的！"似乎是想伴着这个用力的姿势把她的话一个字一个字敲打到我脑子里。

很多年后我跟数学老师在街上遇到，她已经是个老太太了。我走到她面前说："何老师好！"她一眼就认出我来了。她问我现在怎么样？我说我在画画。她说你应该能上北大、清华的，你是我教学生涯中遇到过最聪明的孩子。你后来怎么忽然笨成那样？我说我也不知道怎么会变成那样的，也许是玩心重了。我想跟她说那次摔跤，但事情已经过去很多年了，再说还有什么意义呢？

我奶奶杀了一只大麻鸭以后问我叔叔："小学校有几个老师？"我叔叔屈起手指数了一下说："有七个，哦，不对不对，加上那个女老师有八个。一只鸭子怕是不够。"我奶奶说："我到菜园里摘些茄子。"天快黑的时候，我奶奶摘了一篮茄子回来，切成滚刀块一起倒进锅里炖，又到邻村买了几块豆腐用大蒜红烧了。我到门口看了看，老师拎着马灯来了。最后面的是李淑琴老师，她手背在后面。我跑到灶屋大喊："老师来了——"我奶奶说："你先迎迎，我换件衣裳。"我叔叔早已经迎到门口，许四眼老师转身朝李淑琴老师说："把奖状给我！"他打开奖状念道："祝贺高军同学获得高家湾小学写大字第一名！"然后就是全体老师鼓掌。我爷爷一边散烟一边说："哎呀！老师，小把戏带你们淘神了，不听话就打！小家伙就要打才能上路！"

那天晚上的鸭子大概烧得很成功，总之我一块也没吃到。老师把鸭子和茄子都吃得一块不剩。后来菜不够，我奶奶又到酱钵子里掏了一些酱刀豆和酱瓜，端上来给他们下饭。因为放了太多的茄子，所以鸭子很不好找，许四眼老师好几回都急得站起来夹菜。我叔叔酒量大，平常一碗炒辣椒都能喝一斤酒。后来他就跟几个男老师豁起拳来，"五魁手呀——八匹马呀——三星高照——满上——满上。"许四眼老师喝得脸跟猪肝似的，他捂着杯子讨饶说："实在不照了——再搞——就要翻了！"晚上他们回学校的时候，许老师一脚踩空掉到茭白田里，滚得一身泥。第二天早上他把衣服晒在篮球架上，自己叼着根烟在想事情。我经过他身边的时候，喊他一声："许老师好！"他说："好好——"许老师家离学校有十几里路，每年栽秧的时候学校都要放一个星期的忙假。许老师放假的时候要回家帮老婆栽秧。等栽秧回来他变得又黑又瘦，一点不像个"公家人"了，他要补充营养了，很快我们班上一个同学又要获奖了。他眯着眼盘算这个"写大字奖"也发过了，"作文优胜奖""爱劳动奖"和"数学奖"也发过了，还能发什么奖呢？

菜地上空的飞行师

李有年在河边找到一块好地。这块地离家有三里多路。

李有年退休已经有三四年了，退休以后他觉得无所事事。小区里有老年活动中心，有健身器材也有棋牌室，但是李有年都不喜欢。去看过几回，别人劝他打牌。他摆摆手说："你们玩！你们玩！我看看。"劝他的人说："我们玩得不大，一天二三十块钱。你留着钱下小崽子吗？"李有年听他们这样说，就转过身走了。

他到健身房去，看到老张举着杠铃在练功。他抛出一根烟，老张接着叨在嘴里。李有年说："能举得动吗？"老张吭哧吭哧地说："举得动，要不你试试。"李有年冲他摆了摆手说："真是吃饱撑的。"老张放下杠铃把烟点着，他吸一口说："是吃饱了撑的，要不干什么去？"李有年说："我想找块地种种。"老张说："这周围哪来的地？"两个人陷入沉思之中。过了一会儿老张说："上个月我练跑步，离我们这边三里地，有条断头路。原来要做一个什么楼盘，现在荒在那里，你去看看。"李有年一拍大腿说："好嘞！那我下午就去看看。""再聊一会儿？""不了，我回去帮老太婆择菜，等一会儿小孙子该要放学了。"

下午李有年骑着小三轮先把孙子送到学校。老秦走过来说："哎！老李过来我们吹一会儿。"李有年说："不了，我到附近转转。"李有年按老张说的大致方向骑过去，这边原来有一个叫"香榭丽舍"的楼盘，不知道为什么停了下来，塔吊还矗立在那里。

李有年骑过售楼部，他趴在落地窗向里面看。里面一个人也没有，一地的纸片。门口铺的大理石路面裂缝中长出了车前草、狗牙根、牛筋草。他推了推门，锁得铁紧。老李拍拍手上的灰，出来顺着一条路往河边骑。他在河边发现两边都是荒地，有好几百亩的样子。

有条柏油路从中间切开，地上散落着一些建筑材料。许多麻雀看到人过来，就轰的一下飞起来。但是飞了不远又落下到草丛里。李有年看到不远处有座歪歪斜斜的小棚子，棚顶上覆着油毛毡。他正准备走过去看看，里面出来一个人，穿着一件油渍麻花的工作服，头上戴顶鸭舌帽。

那个人看见他就大声喊："干什么的？"李有年以为他是看工地的，就大声说："不干什么，看看。"那个人说："这有什么好看的，出去！出去！"李有年歪着头看了他一会儿，有点生气。他朝那个人走过去，李有年问他："你是看工地的吗？"那个人没理他。李有年又问他："这块地荒了有好几年了吧！怎么到现在还没有人接手吗？这两年房价不是涨得厉害吗？"等走近，李有年看见那个人手里拿着一个老虎钳子正在"窝"一根钢丝。

李有年又问他："你在这边看工地吗？"那个人一摇头说："不

是，我在这边玩。"李有年想了想，觉得这个人有点奇怪。他问他："这个地方一个人都没有，有什么好玩的。"那个人说："我在造飞机。"

李有年上下打量了他一会儿，这个人是个长脸，有点像马。眼睛很大，有点暴眼珠子。两只手很大，骨节粗壮。他穿的工作服上有电机厂三车间的字样。老李问他："你以前是电机厂的？我说个人你认不认识。""谁？""动力车间的许老四。""啊！许老四。认识，认识。黑胖子，爱喝酒对不对。"李有年说："他爱人跟我老婆是同事，退休以前都在电焊条厂食堂工作。"

那个人伸手从口袋里掏出一包烟，抖出一支递给李有年说："抽烟。"李有年说："我有，我有。"说完也开始掏烟。那个人又把烟抖出来一点，李有年接过点上抽了一口。烟有点迷眼，李有年问他："这地儿没主吧？"那个人说："目前没主，往后就不知道了。你就说你想干吗吧！"李有年说："退休在家闲得蛋疼，我又不喜欢打麻将、掼蛋。想找块地种种。哎！忘了问你贵姓。"那个人说："我姓马——马青松。你喊我老马就行了。我以前在厂里干钳工，你问许老四，他一准知道我。这边地多得是，你过来。种地你要买点锄头、锹什么的。"

那个人看看天说："你现在要种只能种点玉米、黄豆什么的。油菜不赶趟了，节气过了。"李有年问他："你真在这里做飞机？""我骗你干什么？你过来我领你看看。"李有年跟在老马后面，他说老马你哪年的？老马说哪年哪年。李有年说你比我小，身体怎么样？老马说除了血压有点高，其他毛病没有。

　　两人一边走一边聊。用了不多久，李有年大致知道老马的情况是这样的：老太婆前两年走了，有个儿子在外地成家了，逢年过节才回来。目前是一个人在过，不想找老伴了。原因是嫌麻烦，耽误干正事儿！老马说他年轻时有很多想法，但是限于条件都没有办法实施，现在想把它们一一实现出来。

　　李有年问他想做些什么东西，老马说："做一架能飞上天的飞机，做个潜艇，还有做个爬楼机。这个岁数一天一天大了，我家住六楼，做个爬楼机，电钮一摁，咯噔咯噔就上去了。"

　　李有年听了点点头说："你年轻时候志向不小！不像我年轻时候尽想着找老婆。"老马听了咧嘴一笑："我也想，那会儿年轻都那样。"说着说着就走到老马藏飞机的地方。老马的飞机放在售楼部后面的院子里，上面覆着蛇皮布。他把上面捆着的绳子解开，然后掀开蛇皮布说："我刚把机身做好，那个膀子还没做。"老李看了看机身有点像单桨独木舟。

　　老马看老李有点失望。他就说，我这个是一个人开的，不能做大。我没钱买大的发动机。等把前面的挡风玻璃装上，然后再刷漆就像样子了。老李用手敲了敲机身问他："这是拿什么做的？""泡桐的，要轻。不然飞不起来。"老马等李有年看完了，他把蛇皮布放下来。然后照原样捆好。"你做了多长时间了？""做了有一年多了。反正我时间也多，除了晚上回去睡觉，我白天都在这里。""那你吃饭怎么办？""我自己买自己烧呀，你刚才不是看到那个小棚子了吗？我就在那里烧饭。"

　　李有年问他："你是想坐飞机吗？现在飞机票又不贵，买一张坐坐不就行了。"老马说："那不一样！我做飞机能和人家给我开一样吗？这个是我的理想。我就想自己做一个，只要能飞起来我就成功了。远的地方咱也不去，就顺着这个河汊附近飞一飞。我相信自己手能做出来，我起小就喜欢动手做东西，有瘾！你知道我钳工多少级吗？"李有年摇摇头。老马用手比了个"八"字。李有年在厂里也是做技术的，他知道八级钳工是很厉害的。

两个人出来以后。老马说："我在这里做飞机，你看到别跟人说。""为什么？""还不定飞起来飞不起来，省得人家笑话。""嗯，我不跟人说。""那好，你明天什么时候来？""明天我送完孙子就来，我看紧靠河边那块地不错。不碍你事吧？""没事，没事。明天我多弄两个菜，我们俩喝一杯。""好嘞！"

等老李回到学校，孙子都放学了。他背着书包一个人站在门口东张西望的。看到李有年过来，他说："爷爷，你跑哪儿去了？让我等半天，明天不让你接了。"李有年说："上车，不就迟一小会儿吗。爷爷等着急，在附近转了一会儿。"晚上吃晚饭的时候，李有年跟老太婆说他找到一块地，想种点黄豆和玉米。老太婆看他一眼说："超市的甜玉米又不贵，你自己想种你自己去，别耽误接孙子就行。""那耽误不了，我是掐着钟点去的。我明天买锄头去。""现在城里上哪去买锄头？""那你别管。"

第二天一大早，李有年让老太婆去送孙子。他自己坐车到郊区买了一把锄头和一把钉耙。他上公交车时售票员不给他上，说怕他在车上把车给剐坏了。后来他买了几张报纸把锄头和钉耙捆上，人家才给他上了车。

到了河边都快到十一点钟了。他走到小棚旁边，听到里面在锉什么东西。他在外面喊了一声："老马——老马——"老马从里面出来，一边摘手套一边问他："东西都带来了？""带来了。""那你把东西先放我这儿吧。菜我都弄好了，等你半天了，以为你不来了呢。""说好的，怎么可能说话不算话。"

老李拿出一瓶酒："泸州老窖，儿子过年时候孝敬的。"老马说："喝这么好干什么，我这里有二锅头。"老李说："别客气，我都带来了！"老马说："那就坐到开干吧！一个人二两，我下午还要干活。""好，我在家里老太婆不让动酒。"喝完酒，他们两个聊了一会儿。李有年问老马："什么时候能试飞？"老马说："快了，等膀子做好就行了。我在网上订了一个风镜，这玩意儿一飞上去风大得眼睛都睁不开，没风镜不行。""你会上网？""那有什么难的，我好多东西都在网上买的。我经常上一个做小飞机的网站。"李有年说："厉害！我去锄地去了。地要翻开让它晒几天，才能种东西。"

李有年的玉米出苗的时候，老马的飞机膀子也装配好了。老李这天早上蹲在地里看苗情。他看到两片叶子顶着露水亭亭玉立的，心里乐开了花。他盘算着再过几个月家里的餐桌上将出现自己亲手种的嫩玉米。这时他看老马从后面拖着一架小飞机出来，像拉着一辆板车。

李有年冲他挥了挥手说："老马——玉米出苗了！"老马站住，把手圈到嘴边喊道："膀子装好了，过两天就能飞了。"李有年扔下锄头跟过去，他围着飞机转了几圈说："哎，真像那么个样子。能飞多高？""不知道哎！第一次怕是不能飞太高，万一摔下来把老骨头摔散了。"李有年很认真地说："不能高，比锄把高就行，能离地就成。"老马说："我买了一个摩托车头盔，问题解决了。又能挡风又能护头。""哎，这个飞机里挂的皮管子是干吗的？"李有年问道。老马说："这个你就不懂了，是水平仪。飞机转弯的时候都要找水平，角度太大了会一头栽下来。网上倒是有卖的，太贵了。我自己就用塑料管子做了一个。""能行吗？""能行，你看家里贴地砖他们不就用这个找水平吗。"

　　试飞的那天是个好天。老马把手指蘸了唾沫举在空中，他测了一会儿说："西南风，一到二级。如果有机场那个测风的口袋就好了。不过没有也没关系。"李有年问他："你有把握？""试试吧，我降落的时候如果太快你帮我拉着一点。""好，你放心吧，交给我了。"老马到前面把绳子缠到发动机上，一拉打着了火。发动机里冒着一股青烟。老马爬到飞机里。李有年对他敬了一个礼，老马把两个手指并到头盔旁边很潇洒地回了一个礼。然后飞机开始滑行，越滑越快。在柏油路的尽头，先是撞上堆在地上的一堆断砖，然后向左边歪过去，最后在原地打起转来。后来一个翅膀就被刮断了。

　　李有年一边跑一边喊："老马，稳住——稳住——"等快跑到飞机前面的时候，飞机停止了打转转。李有年问道："老马你没事吧？"老马坐在里面愣了一会儿说："没事！没事！你扶我一把，让我出来。""好，慢点！不着急，哎！左脚先出来。"老马说："操！跑得好好的，怎么会歪了呢？是不是方向舵有问题。"说完他拿下帽子搔着脑袋。李有年安慰他说："这个做飞机哪有那么容易，那个美国什么兄弟做了好些年才做出来的，还是两个人。你一个人做成这样不容易了。""美国的叫莱特兄弟。"

"这家伙跑得还挺快的，我看不比街上汽车慢。""老李它有没有离地？"李有年想了一会儿摇了摇头说："好像没有。""真没有？""真没有，我就看它一直往前跑。后来一歪就撞到那堆砖头上去了，然后就开始打转转了。"老马听了蹲下来往飞机的底部瞅。"轮子没毛病啊！"他跟李有年说："搭把手，我俩把膀子抬回来。重做！我还就不信了。"

傍晚的时候老李把玉米和黄豆都浇了一遍水。他走到老马的棚子前面问他，老马要不要跟我一道走？老马耳朵上夹着一支铅笔正在看图纸。他回过头说："老李你先走吧！我研究一会儿，图纸没错呀。问题到底出在哪儿了呢？"老李摇了摇头，然后骑上小三轮走了。

修理翅膀这个工作持续了有一两个月。李有年的玉米都分蘖了，黄豆也长得老高了。他骑着小三轮从郊区弄了不少粪肥上在地里，玉米的叶子绿得像刷了一层清漆。每天他看到老马早上把飞机拉出来，晚上又拉回去。在柏油路上跑过来跑过去，但怎么也飞不起来。起初李有年还有点紧张，后来看惯了，连看都懒得看一眼。他心里认定要飞得起来才怪呢！有的时候他跟老马开玩笑，李有年说："你手巧，实在飞不起来咱把它改成老年代步车。老年代步车又不要上牌照。没事你到街上拉人，一准能赚到钱。"老马就嘀嘀咕咕说："我还就不信了！我还就不信了。"

老马是怎么飞起来的全过程，李有年一眼也没看到。这个事情他一想起来就后悔，错过了这个见证奇迹的时刻。

有一天刚下完雨，天上飞满了红蜻蜓，老马把飞机又推到起跑线，他发动着飞机，然后坐上去。跑到路的尽头，他把心一横，把操纵杆往怀里一拉。忽忽悠悠地，飞机起来了。李有年挑着一担水，正给玉米和黄豆浇水。这一切他全没有看到。老马飞了一段，转了一个大弯。李有年听着声音不对，哎！这个声音怎么在天上了。他往头上一看，老马正伸着脑袋往下看。两个人看了一个对眼。李有年把勺一扔就喊："飞起来了！飞起来了！"老马在上面对他招手。一边招手一边喊："老李同志你好呀！"老李回应道："老马你好呀！"

老马顺着小河汊飞了一会儿转回来，他对准跑道准备降落了。飞机落下来，然后又弹起来，接着滑行一段，忽然栽到地上，呈头朝下屁股朝上的架势。然后里面就开始冒烟了。

李有年叫道："不好！"他就开始往飞机那里跑。老马从里面钻出来，一边跑一边摘头上的头盔。李有年看到他的衣服好像在冒烟。他就喊："老马你身上着啦！"老马就扑在草地上打滚。李有年回头把桶里浇完玉米剩下来的半桶水全浇在老马的身上。飞机还在烧，老李问老马："怎么办？"老马说："不管它，烧就随它烧吧！"两个人坐在那里看飞机烧成个黑乎乎的框架。

老马问李有年："你看到它飞起来了？""看到了，还在天上绕了好几圈。""那就成了。""你跟我说说在天上看地下是什么样子。""带劲！我就听到风呼呼地吹。人轻得一点重量也没有，这个东西做得还成？"李有年说："太行了！我看你比美国那个莱特兄弟不差。""明天你回去的时候我想借你小三轮用一下。""干什么？""把工具拉回去，不玩这个了。""你下一步有什么打算？""做潜艇呀，我以前不是跟你说过吗，你忘啦！"李有年说："是，是！你看看我这个记性。"

老马棚子里不少东西，锯子、台钳、各种扳手、锤子、起子，拉了两天才算拉完。最后一趟拉完的时候，李有年问老马："以后还来这边吗？"老马说："近期可能不过来了。等你玉米收上来我来拿几根，还有毛豆。"李有年说："这以后可得悠着点啊！那天烧着了，真是想想都后怕。""那行，我先走了。等有空儿了我来找你。"

老马推过靠在棚旁边除了铃不响浑身都响的自行车骑上走了。李有年看着他慢慢远去的背影想到，这个老马，怎么也不把车修一下？

过了有两三天的时间。李有年早上摘完毛豆，坐在老马留下来的小马扎上正在抽烟。远处过来两个警察。其中一个年龄大的警察问李有年："老师傅，这两天你可看到一个人在这边搞飞机？"李有年眨巴眨巴眼说："搞飞机？我不明白你什么意思。"那个警察就说："据目击者说这里有人在造飞机，而且还飞上去了。后来不知道怎么栽下来，还着火了。烧了半天。"

李有年说是有这么一个人，他弄着玩。不过现在他人不在这里了。警察问他到哪里去了。李有年说我跟他又不讲话，不知道他到哪里去了。"包庇是犯罪你知道吗？国家对飞行是有规定的你知不知道？"李有年说："我真不知道，我天天忙着种菜真不知道他在干什么，问他也不说。后来不知怎么就一下子飞上去了，我都没看到。对了，飞机怎么栽下来我倒是看得真真的。大头冲下，然后就烧起来了。后来那个人就走了，只留下这么一个小马扎。"说完李有年站起来，把这个小马扎指给警察看。

那个警察看了一眼，没说话。他很狐疑地望着李有年，然后递给他一张名片："这是我的名片。我姓周，你叫我周警官就可以了。下次看到这个人来，你按名片上的号码打给我。"李有年接过名片说："好——好——我看到他一定打电话给你们。"

收最后一茬玉米的时候来了几辆推土机。李有年问推土机驾驶员，说是这块地又转卖给另外一家开发商，马上就要动工了。李有年说那边地里还有点玉米没收，等我收了你们再推好不好。推土机驾驶员："你快着点，等会儿哨子一响。那边全部推平。"

李有年把玉米收完了，骑着小三轮到电机厂宿舍打听老马住在哪里。他在厂宿舍楼下看到一个老头，他问道："师傅我打听一个人。""谁啊？""马青松，马师傅。""老马啊！到他儿子那里去了。我也有阵子没看到他啦。"李有年骑着车回来，心情很忧闷。他家老太婆说："地没啦！""没了，要做新楼盘了。""没事在家看看电视多好，你种的黄豆再好吃，天天吃也架不住。"

李有年没理她。地没了李有年的生活回到以前的状态，接孙子、在家看电视、没事顺着小区走路。有一天看电视，他看到电视新闻上谁谁在哪里弄潜水艇，谁谁在乡间造坦克，他总会想到老马。他回过头跟老太婆说："这个老马是真能哎！"老太婆问他："哪个老马？我认识吗？"李有年又不吭气了。老太婆摇了摇头说："一天到晚神神道道的，想什么呢。"

人情世故

　　我以前单位领导走路有点拐。他小的时候让一个庸医一针戳到坐骨神经上，留下点后遗症。不过不仔细看也看不出来。开会的时候他要歪着坐，因为坐久了他屁股受不了，所以坐姿显得有点流里流气的。上面的领导看了有些不爽，私下说这个人哪来这么大派头呀！也有人给他提醒过，他也知道这样不好，努力想改，但无奈坐骨神经不争气，坐久了他还是要瘫下来。所以他一直也没升上去，混到退休仍然是一个副科级。

　　他办公室在里屋，我在外屋。上班也没什么事，他到门卫那里把所有送来的报纸拿回来，一个人在里屋慢慢研读，屋子里静得跟座庙似的。偶尔我在外面能听到他"咕"地喝一口水，有的时候在里屋喊我，说哪儿哪儿杀人了，哪儿哪儿失火了，年轻妇女网络失身等等，你理不理他都行，他就是要喊几声，要有点人气。你如果站在他办公桌前，他就歪着脑袋从老花镜上边看你一眼说："没事，你忙去吧！"

　　他办公室有好几盆花，每天早上来第一件事是端详他的花。

然后把杯子里的残茶倒在里面，花盆里铺了一层厚厚的茶叶。他喝茶喝得很浓，一抓就是半杯茶叶，上午泡一次，下午泡一次。他喝一口茶，在嘴里咂半天，然后从嘴里抠出一根茶叶梗扔到花盆里。这个人卫生习惯不好，香烟头扔在花盆里，黄痰也吐在花盆里。种的几盆花上落的全是灰尘和蜘蛛网。反正这花是一家花木公司送来摆设的，死了自然有人来换。上面领导来检查的时候，都是他去应付，拐着腿领着领导到处跑。这种事情他不要别人去，主要是不放心！因为有一次有个女处长不知触到什么霉头，看见我就不爽，上来一顿臭骂。先开始我还摁住一肚子邪火听她说，后来她的人完全隐身到话语后面，只见一双上下翕动的嘴唇。我就盯紧这张嘴问她："你月经不调？还是早更？"然后她就像"神十"一样迅速升到天上去了。

所以他很不放心我的公关能力。我们跟附近几家饭店签了合同，什么人什么菜，什么人怎么待，他自己心里有数，不要我们插手。他接到电话就开始想事情，有想不起来的时候他就问我："上次老王他们来的时候，我们给他们送的什么东西？"我说有酒还有毛毯，一人两千块钱卡，让他们自己买东西。"哎呀！怎么这么快又来了，吃出好处来了。这次送他们什么好呢？"我知道这个事情是不要我烦神的，所以也没有理他，由他一个人在里边自言自语。

记得有一次来了个记者，他说："这人你先接待着，中午我们请人家吃顿饭，你们几个人都去作陪。"我说我要回家烧饭，他横了我一眼说："平常来人都是我陪。这一阵子真是喝不动了，眼睛充血不说，还便秘。再喝就要死了！"话说到这种份儿上，我也不好意思走了。

记者是个黄白净子脸，四十多岁的样子，两个手指头被熏得胡萝卜一样。我们俩深陷在沙发里面，他拿出一个小本子时不时在本子上画几个字。大部分时间是他说。他先是说他们报纸如何了不得，有哪些上级领导能看到。其次说要给我们弄个好版面，他回社里要活动。然后凑我近一点说："活动，你知道吧？现在不都是这么一回事吗？"我说："知道！知道！"他也没说个具体数目，我也没有追问。他显得有点失望，重新坐回去。后来又说："你别小看我们，虽然是市一级报纸，省里都要看的。啊！这个一上报纸，成绩上上下下都看得见，你们领导脸上有光。你们跟着不也沾光吗，年终总结也好写是不是？"他对我摊着手，似乎有一件绝大的便宜要让给我。我说我去撒泡尿，就从办公室跑出来给头儿打了个电话。我说："这王八蛋不像个正经人，是什么来路？"他说："他有记者证的，进门就给我看了！你一定记住留他吃饭，把其他科室几个都喊上，我忙点事情，等完了我过去陪他喝两杯。"

中午在单位附近一家签约酒店里请他吃饭。我请示头儿按什么标准来，他沉吟了一会儿说："记者嘛，也不要吃得太好，吃好了就超标了。多点些大鱼大肉，酒就'口子窖'吧！"我问他："你什么时候来？"他说："我等一会儿。我今天暂避一阵，等你们搞得差不多了，我去陪他一下意思意思就行了！"

我们这边一行十几个人，裹挟着一个记者浩浩荡荡去向饭店。

我拿过菜单递给那个记者说："不知道你的口味，你先点。"他说："太客气了，你们点吧。"说完把菜单推过来。我最怕点菜，顺手把菜单递旁边一个吃货说："你经常到他家来吃，挑有特色的点一些。"我小声说："不要超过一千块钱，头儿吩咐了！"酒过三巡，菜过五味后，我发现记者同志吃得不大起劲，我招呼他吃菜，用勺子给他布菜，把酒给他满上，他摇摇手说下午还要回报社上班，实在不能喝了。

快要结束的时候头儿来了，一边连连说对不起。我们连忙给他找了个杯子，他摆摆手说："我以茶代酒，身体实在不行。我来敬记者同志一杯。"那个人慌得站起来，把酒杯里的酒干了。头儿把手往下按按说："报道那个事情，他们跟我说了，首先我表示非常感谢！回头吃完饭请到我办公室坐坐，有些事情我们慢慢聊！"然后他看看桌子上的菜，显得十分为难的样子说："你看看，你看看，到我们这个小地方，实在没有东西吃，左不过就是鸡呀鱼呀。"然后他自己在碟子里看了半天，夹了一条鸡大腿要放在人家记者碗里。那个人用手捂着碗说："我吃得差不多了！不要了！"他说："看油滴到身上了，接着！接着！"记者把那一条壮鸡腿接到碗里，后来他又陆陆续续给他夹了几个菜，碗里菜堆得像坟包一样。吃完饭，他说："记者同志抽烟不？"记者说抽的。他对我示意到柜台上拿一条烟，记在单位账上。

香烟拿来，他拆开先给记者一包，然后我给抽烟的同事一人扔一包。头儿把大腿一拍说："要吃差不多了，我们就到办公室坐坐吧！"然后他把手搭在记者的肩上，极其亲昵地往办公室走。头儿跟记者在办公室说了一会儿话，记者就出来了，脸色有点沮丧。出来的时候他把小本子揣在口袋里，对我点点头说："再见！""再见。"

过了一会儿，我进去，头儿正从嘴里往外拽茶叶梗。我说："我瞅这个家伙不像个记者，倒像个骗子，进门就要钱！中午就不应该请他吃饭。"头儿说："他要是不来，中午这顿饭财务上不好下账。他一个人能吃多少？大头还不是我们这边人吃了。大家也有个由头在一块儿聚聚，你给搅散了，得罪人是不是？读书不能迂到书里呀，这些人情世故也要学学。"我觉得有点讪讪的。他接着说："他来了也张嘴找我要钱。我都跟他说了，我在报摊上如果看到你写的报道出来了，你就来拿钱。我把他电话号码都留了，人家也不容易。不就是混个肚子圆嘛，干什么要把事情办绝呢？"他说完转过头，嗓子里咕噜咕噜响了一阵，往花盆里吐了一口浓痰。

江南老贼

叶一鹤晚年金盆洗手以后经常沉浸在职业生涯的回忆中。这一天傍晚的时候，他看罢了鸦归，在书房里焚了一炷香静坐。这是他每天必做的功课。近十年来他已经倦于江湖，有道上朋友过访，他都是打发儿子叶小鹤应酬，他吩咐说："就说我身体不好，人你替我挡了吧！如果有犯事的要跑路，你按往常的惯例给他们拿点，都一样。也不要厚了谁薄了谁，大家在江湖上行走，都不容易，互相照应着也是应当的。"

他坐在蒲团上闭目养神，这时他感到一只小手搭在他的膝盖上，好像正准备往他怀里爬。他睁开眼睛一看，原来是他的小孙子叶生之。他说："哎！别动，爷爷打坐呢。""爷爷你给我讲故事。""好——好——讲什么故事呢？""讲你以前怎么做贼的故事。""去——怎么跟大人说话呢。""那爷爷你就讲你过去怎么行侠仗义的事情。""哦——这才像话嘛。你别动让爷爷想想——行侠仗义——啊！你下来帮爷爷把茶碗拿过来。"

叶生之从叶一鹤的膝头下来，然后把茶碗端了过来。叶一鹤说："慢慢走！别洒了。"叶一鹤接过茶碗抿了一口，然后捋了捋胡子。他说："爷爷跟你差不多大的时候就喜欢拿人家的东西，我跟你老太太，也就是我妈去赶集。遇到卖鸡蛋的我就拿人家的鸡蛋，遇到卖肉的我就拿人家的肉。""给钱吗？""给钱叫什么拿。""哦，那是不是叫偷。""咳咳，也可以这样理解。有一天我拿了别人几十个鸡蛋正准备走……""那你是怎么拿的？""大人说话小孩子别插嘴，还要不要听了？"叶生之连忙把手捂在嘴上摇头。叶一鹤接着说：

"这时我感到有一双铁钳似的手捏着我的胳膊。这个人低声地说：'跟我走。'我不敢动，就喊我妈说：'妈——我到北街那边逛逛。回头你到麦香园酱坊店门口等我就行了。'我妈说，你去吧，我还要买点辣椒苗，别玩得太晚。我答了一声：'嗷！'我站起身，看到捏着我胳膊的人是一个留着狗油胡子的老头。他笑眯眯地说：'你跟我走，别想着跑，你别看我老，你跑不过我，要不你试试。'我看他一眼，他的裤脚管扎着青布带子，脚上一双牛皮底布鞋。上面蒙了一层灰。两只脚像鸡爪子一样定在地上。

"他就这样拖着我的胳膊往小司马巷走。这条巷子是城里人家交易粪便的地方。乡下来买粪的人都聚在这里。他们把粪桶放在身前，然后抱着扁担靠在人家的墙角等主顾。城里人家里茅坑满了，就到这里来找他们，说定多少钱一桶，就带着人回家去挑。乡下人怕城里人耍鬼。耍鬼的办法多了，比如兑水，在里面掺土。挑粪之前还要拿棍子在粪池里搅一通，他们搅粪的棍子就叫'搅屎棍'。

"做成老主顾以后他们就估摸着日子上门。谁家的粪池满了都是心里有数。到了秋天，乡下人还要给城里提供粪的人家送来自家菜园的萝卜和箭杆白菜。箭杆白菜你现在没有见过，就是头上有几片叶子，杆子像箭杆一样的白菜。这种菜就叫'粪菜'。这个巷子因为味道比较重，一般城里的人都不爱从这里走。

"这个老头把我带到巷子里，他松了手，抱着胳膊问我：'说说怎么办吧！'我嗫嚅道：'我把鸡蛋都给你。'他听了哈哈大笑。他说：'我不要你的鸡蛋，你可听说过一句话——小时偷针长大偷金。我看你是个人才，不能老停留在偷针的这个程度。我盯着你好几个集了，不是偷人家香菇就是拿人家芹菜，你这样把时间都耽误了。两条路给你选，一条是我把你送给那个卖鸡蛋的，让他狠打你一顿，吃个教训以后本本分分做人。另一条你做我徒弟，我传你手艺，一辈子吃用不尽。'我问他：'那让官府逮住了怎么办？'他一瞪眼，像一道刀光闪过：'怎么办？凉拌。人活百年也是个死，是吃香喝辣的死，还是吃糠咽菜的死，你自己合计，我不逼你。'

"我一边想一边用脚在地上搓，想了有一刻钟时间后，我给他跪下，然后抱拳过头说：'师傅在上受徒儿一拜。'他受了三个头以后说：'我像你这个年纪都开始偷金店了，唉！可惜了。没有遇到明师啊，把孩子耽误了。城里最大的金店是哪一家。'我数着手指头说：'张永泰、老裕记、万同德……张永泰最大。''那就他家了。''师傅什么时候动手？''捡日子不如撞日子，就今天吧！''今天？''怎么，怕了吗？为师教给你第一条，做事情最怕拖延症，天下多少本来能成大事的人都被这三个字给耽误了。做事情不要左顾右盼，想定了就去干。好多人都是夜里想了千条路，明天早晨磨豆腐。人一辈子遇到问题解决问题，一个人不做事情他自然不会遇到事情，不遇到事情怎么得到历练呢？能力是在历练中逐步提升起来的。'好，那就今天。'

"我跟着师傅来到张永泰的门口，那里车水马龙热闹极了。有坐轿子的有抬轿子的，也有赶着驴车的。有个卖包子的嘴张得都能看见喉咙里的小舌头，他喊：'好大的包子出笼了——热乎的——一文钱三个。'我问师傅怎么干，他不紧不慢地点着一袋烟，然后说：'你自己想办法，用你的眼睛观察，干咱们这一行，没偷之前先想挨打，不是有那么一句话吗，你不能光看贼吃肉没看到贼挨打。你先想着得手后怎么撤退，没得手怎么办。做咱们这一行要胆欲大而心欲细，智欲圆而行欲方，切记！切记！我先给你提供两个线索，剩下的你自己想。你看到金店的隔壁是干什么的？''裕仁堂中药店啊。''那他们家什么药最有名？''膏药啊，专治无名肿毒。有次我腿上害疮我妈还给我买过，别提多黏了，撕膏药的时候疼得我浑身直抖。''你就从这个黏字上多想想，我等你一袋烟的工夫。'

"师傅吧嗒吧嗒垂着眼皮子抽烟。我想了一会儿说：'有了！师傅你给我二十文钱。'师傅脸上露出笑意，他从荷包里摸了二十文钱递给我。我问师傅说：'等会儿我被人抓住的时候你会去救我吗？'师傅说一切有我，我在这边等你。

"我先到裕仁堂买了两张膏药，我问伙计：'是今天新做的吗？'伙计正用扦子摊，他说怎不是新做的，回家拿灯烤软和贴上就行了，过四五天一换。我说：'那行嘞。'我出来后又来到张永泰。张永泰那天人不多，三个伙计正在一边聊天。打金师傅正就着一盏油灯做首饰。老板抱着水烟筒咕噜咕噜吸着。我进去以后装成一瘸一拐的。我说：'老板行行好，能借你们家灯烤一下膏药吗？臁疮腿疼死了！'老板抬眼看了一下说：'哎，马师傅你现在灯上有空儿吗，给这个小孩子烘下膏药。'

"打金师傅看我一眼说：'那你来烘吧！'我看看他桌子上摆着四个绞丝的金手镯和六七个点翠的戒指。我一边烤膏药一边耸动鼻子说：'裕仁堂的膏药就是好啊！多香啊，这里面得放多少麝香啊。真香！香死人！'那个打金师傅耸了耸鼻子说：'是香嗷！''师傅你闻闻。'他低下头闻，我顺手往前一送，膏药就贴到他脸上，把眼睛糊住了。我伸手一撸把桌子上的东西抓在手中就往外走。我一边走一边喊：'不得了！有人打劫金铺了！掉一地金子！'我往地上扔了几个戒指，然后一指说：'你看！你看！'街上的人一窝蜂进去抢金戒指。

"我转身就走，来到师傅面前。我说：'得手了！'师傅说：'走吧！'他拿出一副墨镜戴上，把手搭在我肩上说：'你在前面走，不要快。'我们就这样一边走，一边念叨：'张铁嘴算命啦！枯木逢春遇良朋，运败时衰遇佳丽，男命若遇桃花运，通盘求谋妄劳神啊！张铁嘴算命不灵不要钱啦！'这是我跟师傅干的师徒组合的第一桩买卖，全须全尾的。

"事后我把几个绞丝镯子双手托给师傅，我说一共撸了三个镯子七个戒指。七个戒指都让我周济天下穷人了，现在这三个我孝敬给师傅。师傅一伸手从我后裤腰上摸出一个镯子说：'今天的最后一课，做人要正派。两个人在一起做事，首先是坦诚。藏着掖着做不了大事，下回再遇到这种事情窝心脚窝出你肠子来。可记住了！'我点头说：'师傅教训得是，徒儿谨记。'

"我跟师傅慢慢往山上走，远远地看见山下城镇的青瓦，不免有点伤心。师傅说一个人想有点出息一定要离开家乡，他指着道边的花草说：'家乡对一个没有发达的人来说花花草草都是刺。'"

叶一鹤说完在他孙子头上敲了一记，他说："我今天说的你可记得了？"他的孙子摸摸脑袋说："记住了，爷爷你再说一个嘛！"

第 四 部 分

南边热，北边冷

怀里抱茶杯

　　我的表弟阿群经常问我一些奇奇怪怪的问题，大概在他心目中是把我当作他私人的"知乎"。这一次他问的问题是："你们安徽人体质上是不是特别容易渴？"

　　由于这个问题听起来似乎有地域人群的攻击性，我没打算理他。结果这几天他老是追着问，这引起了我的好奇心。我就问他："你为什么觉得我们安徽人体质上容易渴？再说你也有一半安徽血统，你有没有觉得自己比其他省份的朋友容易渴一点？"阿群说："表哥——是这样的。我经常看到你们安徽的老乡走到哪里都带着茶杯。这一次你们下面一个县里招商局领导，到上海来招商，公司经理叫我去泡茶。结果我发现他们每个人都自己带着杯子。然后我们会谈的时候，他们每个人都抱着杯子像抱着自己性命一样。所以我就很好奇，绝对没有什么不好的想法，表哥你不要想多了。因为我知道你这个人比较敏感，上次我提的一些问题让你很不爽。据说还在家练拳，要来上海打我。其实你这是不自信的一种表现，只有不自信人的才容易发火，用发火来掩饰一些不想被别人发现的东西。"

我看看他又要故伎重施了，就很平和地跟他说："问题不是你想的那样。至于安徽人怀里抱茶杯这个现象，不是所有安徽人都这样。就我所知，安徽女的就不抱茶杯，刨去这一块，还有年轻人也不太爱抱茶杯。他们跟你一样也喜欢喝百事可乐、雪碧，或者是咖啡。喜欢抱茶杯的一般都是年过三十、四十这个人群。这个现象是有历史渊源的。安徽与浙江、江苏一直是产茶大省，举凡中国境内的名茶，安徽都有出产。比如绿茶，安徽有黄山毛峰、太平猴魁、六安瓜片，黄茶有霍山黄芽，红茶有祁门红茶。摊开地图看一下，你会发现除了淮河以北没有什么名茶以外，其他地方都是茶叶产地。质优价廉，茶叶不可能不成为居家过日子的首选。柴米油盐酱醋茶，茶虽然排在最后一位，但在一些老茶客的心目中，饭可以不吃，茶则须臾不可离。所以说一个安徽男性，自出生以后就有一个茶杯等在那里。以前是玻璃罐头瓶上面缠着防止烫手的玻璃丝，现在进化到富光杯、象印、膳魔师、虎牌。就像史铁生在《我与地坛》中说的那样：'十五年前的一个下午，我摇着轮椅进入园中，它为一个失魂落魄的人把一切都准备好了——'一个安徽男人或早或晚都要迷上喝茶，这是一个无须担心的事情。"

他小声而坚决地说："我是上海人，我到死也不会抱着茶杯到处跑。"我说："我给你讲一个上海茶人的故事吧！"

我在黄山的时候，住在我隔壁有一个老人，他是一位资深的茶客。早晨四五点钟我就听到他起床的声音。他起来后先把木炭点着，然后到山后的泉眼去接水。因为天还没亮，泉水没有人搅动，一清见底，他把水汲来后放在炭炉里烧着。然后才开始洗脸刷牙。水开后他开始泡茶，一旗一枪投进水杯，叮当作响。此人姓张，上海人。六十年代时候支援内地到了黄山。老伴去世后，孩子都在上海。我问他为什么不回去跟孩子过，他说上海的水他喝不惯。

天晴的时候他坐在院子里一棵松树下喝，下雨天的时候他坐在廊檐下喝。喝一口幸福地叹一口气。等到他茶喝三遍以后，下面菜场的油条也沥好了油，整整齐齐排在油锅旁边的铁丝网上。他去买两根油条回来，放在手边并不动它。等茶喝到四遍、五遍的时候，才开始吃油条。远处白云从山脚升起，天然一幅米家幛子。

这个人平常饮食很随便，唯独在喝茶上讲究。有一次拿出一点体己茶给我喝，叮嘱说不能盖杯盖。我没在意，把杯盖盖上，他见了脸色大变，愤愤地说：“你算什么喝茶人！”后来好几天见到我都不理我。我觉得他像《红楼梦》中的妙玉，如果我站过的地能洗，他都找人洗它几回了。

人的口味嗜好，受地域影响也受家庭影响。有的北方家庭在南方生活几十年，仍然是北地的口味。家里老老少少不爱吃笋子，不吃蟹、不喝茶、不吃甲鱼。住我家楼下一户人家是河北人，有一回老头子生点小病，儿子听人说吃甲鱼很补，就买了一只野生甲鱼回来，好几斤重。结果一家人看着王八大眼瞪小眼，不知道该拿它怎么办。后来送到我家请我们吃。我烧好后送了一碗给他们端过去，他们问我这个半透明是什么？我说裙边，最好吃。他们看了，手直挥说："端走！端走！看着怕！"

这一家人不爱喝茶，平常有个大壶放在棉花套里。吃完饭倒一杯"咕咚咕咚"喝完拉倒。他们对当地人手里捧着个茶杯相当不满："这么一点苦水，捧在手里走来走去有什么意思？"唉！他们不知道从哪里弄来做茶的下脚料，就是茶叶棒子、老茶梗、飞叶，一大包几块钱。泡了放在壶里，茶很釅，通红的，有点霉味。这家的老头子很高兴，他说他们在老家就喝这种茶，非要给我来一杯。我借口家里着火了才跑掉了。就这种茶他们也只喝到中秋，中秋一过马上改回喝白开水。他们家的孩子长大以后没有捧茶杯的，都是不渴不喝，渴起来就灌一气。

我们家喝茶由来已久。我爸在部队时候曾在六安住过，那边是皖西茶重要的一个产区。每年谷雨一过，就忙着进山买茶。茶买回来后还要请人拉"老火"。拉"老火"就是把买回来的茶叶放在一个竹笼里，放在炭火上烘，以去除茶叶中的残余湿气。拉过"老火"的茶可以放很长时间，一直接到下年的新茶上市。家里那几天到处都是茶叶筒。所以我们兄弟姊妹都喜欢喝茶。我妹妹有一次在一家日本料理店吃到茶泡饭，不禁哑然失笑，她回来说："就是茶淘饭，以前我经常吃！这有什么稀奇的呢！"她喝茶口很重，一杯茶，大半杯都是茶叶。但她如果出门就不带茶杯，渴了就买瓶矿泉水。所以我跟我表弟说女性捧茶杯的很少。

我自己出门也不喜欢带茶杯，觉得麻烦。经常丢。前前后后丢了有七八个保温杯。有的时候朋友开车，见我没有抱茶杯，他就问我：“怎么不带茶杯？”我说：“不习惯！”他们就用奇怪的眼光看我。省城还好一点，如果几个人在一起谈个什么事情，用纸杯泡茶，因为样式都是一样的，有的时候拿着拿着就弄混掉了，所以要在杯子上写上姓名。更多的人可能是为了卫生起见，都喜欢带一只透明的保温杯，中间有道隔热层。

抱茶杯有正抱的，也有倒着抱的；正抱的抱法，我在一张新闻图片中看到过，许多中国男性把茶杯放在下腹部的位置，在看一场模特秀。于是有外国心理分析专家说：这代表中国男性性心理的觉醒。我看了觉得这是胡扯八道——一般来说，在坐姿的情况下，这种抱茶杯的姿势最舒服。我看二战德国纳粹分子随着希特勒参观工厂，希特勒就是将两手交合在下腹部，因为德国人不爱喝绿茶，所以两手中间没有茶杯。他手下的高级党魁也是双手交合在下腹部。

另一种是将茶杯反背在身后，这个最有地方特色，一般主要是县乡镇干部喜欢采用这个姿势，显得谦恭而随意。如果一群人当中有一个正抱的，肯定是领导，其他倒着抱的，大部分是他的属下。有个镇里的朋友，说他们镇长有一回到北京，领他们镇上访的人。他走进信访大厅，觉得嗓子眼不舒服，就咳了一声转头把痰吐在地上。这时一个保安面带微笑过来说：“领导你是安徽的吧？你是镇上的？”他一愣说：“是的呀！你怎么知道的？”那个人说：“怀里抱茶杯，必定是安徽。刚才看你咳得那么有气势，你一定是个领导，但你把痰吐在地上，让我觉得你肯定是乡镇的，在乡下搞惯了！”那个镇长被搞个大红脸，但是又不敢发作。他回来跟人说："真是宰相门前看门的也是七品官，说话那么拽！"

阿群又问了一个问题："福建人也喜欢喝茶，怎不见他们抱着茶杯到处跑？"我说他们倒想，抱不抱茶杯是取决于茶的品种和冲泡方式。我们安徽大部分人习惯喝绿茶。绿茶最佳冲泡方式就是用八九十度的水温冲泡，温度太高就把茶叶烫熟了，喝起来就没有那种鲜爽的感觉。越是质量差的茶叶，越要水温高。福建、广东人喝工夫茶。喝这种茶要有一套家什，一个汽车后备厢才能装下，所以没办法捧在手上走。福建人喝茶的瘾，其实比安徽人还大。本地做装饰建材的福建人，每天早上一开门就煮一壶水，然后开始烫茶壶。这还有个说道叫什么"白鹤沐浴"，然后是观音入宫、悬壶高冲、春风拂面、关公巡城、韩信点兵。这一大套做完，还不开始喝，最后还要赏鉴汤色。他们遇到熟的顾客，还要拉着一道喝茶。

有一回我到北京去，一个福建籍画家请我喝茶，从中午喝到晚上。那天因为我中午吃得少，下午四点钟的时候就饿了。饿得前胸贴后背，再被工夫茶那么一涮，我觉得自己的五脏六腑都冰雪透明了。晚上吃涮羊肉，我一个人把一盘羊尾巴油给涮了。吃完晚饭他还要请我喝茶，我连忙拒绝了。回来的路上人脚步飘浮，我是醉茶了。

喝工夫茶那样繁琐，也没有挡住福建人追求喝茶的脚步。还是那位朋友，有次邀请我到他家玩。他说他们家附近有个山风景很好，说我们可以开车去看看。他顺着盘山公路把车开上去，然后找了一个大松树下面把茶具支好。从后备厢拿出两个马扎，分宾主落座。然后他开始冲泡，前面我说的程序一道没有减省。他泡好茶，示意我拿一杯，然后指点云山说："美啊！"我说这个喝茶方式太夸张了。他说我这是最不讲究的了，有的人还在汽车副驾的位置专门做个茶海，开到哪里喝到哪里。

我说福建男人有福了！因为我这个朋友在家里不是拿毛笔画画，就是喝茶，他老婆忙得脚不沾地的。我看不过意就请她一道过来喝，她总是笑着摆摆手说："你们喝！你们聊！"我这个朋友听了，想了想说："其实一个福建男人在家里，想保住这个茶海的位置，也是不容易的。"我问他怎么个不容易法，他像雷老虎一样大喊一声："要以德服人呀！要赚钱呀！"

成都茶馆老板为什么喜欢人来打架?

　　我跟一个成都朋友聊天,我问他成都人的日常生活是由哪些重要元素组成的?他屈起三指说:"打麻将、喝茶、看热闹。"我问他有没有什么要补充的,他想了一会儿说:"春天在油菜花田打,夏天在小溪里打,秋天在山上打,冬天在梅花树下打。还有就是喝茶啦!"

　　后来我找了四川作家李劼人的书来看,那里面写成都人坐茶馆的东西特别多。其中连当时雀舌多少钱一碗都有记载。另外还有一位四川作家沙汀,他有一个短篇小说《在其香居茶馆里》描写一个吃"讲茶"的场景非常详细。

　　这次吃"讲茶"由三方面的人组成,一面是当地绅粮幺吵吵,也是当地的体面人,但儿子被抓了丁。另一面是联保主任,还有一面就是袍哥陈新老爷。袍哥陈新老爷的重要性,从一出场就看出来:文中介绍说陈新老爷是前清科举时代最末一科的秀才,当过十年团总,十年哥老会的头目,八年前才退休。平常很少过问镇上的事情,但意见非常重要。

哥老会在四川统称为"袍哥"。有说是取自于诗经中的"与子同袍",另一种说法是"袍"与"胞"谐音,表示同胞兄弟的意思。与清帮、洪门并列为三大民间帮会组织。

哥老会兴起于清初,民国进入鼎盛时期。有一个统计说当时四川成年男性 70% 加入袍哥或是其间接控制的组织,以保障自身利益和家族利益。沙汀先生写过一个保长晚上准备带着保丁去拉壮丁,因为这个保长听说这个人被当地的哥老会的"大爷"取消了袍哥的身份,他认为机会来了。正准备动手的时候,他老婆说这个人的袍哥身份经过说情后又恢复了,于是他就不敢动手了。

由此可见哥老会对四川民间生活影响巨大,现在四川方言中还有许多是当年哥老会"切口",这种切口最后渗透到蜀地日常语言中。如今天常说的"扎起""拉稀摆带""打平伙""扯地皮风"(散布流言),等等。起初哥老会是带有强烈的"反清复明"意识的一个民间帮派。不管是咸丰年间爆发的四川农民起义还是后来反洋教和"保路运动"都可以看到哥老会的身影。有史家曾经说没有四川的保路运动就没有后来的武昌起义成功。

袍哥当中又分"清水袍哥"和"浑水袍哥"。"清水袍哥"一般不干违法乱纪的事。"浑水"就是职业土匪。哥老会分五个堂口,即仁、义、礼、智、信。堂口有班辈之分。四川俗话说:"仁字号旗士庶绅商,义字号旗买卖客商,礼字号旗耍刀弄枪。"《在其香居茶馆里》的陈新老爷当过秀才,做过团总,应属于"清水袍哥"。

袍哥在茶馆处理民间的民事纠纷川西人称"判公道",川东称"付茶钱"。理屈的一方付钱，倒也形象。袍哥办事处也设在茶馆里。甚至有些茶馆老板本身就是袍哥身份。当地的赌局、烟窟、妓院也是由他们把控的。

《死水微澜》一书中介绍得很具体，书中说"罗歪嘴"回到天回镇就是把控着两样来钱的路子，一是赌，二是嫖。买官不成的顾天成被罗歪嘴引诱去赌钱，后来被"烫了毛子"，一气之下信了洋教，最后借洋人和官府力量灭了天回镇的袍哥。一般民间遇到是非曲直不喜欢动官，都是请当地士绅和袍哥来吃"讲茶"。所谓的"黑白两道"，吃"讲茶"的地点都是约在茶铺里。

吃"讲茶"有的能讲好，有的则讲不好。讲不好怎么办？那就诉诸武力。拳脚、茶碗、水壶甚至是桌、椅、板、凳，打架的时候能抄着什么就是什么。这在后来的影视剧中都有反映，算不上什么奇怪的事情。所以我每次看完影视剧的这种镜头不免替老板提心吊胆，砸坏的桌椅板凳岂不让老板叫苦连天？

但是读完李先生写的书以后我一下子释然了——老板是欢迎人到茶馆来干架的。尤其是喜欢袍哥人家来吃"讲茶"。书中说吃"讲茶"时如果一方势力大，另一方势力弱这个理也好评。但是遇到像沙汀写的《在其香居茶馆里》的幺吵吵和联保主任方治国，两方势均力敌这种情况那就不好办了。当地的士绅和头面人物谁也说不下来，结果就是干架了。

一般老实来喝茶的人只好抱头鼠窜了。打完架输的一方赔茶钱。有时几桌子有时十几桌子，看来的人多少而定。那种说不好要打的，中间人也不说话。吵让你们吵，打随你们打。武器就是茶碗，茶碗不足就是板凳。打到出血了，必待惊动街坊邻居了。大家怕受拖累，于是街上的街差啦，总爷啦，保正啦，就一齐跑出来把人约束住，然后清点战场。这时店伙儿就忙起来了。把架在楼上的破板凳，也赶快偷搬下来。藏在柜房里的陈年烂茶碗、烂茶壶也赶快偷拿出来了。如数照赔。所以差不多的茶铺，很高兴常有人来评理，更高兴有人来打架。打完架就有一笔收入等在那里。

清末的时候成都建了警察局，局长叫周善培。有了警察局以后茶馆打架的就少了，开茶铺的就少了一笔收入。茶铺的伙计与老板都感到生活的寂寞与无聊，给这个周善培起了个绰号叫"周秃子"，可见怨毒之深。

最后李劼人还说了成都人喜欢看热闹，并且因为看热闹出过人命。说二十一军军长带着一队谋臣勇士去参观新买的轰炸机，飞机师是一个毛脚毛手的外国人。刚一起飞，正飞到参观大队的头顶上，一枚重六十磅的炸弹从天而降，据说当场死了好几十个人。军长福分大没被炸死，等飞行员下来审问他，他的口供只是说："我错了！"

有一回我到成都去，那个朋友带我去坐茶馆。一大早茶馆就坐满了人，所有的人都在说话，像蜂巢一样。我带着本地的茶叶，一个老者吸着叶子烟在旁边注视着我，后来他站起来问我这是什么茶。我跟他说什么茶，并给他抓了一把请他泡了品尝，他也把当地茶抓来请我喝。

我问他天天来吗，他说天天来。想了一会儿又说在茶馆的时间比在家还多。

八十年代，打架之前先来放几首邓丽君

我最不喜欢有钱人回忆他的奋斗史。无非是过去怎么怎么穷，然后通过自己不懈的努力奋斗终于——结局都是在意料之中，没有惊喜。过程都是各种苦涩与辛酸。变着花样地受苦。所以马克思说："资本来到这个世界，从头到脚，每一个毛孔都滴着血和肮脏的东西。"这句话对于老林来说要加上"眼泪"。

老林每次回忆他资本的原始积累时期都会哭，一哭起来就不可收拾，弄得周围的人心里蛮酸楚的。有的心软的女士还陪着他哭。一桌人好好吃着饭突然大放悲声，弄得人很难受。每次老林哭的时候，他手下的部门经理就站起来帮他捶前胸抹后背，安慰他说："林总——好了——好了，都过去了——这一切不都过去了吗？"他哽咽着对部门经理说："你把那个餐巾纸递给我，都是自家的兄弟姐妹，他们也不会笑话我。你让我说，说出来心里好受些。"他拉着部门经理的手说："我想我妈呀！"部门经理转过头给大家解释说："我们林总是孝子，一想到老母亲这儿就受不了。"说完他指指心脏部位。然后他抚着老林的后背说："林总——你心

脏不好，克制一点，克制一点。"

老林嘴里含着食物，啜泣之中食物的残渣与鼻涕混合在一起流下来，令人不忍直视。老林说："我以前受的苦比天都大呀！你们在座的谁受过我那么大的苦？我十四岁出来拉板车，要养家。从河下往工地拖黄沙石子，夏天大太阳出来把柏油都晒化了，粘脚。走一步咕叽一声。后来柏油把我的解放鞋的底粘掉了。我就赤脚走——嗯嗯——麻烦你把纸递给我一下。"

老林擦擦眼睛接着说："赤脚也要走啊！要吃饭呀！等一车沙送到工地，那个脚就不是脚啊。晚上回到家我妈抱着我直哭。夜里蚊子多，半夜我妈起来，坐在我旁边给我打扇子赶蚊子。我背上一热，是我妈的眼泪滴到我的后背上。她老人家摸着我的后背说：'作孽呀！作孽呀！'"

老林接着说："我爸死得早，我有两个弟弟一个妹妹。我在家是老大，除了我没人能指望得上。我从帮人家拖建材开始，慢慢帮人家盖房子，带了几十个人的施工队。我肯学，你别看我小学都没毕业。但工程上的事情我门门都懂。日子刚好一点，我妈就没了。哎呀！不行，一想到这儿我就受不了。对不起！我还要哭一下。我妈是苦死掉的呀——上次有个作家给我总结，说什么'子欲养而亲不在'，这话说得多好！"老林索性放开哭起来，任脸上的眼泪滂沱。

老方跟老林是同行，也做房地产。他知道老林一哭短时间停不下来。他用餐巾擦了擦嘴然后说："老林——老林——稍微停一会儿。今天说到苦我说几句，在座的别人我不敢说，但老林受的苦我们谁也比不上。"

　　老林还在啜泣，肩膀一耸一耸的。老方说："我们家还可以，我爸那时在工厂里管供销。八十年代改革开放以后，我爸时不时帮人倒腾一些计划内的钢材、水泥什么的，手头有两个活钱。我家只有三个孩子，上面两个姐姐。我在家里呢可以说是'三千宠爱在一身'。我说要天上月亮，我爸不给，我妈都会想办法给我捅一个下来。那会儿不是流行玩录音机吗？有单卡的也有双卡的。我在人家家里听过几回邓丽君，当时可给我震撼坏了。我心想：我的妈呀！世界上还有这样好听的东西。这个我得弄一台。那时街面上就流行这个。几个人扛着录音机戴着蛤蟆镜、穿着大喇叭裤，从街头走到街尾。可给我羡慕死了！我回到家里非缠着我爸给我买一个不可。我爸死活不干啊，说破天也不给买。我就不吃饭，三天没吃。骗你们是这个。"

　　老方比了个王八的手势："饿到第四天我妈扛不住了，跟我爸吵，拿把刀逼着我爸说：'你要不给钱，儿子死了我也不活了。'我爸没办法，只好跟我商量说：'儿子起来吃点饭，吃饭什么都好商量。'我那时也犟，有气无力地说：'录音机买回来再说——'我爸说：'单卡的，先买个小的，将来有钱再买大的。'我摇摇头：'四喇叭的，不然就死给你看！'我爸叹了一口气说：'好！四喇叭就四喇叭的。'买回来'三洋'牌。"老方比了一下，有这么大。

　　老方说："我到陈小宝家借了一盘磁带，他们自己翻的。上面有张白纸上写着'甜蜜蜜'，邓丽君唱的。我到现在还是喜欢听她唱的歌，别人唱的跟她没法比。那个气声像羽毛在你的心尖尖上挠呀！挠呀！浑身上下五脏六腑都给你照得透亮。你到我家去看，现在我还有个试音室，早几年置的。都是世界上最好的音响器材。不过我现在没时间听了，放在那里落灰。一看我有四喇叭的录音机，以前跟陈小宝混的人都跟我混了。因为我的录音机比陈小宝的不知道先进到哪里去了。那个差距怎么说，就好像蒸汽机车跟高铁一样。

"下午我喝了两碗红豆粥就上街'浪'去了。其实我还可以喝几碗，但是我妈说久饿之后一次吃多了要出问题。许小四帮我扛着录音机，我是机主只要跟在后面就行了。播放模式调到循环播放，就一首《甜蜜蜜》。我们六个人扭着、摇着，走出马口铁厂。对面纺织厂的女工正准备上夜班，一齐对我们行注目礼。你现在就算开架飞机上街也没那份光荣啊！上次一伙人在一起聊天，有说愿意活在宋代，有说愿意活在唐代，还有说愿意活在汉代。我跟他们说我就愿意活在八十年代。大铁门被邓丽君在外面一声一声地唤起开了：'甜蜜蜜——你笑得甜蜜蜜——好像花儿开在春风里。'八十年代遍地是机会啊！

"我们从东往西走，一路上招蜂引蝶的。正快活的时候祸事来了！军分区院子里也出来一伙扛录音机的。他们穿着绗缝的黄棉袄，头上戴着雷锋帽，两个耳捂子也不系，就这样耷拉着，像他妈猪耳朵一样。我有点怕他们找碴，就跟许小四说：'我们走到他们对面去——'许小四不以为然地说：'怕他们！咱们这可是四喇叭的，看谁比谁响。'许小四把音量一扭到底，毫不畏惧地迎了上去。那帮狗日的也把音量开到最大，形成对峙的局面。两个邓丽君就这样劈头遭遇了。马路上的人纷纷闪避说：'小狗日的们要干架，躲远点！'许小四前腿伸后腿弓，像扛着一管火箭筒，音浪把他震得体如筛糠。对面一会儿放《小城故事多》，一会儿《君在前哨》，一会儿《月亮代表我的心》。我这边不管不顾就一首《甜蜜蜜》。

"对面先动的手，一个家伙过来照着许小四的小腹就一个侧踹。许小四被踹得四脚朝天，录音机扔老远。要说那时日本东西质量那是杠杠的！摔到地上照样唱：'甜蜜蜜——你笑得甜蜜蜜——就像花儿开在春风里。'我的心那时都碎了。你现在就算拿个砖头下楼把我的'宾利'给砸了，我眨巴个眼我是你孙子。但那当时命都可以不要了。我一头扑过去，对方过来一个大个子，把我的头夹在胳肢窝下面就揍。打了一会儿我听到我的录音机不响了。他们一伙人四散奔逃。我过去一看，录音机让他们给踢散了，电池散了一地，四个喇叭有两个挂在外面。许小四手里还攥着半截砖在那里发狠说：'有种不要跑啊——来打爷爷啊！'我带着浑身的伤痕，许小四跟在我后面，一手拎着一个喇叭回了家。进马口铁厂大门的时候许小四满怀同情地看我一眼。他把两个喇叭的线头系在一起搭在我肩头。所有的苦难就由我一个人面对了。"说完他也伸手去拿餐巾纸，似乎眼里也泛起了泪光。

早恋的好处

前几天学校开家长会，老师着重谈了班级的早恋问题。这让我很忐忑不安，第一怕点到名，第二怕点不到名。怕点到名的原因，那就是早恋或多或少会影响到学习，怕点不到名，那就是说明孩子没什么个人魅力，追溯他没有个人魅力的源头，一直会追到我自己这里。说明伟大的遗传在起着决定性的作用。因为我上学的时候就从来没有女生喜欢过我。最辉煌的时候曾给两位同学当过电灯泡。他们带女生去游泳，因为水性不好就把我喊去当救生员。但是整个一下午他们都是趴在游泳池的池壁边说笑打闹，我只好一个人在池子里游来游去，像条孤独的鲸鱼。鲸鱼还能喷水柱儿玩。

家长会上，老师说班上早恋的野火已经烧得如火如荼了，班上有很多成双成对的。这些成双成对的同学家长，我都单独找过。听到这里我一颗悬着的心放了下来，由此想到，家里这个呆瓜成年之后，一定是我到公园里面拉小广告帮他征婚。

"早恋嘛！这个事情我能理解的。高中生活枯燥乏味，不谈个恋爱真不知道怎么扛下来。每天鸡不叫狗不咬的就起来，没白天没黑夜地学习，天天刷题是个人都受不了。但是一想到学校里还有个心上人也在那里陪着你受罪，是不是有点相濡以沫的感觉。是不是感觉到精神一振！"有几个家长听了小声地笑起来。

老师接着说："我不反对早恋，因为我知道反对无效。你们的反对只会火上浇油。"他抬起头望着天花板，然后屈起手指数了一下："地震、海啸、火山爆发、早恋，这几个可以算是世界上破坏力最大的事情。如果你们不相信可以试一试让火山不爆发，或者去避免地震。人类有时就是愚蠢啊！知道地震和火山爆发不可控制，但是偏偏想干涉年轻人的早恋。愚不可及啊！那么，是不是就让你们放弃对他们的管理？听之任之？不是，我绝没有这样的意思。我们可以利用早恋那种能量，将其转化到学习上！我们上届就有'一帮一一对红'的例子。女生想考北京一所大学。男生本来成绩平平，但是为了不与她分开就玩了命地学，最后也考到北京理工大学去了。像这样的事例我们学校还有很多，我就不一一例举了。总之我说这些，是让大家不要对早恋畏之如虎。火山爆发，火山灰还能给山下的田地带来一年的丰收。什么事情都要一分为二地看。"

"另外一点，早恋说明这个孩子性取向是正常的，我不是对同性恋有什么偏见。因为一旦同性恋了，你们想当爷爷奶奶的希望，恐怕就成为泡影了。这样的例子我们学校也有，就是上届，还在我带的班里。两个女生好起来了，同吃同住，走路都手拉着手。没人的时候两个人就拥抱。如果出现这种情况，你们是不是宁愿孩子早恋，有个比较常规的性取向来得好？"大家听了一致点头。

现在高中的班主任都很年轻，大概三十出头。因为学生从早晨六点半到校后，班主任要全程陪同，一直陪到晚上九点多，晚自习结束。岁数大的干不下来。

现在老师对于早恋的态度，跟我上学时候截然不同。当时我们老师采取的方针是："宁可错打一千，不可放过一个。"有了苗头就要把它扼杀在萌芽状态。

我们班上的周大鼻子，他鼻子那么大，不知道怎么回事杨玉敏就看上他了。杨玉敏有一次情不自禁，就给周大鼻子写了一封情书。偏偏这贼厮不解风情，拿着信到处问人，手还直抖。他说："我怎么办？怎么办呀！"后来一个同学建议他把信交给老师。老师上课的时候阴沉着脸，杨玉敏当时是物理课代表，我们的班主任也是物理老师，而周大鼻子是班上的学渣，属于班级的"帮扶对象"。连老师都奇怪杨玉敏这样的优等生怎么会看上周大鼻子。下了课，老师让杨玉敏把班级作业本收上来送到办公室去。杨玉敏回来以后一头扑在桌子上就哭，英语老师也搞不清状况，就训她："上课你哭什么哭？把头抬起来，不许哭！"杨玉敏还是哭。最后老师让她到外面去哭，她就站起身走到教室的外面去了。

她这一走就再也没回课堂。过了一段时间，杨玉敏的妈领着她到学校来办退学手续。她回去以后，顶了她妈妈的职，在公交车上卖票。后来我在公交车上看见她，她一边敲着票夹子一边喊："买票！买票啊！大件行李也要买一张票。"她走到我身边，看我一眼，然后低着头走了。我们的班主任很为她惋惜，他说："杨玉敏同学如果不是因为那件事，完全是能考上大学的。可惜了！我就是说了她几句，她脸上挂不住了，我没想到她竟然连学都不上了……"

十几岁的孩子他们的自尊心敏感到成人难以想象的程度。我想当时老师的处理方式如果换成把周大鼻子叫去训一顿，不许他胡说八道，然后将这件事大化小，小化了，估计杨玉敏后来也就如愿以偿当了一个医生。她当时的理想是考医学院，做一名医生。总之那时候老师处理初恋问题是相当粗暴，那么美好的事情，到了他们那里，就变成思想不端正或者是道德品行问题了。

有一次我在学校门口接儿子下晚自习，看见一对长得很好的男生女生走出校门。男生个子有一米八几，剑眉朗目的。他端出自行车说："上来吧！我送你一段。"那个女生轻巧地一跃，坐在后架上，然后故意晃了几下。男生说："别闹！别闹！车要倒了——"然后两个人开心地笑起来。我跟儿子注目良久，我转过头跟儿子说："真好呀！在最好年纪遇到最好的人。"儿子问我："你上学的时候遇到过最好的人了吗？"我摇摇头："没有！"他说："哎！可怜。你也跟我一样苦命。"

我俩一边走一边聊。我说："没有女生喜欢你，是不是你平常说话有问题？这个你要检讨一下自己。"他白我一眼说："我喜欢怼人，这也是祖传的。"我说："不要那么低调嘛！前几天你大姑带来的北海道巧克力，我一口没尝就不见了，是不是家里进来贼了？《红楼梦》里宝哥哥一听到林妹妹说喜欢吃什么，忙不迭地收起来，送给林妹妹吃。还有你沈大伯从巴黎带回来的香水，我都没看到什么样儿，你也孝敬人了吧？"

　　他低头不语，过了一会儿说："你就这点不好！人家说'看破不说破'，你这么多年怎么在江湖上混的？我要说我没有女朋友你该伤心了，但要说有吧，好像也不是那么一回事。你说说看，我上那么多补习班，如果没个人陪着，你想我能坚持下来吗？所以说我们是同病相怜。至于你说的那种男女朋友，我觉得我们不是，你看高二就要分班了。她上文科，我上理科，以后见面的机会就少了，同学之间互相送点小礼物而已。"

　　我说："既是那样就好。这个恋爱呀，就像走过一片麦地，你看你刚下地，不能见到一个麦穗儿就认为是世界上最好的，你还得往前走。前面还有许多麦穗儿……"他说："走到近前一看，全是有主的麦穗儿，往回走那个麦穗也没了，被人家割到筐里去了——再说了，人家也在过麦田呀！你看我像个饱满的麦穗吗？"

中年的串串

老冯看我一眼说："哎，你怎么混到现在连个手串也没有？"我嗫嚅着说："大概是混得不好吧！没人送。"他把胳膊抬起来伸到我面前说："你看看哪串好，自己撸。"我看了看说："别动，别动！这么多，哪种比较值钱？"他用手捻起一串说："如果我是你就拿这一串，菩提子的。念经的时候念完一遍，就抹过去记数。"我说："你平常都念什么经？"他说："主要念心经，有时也念念《高王观世音》。"我又请益道："念这个经有什么好处？"老冯白我一眼说："什么好处？好处大着呢。我跟你说念这个经，刀砍不死水淹不亡。"说到这里，他附耳过来小声说："那个老张，跟老婆都没有性生活了。念了这个经以后，现在一个月有两回了。"

我说："有这等神效，你自己留着吧！君子不夺人所好。"老冯把胳膊缩回去说："弄串戴戴不错哦！我这个都是盘过的。如果你想弄几串自己盘，我有个朋友就是卖手串的，我给你个电话你找他。他那里什么手串都有，小叶紫檀、黄花梨、金丝楠、红酸枝、崖柏、鸡翅木、海南沉香全有。你报我的名字，他准给你打折。你自己盘出来与你的气场比较合。"说到这里，他把另外一条胳膊伸出来，上面也戴了三四串。他摘下一串递给我说："你看我这串怎么样？黄花梨的，漂亮吧！我去年才盘的，上面都有包浆了。"我接在手里看看，觉得油腻腻的，就赶紧还给他。我说："这玩意儿怎么盘？"他说："简单得很，刚拿回来要戴着手套盘。等盘差不多了，就在手上或者脸上蹭。你看就是这样。"说完他把珠子在脸上滚来滚去。

他接着介绍道："这样滚来滚去还能美容，按摩面部皮肤。过去老佛爷就弄个玉串串，没事就让人在她脸上滚来滚去。到死皮肤都没有松弛。"我说："你见过老佛爷？"老冯说："你这不是抬杠吗？"我问他："老冯你戴这么多手串嫌不嫌碍事？晚上睡觉摘不摘？"他拿着手串说："戴习惯就好了！原来戴的时候手这儿老痒，后来不戴还不习惯了。我现在晚上除了那几个大的摘下来，小的都不摘。像这个小叶紫檀我就戴在手上睡觉。我以前睡眠不是不好吗？现在你说也是奇怪，一觉睡到大天光，连梦都不做。这个小叶紫檀的手串是庙里一个当家师送我的，开过光的。"我说我原先也有一串，是给庙里写字一个和尚送的，我转手就送人了。他跌足叹息说："你不要送给我呀！可惜了的！"

我许多男性朋友，人到中年都喜欢盘弄手串。不仅手上戴，连车里也挂得滴里搭挂的。老冯驾驶台上供了一尊弥勒佛，佛脖子上挂着四五串手串。他是看心情看天气轮流换。一般坐着说话的时候，老冯就把手串摘下来在手里数，不然就在脸上滚来滚去的，像个乡下老虔婆一样。你要说他信佛好像也不是，道观他也拜。每年平安夜还陪着他老婆上教堂。出来的时候感动得热泪盈眶，说下一年无论如何要信主了。

平常几个朋友到一块儿相对无言的时候，就各自看对方手串，或者把珠子默默在脸上滚来滚去。某人很毒舌称其为"养颜保胎"，说他们一个二个肚子减不下去，都是盘串盘的。老海见别人盘串，他又舍不得花钱买，就弄了一台小车床，把家里一条黄花梨的桌腿车了，每粒车得有算盘珠子大。我说："你是沙和尚吗？怎么戴了这么大的手串？"他不搭理我，戴着手套搓得"咯拉咯拉"地响。我说："你这个串串不仅能修身养性，还能打架时候当武器。"他翻我一眼，等着我说话。我说："你这甩起来照脑袋一下，谁受得了？"

老海是个公务员，他平常开会或者下去检查工作都不戴手串。他跟我说戴这么老大一个家伙，给领导看见影响不好，装在口袋里老硌大腿，所以串串没有他们另外几个人盘得好。他说："到了我们这个年纪，还有什么想头呢？在我们单位我现在是个所长，官算是当到头了。如果不是祖坟冒烟，那就是混时间等退休了。儿子在外地上大学，毕业了还不知道回不回来。平常晚上我老婆出去跳广场舞，如果我没有应酬就在家看电视。妈的！现在电视也不好看。我拿着遥控器按个遍，没有我想看的节目。我撂下遥控器，盘腿坐在沙发上想：我这辈子啊就算一眼看到头了。再过个十年八年我就退休了，到时候我弄它几笼鸟。岁数大了早上睡不了懒觉，我拎着鸟笼子到外面转转。回来顺道在菜场买点菜。老婆说不定还要帮儿子看小孩，我儿子声称要留在外地发展。说我们这个小地方没有什么发展机会。我一个孤家寡人不盘手串干什么？"

"晚上一个人在这家里，把从灵璧弄的几块石头擦擦，小香炉拿下来点一炷香，然后找到手机'虾米音乐'，找一个古琴曲点开。紫砂壶闷一壶祁红，我现在晚上不能喝绿茶，喝一点点一夜到亮都睡不着。我坐在沙发上想啊，我们的老祖宗可真是伟大！所有的这些玩意儿都为中老年人准备好了，甭管你年轻时候多意气飞扬！你的命中总有一个手串等着你。我过去就烦我老爸提笼架鸟，他养的那个鸟叫我放跑好几只，没想到今天我又喜欢上这些东西了。就这样坐在那里胡想八想，盘盘手串。等老婆回来以后，洗洗就睡了。临睡的时候我把手串摘下来，放在枕头边上。手串明天见！"

我的奋斗

我发现跟有钱人打交道，首要的一条，是能耐得住性子，听他说个人奋斗史。听有钱人说奋斗史，总好过听一个要饭的或者苦力说个人奋斗史。有钱人的奋斗史总有个光明的结尾，所有的苦难都有柳暗花明的转折，听了以后产生一种"彼亦人也，我亦人也。富贵如可求也，虽执鞭之士吾亦为之"的雄心。穷人说自己的奋斗史就特别"丧气"，大多数归结为"命中只有二角米，走遍天下不满一升"的命定论。

有一次我到一个朋友家里吃饭，唐姐（男性，绰号"唐姐"）一看这人长相说："此人必是有钱之人。"我问他怎么知道的？他徐徐地说："望气！"我又请益说："怎么让自己变得有钱？"他说："你要采他的气，把他家里的金银之气据为己有。"我又问他："具体怎么个采法？"他说两手做太极起手势，合抱成圆形，由上至下，由外及内做三次，多做不限。

后来我照着他这个法子做了几次，发现一点都不灵。我发功的时候，那个有钱人问我这是什么功法？我说没事没事！坐久了活动活动。但自从练了这种"吸钱功"之后，不仅没有吸到别人的贵气，自己反而越来越穷下去了。比如最近别人买画，钱都打到卡里，竟然在家里找不到那张画了。前天和昨天在家里足足翻了两天，连个纸片也找不到了。晚上我睡在床上翻来覆去地想：是不是没吸到别人的金银气，反而把自己仅有的一点财气也让别人给吸走了？这就跟吸铁石似的，小粒的吸铁石一定会被大粒的吸铁石给吸过去的。《圣经》上不是说："凡是少的，就连他所有的，也要夺过来。凡是多的，还要给他，叫他多多益善。"

上回老段来，约我和老洪在一个地方喝茶。聊完，天快要黑了。他说："你俩就在这儿吃饭吧！有个朋友是做地产的，晚上在这附近一个私家会所请吃饭，菜很不错！"我迟疑了一下说："我去合适吗？"他说："那有什么不合适的，我是他儿子的契爷。"老段知道我馋，就拿他们家的菜勾引我，说："他们家那个鳖都是上选的——笔杆黄鳝马蹄鳖，大了小了都不要。最主要都是野生的。酒全是十年以上的茅台，他们也不打酒官司。想喝多少喝多少。"我又问老段："人多不多？"他说："不多，认识一下也没有什么坏处。今后你买房子还能找他。你们这里做地产的全认识他。"我看看老洪说："你有没有时间？"老洪说："有喝好酒的机会，怎么可以轻易放过。""那就走吧！"

我们到了私家会所的时候，门口有个小伙子正在和两个壮汉说话。这个小伙子一看到老段就满面春风地走过来："段生好！张总在楼上等你，我带你们上去。"老段回身一指我说："两个朋友，过来一起玩玩。"这个小伙子一边领着我们上楼，一边说："段生——前几天我们张总知道你要来，就让我到农场弄甲鱼。现在天冷了这东西不好弄，好不容易才凑了五只。张总指名让这里大厨烧，他自己在厨房陪人家聊了一下午食经。我在门口等你们！"

进了二楼的客厅，一个穿着旗袍的女子款款站起来，她旁边坐着一个戴黑框眼镜的中年男子，见我们进来连忙站起来说："老段这回甲鱼你尝尝，全程我监控的。包好！"老段介绍我俩说："画家老高，裱画大师老洪。"老张故作惊叹说："哎呀！狗（久）仰狗（久）仰！听老段经常念叨你俩，久闻大名如雷贯耳——来来——握个手！"说完他介绍那个穿旗袍的女子说："这个就是项莲女士，紫云间的老板。你看我把她请过来给你们泡茶，够不够有面子。"

我打量了一下张总，他年龄五十出头，身材很挺拔，微有白发。穿一件白衬衣，黑色的西裤。脚上踏一双"内联升"圆口布鞋。他指指茶具说："茶刚刚出味——喝点茶。菜齐了我们就开喝。"他回过头跟那个小伙子："你去下面把车后备箱里的酒拿上来。"然后他问我："高先生酒量怎么样？"我说："也就一二两吧。""洪先生你呢？"老洪说："也就半斤吧！你们别管我。我超过半斤一滴都下不去。"

紫云间的女老板说："段生是今天才到的？"老段欠欠身子说："我到了有一两天了，先到下面县里转了转，看看几个项目的进展情况。下午跟老高他们在一起喝茶，灌了一肚子水。但是美女泡的茶还是要喝的。"说完从茶盘上把杯子端起来抿了一口说："项老板现在冲泡功夫炉火纯青了，老张跟我说一天不喝你泡的茶，饭都吃不香。"项莲听了就扭了扭，拿眼风扫了老张一眼说："可是真的呀？哎，你当我面再说一遍，叫我喜欢喜欢。"

这时一个服务员过来说："菜齐了！"老张站起来说："请——请——两位尊贵的客人你们先请。"我说："我是跟老段来'扛锅铲'的，老段你先请——"老段说："好好——哎！项老板我们一起吧，陪陪我们画家，人家可是才子啊，写过书。书名叫——叫什么来着——"老段仰头想了半天，没想起来。他一甩手说："等我想起来再告诉你。"项老板巧笑嫣然地说："今天还有一桌客人，我去给他们安排一下菜，等一会儿过来！"说完袅袅婷婷地走了。

入席后为座位又谦让一番，老洪说："别让了，动手吧！"他给自己先盛了碗汤。老张说："我们今天不拉不劝，总之一个原则喝好。你们是段生朋友，也就是我老张的朋友，今后甭管老段在不在，你们到这儿来就跟到家一样。我在这边有股份，报我的名字就行了。"老洪说："那个美女会不会放狗咬我们？"老张听了哈哈大笑。

菜过五味酒过三巡，我问老张可是南方人，我说听他的口音中有南方口音。他说："我是让老段给我带到沟里去的，我到老段那边去，听他们说'狗仰狗仰'就学会了，所以今天你们一来我就学老段说话的口音。其实我是本地人。"他站起来敬了我一杯，喝完说："听老段说高先生不仅会画还会写。"我说："瞎写着玩！"老张面色一正，说："我倒有件事想麻烦高先生，你写写我妈可好？"

我没说话，弄不清这话从何来。老张抹了一把脸说："我小时候苦啊！我还没出生，我爸就死了，算是遗腹子吧。我们家兄妹四个全是我妈拉扯大的。我在家排行老大，上到四年级的时候，我妈把我从学校喊回家说学上不起了，让我把桌子板凳扛回家。回家以后我跟我妈去拉板车，从河下往建筑工地拉建材。人家拉板车有条驴拉边套，可我们没钱买，我就代替驴帮着拉边套——"老段说："又来了！哎呀！那些苦日子不是过去了吗。好好的说这些干什么。上回在香港我们一起喝酒都听你说过一回了。"老张看他一眼说："但高先生不知道呀！我不是想请高先生写写我妈吗？所以我把自己历史再说一遍，你俩吃着喝着。"

他接着说："记得有一年夏天，我跟我妈往一个建筑工地送黄沙，天真是热，连柏油马路都晒化了，我穿的那双解放鞋底子让柏油给粘下来了。脚底板让路上的砂石磨得血直滴。我想到路边树阴底下歇歇，我妈跟我说：'这个人啊！只有享不了的福，没有受不了的罪。人到这个世上来就是受罪来的，只有受罪你才能成全自个儿。'我当时犯犟，死活不愿意往前面走一步。我妈就从路边撅了根柳树条子抽我，两个胳膊抽得全是血道道。后来她见我死活不愿意往前走，就自己拉着车走了。软绵绵的柏油路上，我妈走一步陷一个脚印子。到了傍晚的时候，我妈结了运费给我买了双新鞋。她带我到路边的水沟里洗脚。她摸着我胳膊上的血道道问我：'还疼吗？你是老大，怎么这么不懂事。你不帮妈这个世上还有谁能帮我，弟弟妹妹要上学穿好点是应该的，不然人家不笑话呀！'"

老张说到这里眼含热泪，泣不成声。老段过去拍拍他说："有没有事啊！老来这么一出。"老张抬起头说："我就是给高老师说说，请他给我妈写个传。我现在有钱了，高老师你开个价钱。我这个人就两样，一是爱国，二是孝子。谁不爱国不孝顺，我还不跟他处。"老段说："那你还把老婆孩子全移民国外？"老张说："移民又不妨碍我做孝子，你到我们老家去看，我给我妈修的那个坟是最气派的，当时花了好几十万。那会儿在乡下盖幢楼才几个钱？我妈苦啊！日子才过好，她老人家就不在了。哎！油尽灯枯了，累死的。临死的时候说想吃几个柿饼子，我在市场上怎么也找不到。如果像现在有网络，什么东西买不到。就算是个金柿饼，我也买来给她老人家——呜——呜——呜——"

他一边哽咽着，一边吃了一块香肚。吃了几口，他把嘴里的菜吐到碟子里，忽然发起火来："服务员把你厨师长找来，我不是说过不能吃甜的东西吗？想害我！"服务员看了一眼，立刻把厨师长找来。厨师长低眉顺眼站在一边说："张总有什么吩咐？"老张说："我不是跟你说菜里不要放糖吗？老说老不听。"厨师长说："哦哦，对不起。这个是我们从南边采购过来的，可能是有点甜。马上给你换个菜。"

老张拿起一块纸巾擦了擦眼泪，然后拉着我的手说："我念书少，可是这个事情搁在我心里有好多年了。所以还是想请高老师帮我大笔一挥。"我说："这个我没写过，具体写成什么样子，你心里有个谱没有。"他说："我看就朱德回忆他妈那篇不错，你就照着那个写。有什么不太明白的你问我，我给你提供材料。方便的话你给我留个电话。"一直埋头吃喝的老洪抬起头来说："过去日子穷，像你这样的事情太多了。你妈又不是炼出舍利子了，有什么值得写的？"老张抬起头看他一眼，眼里放出恶狠狠的光来。我连忙说："你别听他胡说，再普通我们不也可以艺术加工吗？为什么非要炼出舍利子？"老张又用责备的眼神看老段。老段挥手说："你俩接着忆苦思甜，我们吃我们的！"

晚上老张喝得有点多，分手时一直拉着我的手说："你这个哥哥没什么长处，就两样，爱国、孝顺！我就认这两条，这两条弄好了，你走遍天下都没有问题，而且商机无限呀！不妨给你透露一下，我下一步就要做一些代天下儿女尽孝的事情，这个要做成了，那可不得了！上面我说的那两条，就是我的立身之本，老弟你说说有没有道理？"我说："有道理有道理！"

南边热，北边冷

去年十二月份我在豆瓣网上收到一封豆邮，是北京的一个豆友发给我的，让我帮推一下他出租房子的帖子。他说他要出国一段时间，房子空着蛮可惜，就写了一个招租的帖子，房租只要七百块钱。不是缺这几百块钱，实际上就是想找个人帮着看房子。屋里家电一应俱全，还有许多书可以让租房的人看。

我就问他："你那里有暖气吗？"他说："没有，但我不觉得非要暖气不可。"我说："北京冬天没有暖气不好过，没暖气我不能帮你推。"他说："其实有暖气也不好，熏得人整天头昏沉沉的，一天到晚打不起精神，就想睡觉。不像我的屋子整天凉阴阴的，别提多舒服了！"北京十二月份，寒风凛冽的，连乌鸦都换了黑大衣缩着头蹲在树上，枯枝败叶被风卷着在地上疾走。上班一天，回到凉阴阴的家里——我想人连自杀的心都有了。他的"凉阴阴"理论，吾实未敢苟同！所以也就没推。

过了没多久，我到北京去办事。一个朋友住在宋庄，他问我："有地方住吗？没地方上我那里去住。不过屋子里没暖气，有点冷。你做好心理准备！"我说："不去，我在外面住旅社，一冷我就有点万念俱灰的感觉。"他又开始拿这套"凉阴阴"的理论来开导我，他说："哎呀！人家都说北方冷，南方热。好像北方人就比南方人耐冷一些，其实真正抗冷的是南方人。我心疼供暖费，左右邻居开暖气把我的屋子给烘热了，冬天家里二十几摄氏度，我有点接受不了。所以今年我把暖气给停了，停了以后家里也有十二三摄氏度，头脑清清凉凉的。你到我那里住，实在觉得冷，我弄两个菜，床底下有二两的'二锅头'，摸一瓶出来，喝了包你暖和。"后来我遇到邓安庆，楚地之人，流亡北方，现在也变"修"了，没暖气不能过冬了。那两天他正在找房子，原来的房东大概要涨房租。晚上我们在外面吃饭，他扒了两口饭跑掉了，说是要去看房子，我问他："有暖气吗？"他说："有！没有怎么行？"晚上七八点钟的时候，街上黑压压到处都是人，寒风中都是凄凄惶惶的逃荒样子，安庆会集到人流中，等如芥子，转眼就走得没影了。

我问邓安庆："现在过年回湖北还适应吗？"他说："不大适应，觉得冷。"湖北那边气温跟安徽也相差不了几摄氏度，但江边城市的冷是湿冷。汽车从长江边驶过的时候，冬天的江面上起一层白雾，浩浩荡荡地向上升腾着，然后鬼鬼祟祟地顺着马路、街道、树篱、明渠、小河汊子涌向城区，给楼房、人、鸡、毛驴、巴儿狗裹上一层湿冷的套子。我有一次看邓云乡先生写苏州美食，不知道怎么岔到苏州冬天的冷上面。邓先生打小生活在北京，习惯冬天家里有煤火的生活。第一年到苏州立刻被来了个下马威，他说被冻得天地之间逃无可逃，躲无处躲。他当时被调到苏州教书，只要不上课就像坐月子的妇女一样拥被在床上抖，下了床就跑到澡堂热水里泡着。上来趁着点热乎劲，飞奔回宿舍，赶紧上床，他说一冷根本没有心情读书做事情了。我觉得在南方，冬天最难受的一件事情，是上公厕。冷到零下七八摄氏度，蹲在坑上没一会儿工夫腿也麻了，屁股也冻紫了。我小的时候一到上茅房的时候就到处找报纸，卷了夹在腋下。点着了往坑里扔，能烧很长时间，蓝焰焰的火苗子。后来看茅房的人说这样很危险，会把沼气引着的，把茅房炸塌了大家都上不了厕所。

南方人如果一直待在老家没动窝，习惯这种湿冷倒不觉得什么。如果到了北方用过暖气之后，再回来可就有点扛不住了。就像一个人过惯了好日子之后，又掉过头来过苦日子，会觉得格外苦。很多南方人到了北方不想回来，是因为习惯了北方冬天屋子里有煤火或者暖气的生活，不复有过去的抗冻能力。出了山海关再往北，冬天如果屋子里没有暖气或者火炕，那是会死人的，取暖是基本的生活条件。过去部队军需是以黄河划界的，比如说黄河以南，值班站哨的军大衣里面是没有羊毛的，黄河以北才有。所以北方人到了南方会被我们这边长夏苦热和冬天湿冷吓倒，咂舌道："没想到你们这边冬天这样难过！家里、家外一样冷！"他这个话是说到点子上了，南方这边到冬天屋里屋外一样冷，过去除了少数党政机关、医院、澡堂子供暖之外，其他地方一律是这种湿冷。冬天起床或者不起床这个选择，艰难得不亚于是杀身成仁还是苟且偷生。

在南方，冬天取暖不外乎曝背或者站桶。冬天太阳难得，偶然遇到一个晴天，全村男女老幼找个向阳的地方。有站的，有蹲的，女的带点针线活，男的带上烟、茶，晒一会儿，身上暖洋洋的。刚有点睡意的时候，太阳被云遮住了，寒意顿然上来。站桶这个古物，现在皖南山区偶尔还可以见到。我有一年冬天到九华山去，山上刚刚下过一场大雪，鸟兽绝迹。晚上冻得脚像狗咬一样，我就问旅店的老板可有什么取暖设施，他把我引到他闺女旁边，叫他闺女从一只木桶里爬出来，然后让我站进去暖和一会儿。站桶下面有一盆炭，烤得人下半身热烘烘的。我就站在这个木桶里看了一会儿电视，但他闺女的嘴越噘越高，我得了一会儿热气之后就跟她换岗了。

南方的屋子盖得高，白墙青瓦，好是好看，但非常不适宜人居住。建筑上讲究起高屋脊，马头墙。房子盖得越高越显示家道兴旺，完全不考虑居住的合适性。冬天穿堂风砭人肌骨，小刀似的。一般吃年饭还讲究个排场，一家人聚在堂屋。堂屋中间有条香案，上面放着几个大胆瓶，还有一个中堂画，福禄寿喜，或者八仙过海，或者仙鹤，或者钟进士打鬼、南极老仙翁，左右两边挂对联。联语一般是"读书好，经商好，效好便好；创业难，守成难，知难不难"，或"福如东海长流水，寿比南山不老松"。对联挂久了，半红不白的样子，看着也觉得冷，几支蜡烛死样活气地燃着，全家人就坐在这种寒气笼罩中吃饭、喝酒。吃着吃着菜就上冻了，所以南方菜当中有许多这个冻那个冻，比如鱼冻、肉皮冻、黄豆猪脚冻。

我无端地揣测周作人先生附逆，估计还是因为南方的寒威。他在文章中说："我的故乡不止一个，凡我住过的地方都是故乡。故乡对于我并没有特别的情分，只因钓于斯游于斯的关系。朝夕会面，遂成相识。正如乡村的邻舍一样，虽然不是亲属，别后有时也要想念到他。我在浙东住过十几年，南京东京都住过六年。这都是我的故乡，现在我住在北京，于是北京成了我的故乡。""至于冬天，就是三四十年前的故乡的冬天我也不喜欢：那些手脚生冻瘃，半夜里醒过来像是悬空挂着似的上下四旁都是冷气的感觉，很不好受，在北平的纸糊过的屋子里就不会有的。在屋里不苦寒，冬天便有一种好处，可以让人家做事：手不僵冻，不必炙砚呵笔，于我们写文章的人大有利益。北平虽几乎没有春天，我并无什么不满意，盖吾以冬读代春游之乐久矣。"

周先生是一个很讲究生活质量的人，梁实秋曾到过他家里。"一张庞大的柚木书桌，上面有笔筒砚台之类，清清爽爽，一尘不染，此外便是简简单单的几把椅子了。照例有一碗清茶献客，茶具是日本式的，带盖的小小茶盅，小小的茶壶有一只藤子编的提梁，小巧而淡雅。永远是清茶，淡淡的青绿色，七分满。房子是顶普通的北平式的小房子，可是四白落地，几净窗明。"现在忽然叫他南迁，去过难民生活，他不能不有所思量，思考的结果是自己是个"日本通"，老婆也是东洋人，想来东洋人不会对他怎么样，加上南方冬天又那么冷，夏天蚊虫又多。就这么一迟疑，后来做了汪精卫政权的华北政务委员会委员。蒋梦麟回忆说："抗战的时候，他留在北平，我曾示意他说，你不要走，你跟日本人关系比较深，不走，可以保存这个学校的一些图书和设备。"于是，他果然没有走。如果蒋的说法是成立的，那么周二先生不仅不是什么附逆，而是"潜伏"了。

一般说到故乡多是好话，什么美不美故乡水，亲不亲故乡人。有点出息的人是集荡子与游子于一身，他在老家自然是不受人待见的。汉刘邦在老家就以"不事生产"出名，到处吹牛说大话。他要尝够了故乡的世道浇漓之后，才能发现它的好。张恨水的自传中提到安徽老家潜山也没多少好话。说他从上海失业回来之后，乡人报之以白眼，他只好整日窝在祖宅的一间破屋里看书，连人都不愿意见。后来在家乡存身不住了，才又出到外面谋生路的，最后定居到北平。他对故乡气候的冷和人情的冷有彻骨认识。抗战军兴时他在西迁的路上，看到铁炉子的烟囱，写了一篇文章深情回忆北平铁炉子云："过了半辈子夜生活，觉得没有北平的冬夜，给我以便利了。书房关闭在大雪的院子里，没有人搅扰我，也没有声音搅扰我。越写下去电灯越亮，炉子里火也越热，盆景里的花和果盘里的佛手在极静止的环境里供给我许多清香。饿了烤它两三片面包，或者两三个咖喱饺子，甚至火烧夹着猪头肉，那种热的香味也很能刺人食欲，斟一杯热茶，就着吃，饱啖之后，还可伏案写一二小时呢。"

最近有个放屁狗专家说，为什么不提倡南方普遍供暖呢，因为南方人天生不适应暖气。这个王八蛋是没有被南方的冬天好好地冻过，冻他三五个冬天他就老实了。其实这就是一点基本常识的问题，没有哪个地域的人就喜欢受罪，不喜欢享福的。阿城曾写过一篇叫《南方》的小文章，文章里面有个叫何刚的北方人出差到上海，他被冻得受不了，就去问服务员。"女服务员正用冻得胡萝卜一样的手点钞票，说：'侬阿是香港来？哪能勿住饭店？阿拉南方冬天没有火的，国家规定。'头都不抬一下。"

茅匠

有一次我在百花井 2 路车站碰到一个做手艺的人。他站在我前面，穿一件鼠灰色的夹克，领口磨得有点毛。我怎么知道他是做手艺的呢？因为他背着一个很大的木箱子，木箱子上插着许多钢丝的伞骨。木箱子上用毛笔写着"五十朵金花"，很潇洒的毛笔字。他的手里还拎着一只小马扎。这个人脸型长得很有点意思。怎么说呢？一看就知道是做手艺的人，头发浓密，眼睛小，单眼皮，脸上的皮肤因为风吹日晒很黑。他的皮鞋上布满了皱纹。他挤在等车的人堆里，遇到一辆车来就跑上前去看一看，但都不是他要坐的车。他在人群里显得有点茫然和局促。后来他回过头来问我："师傅，到火车站坐哪路车？"我说你坐 801 就行，你随着我就行了。这一回他不乱跑了，规规矩矩地站在我旁边。

我问他："听你口音像是江南人？"他说他是枞阳的。车还没来，我问他修伞生意怎么样，他说："不好！现在人不修伞了。乡下头还是修的。"车来了，他随我上了车，还在后面找到一个座位。然后伸出脑袋对我笑笑。我说你坐到底站下！他说路他晓得的。

过去到了梅雨季节，街上多见的是修伞的和茅匠。合肥县的前大街、鼓楼、明教寺附近多得是草房子，梅雨季节急需的是这两种手艺人。修伞的人穿街过巷，身后挂着一把木伞骨，一边走一边喊："修理雨伞哦——修理雨伞哦——"茅匠在街上走，不喊，一看就知道他是茅匠。他们背着一套特有的家伙，好几把长短不一的木耙子和一块锅盖一样的圆板，很沉默地在街上疾走。他们做的活是趁着骤雨初晴的工夫，帮人把漏了的草屋修补起来，或者用草绳子把草屋络起来，使大风不能把草卷走。草屋不怕雨，怕风。小时候我在乡下时，一刮风，我叔叔就骑到屋顶上压草，怕大风把草给刮走了。因为附近有水塘，草刮到水塘里就不好弄了。老杜《茅屋为秋风所破歌》中说的就是这种苦况。风把草刮到树梢上，沉到塘里，有的被乡里顽童拿柴耙子耙走烧锅去了，气得老杜大骂："南村群童欺我老无力，忍能对面为盗贼。公然抱茅入竹去，唇焦口燥呼不得。"其实都是苦人。

茅屋除去怕刮大风以外，住还是不错的。前年我到马鞍山的采石矶去行脚，林散之纪念馆江上草堂就是几大间草房子。上面苫了草，进到里面一看倒还是蛮轩敞的。房子里面的结构还是水泥浇铸的。地上乱石铺阶，后面有一个石壁，上面长了许多细草。草的尖部稍带紫色，结了许多黑色的果子。

茅草房子的优点是节能，冬暖夏凉。夏天傍晚热得牛、狗都把舌头拖出来，喝一碗绿豆粥，往茅草房一钻，通体舒泰。放下蚊帐，摇一把蒲扇，一枕黄粱到天亮。冬天再冷，茅屋中有一只火盆也是一室春气。火盆中埋数枚花生芋头，听到噼噼啪啪的爆响，差不多就熟了。就是没有火盆也能过得去。白天晒了一天的茅草黄昏的时候把热量放出来，大被而眠，也堪称香美。

做茅草房子要好茅匠。家里要盖茅草屋一般选在秋天动工，这时候雨水少。好茅匠是年前就约好的，带了徒弟和家什来。盖茅屋最上等的材料是山茅草，一般人家用不起。山茅草粗硬扎手，茅匠的手皮糙肉厚，不怕扎。先把山茅草择成小把子，一把一把放在条凳上，根梢顺方向梳齐，梳头发一样细心地梳。师傅上到房顶上苫草，小徒弟在下面往房上扔草束。草屋是七分水。七分水是什么意思呢？就是草房子坡度要做得陡一点，以利排水。瓦屋是五分水，各占一半，坡度要小一点。瓦屋年久失修了，也要请泥瓦匠来"捡漏"，把被猫踏风刮乱了的小瓦理理好，不然雨一大了，家里会进水。《儒林外史》中曾写过一个叫赵铁臂的人，自吹轻功好，结果上房顶踏得人家"一片瓦响"，轻功可想而知。茅屋如果不精心修理，那就如俗谚所说的："外面大下，家里小下。"一到梅雨季节的连阴雨天，家里床头屋角，碗盆齐鸣。

秋天，天气初肃，阳光金子一样。茅匠站在房桁上把山茅草一层一层苫上去，然后拿木耙子耙，一根一根要理通。如果有横逆的草，家里会进水的。草梳好了，就要用那个大圆木饼子压，以使草密实。茅匠坐在房顶上一边理，一边小声唱歌。小徒弟在下面听了一边扎草也一边随了师傅唱。中午修房的人家烧了大肉，一人一块，横搭在碗上，多的一头还搭到碗外面去了，一咬一嘴的油。猫狗弓了背在桌子底下抢食。愤怒的狗呜呜地哼着，一幅做家人热闹的景象。

我们这里对在外漂乡做手艺的人很敬重，说亏什么人也不能亏茅匠。因为茅匠要使坏太容易了，而且你一点也看不出来。等到他走了，你发现屋漏可也就晚了。

普通人家修不起山茅草的屋子，只能采办来麦秸苫房子。本地大量产山茅草的也只有大蜀山了，原材料少，一般盖麦秸的较多。麦秸中空，不耐腐，三五年就要重修了。过去我老家有个地主叫张百应，也只盖得起山茅草的房子。这在当地就算顶好的房子了。他家开的有糟坊、糖坊，可日子过得俭省。三个儿子全下地跟着家里长工一起做活，吃饭也随长工一起吃。老地主晚上搬把凳子在外面吃，一个咸鸭蛋，一碟辣椒酱，上面浇了点麻油。乡人看见了，就啧嘴说："张百应真会吃！"现在我家里晚上总要炒两个菜才吃晚饭。我老爹就说："唉，过去张百应也真苦。你瞧瞧你，比地主过得还好。楼上楼下，电灯电话，一餐没肉你都不行。搁过去，你这就是大地主呀！"

逐臭

前几天叶行一回老家湖州，回来的时候给我带来一瓶臭苋菜。菜装在一个像农药瓶的家伙里面，只差在瓶上画一只白骨人头，下面交搭两根白骨。我解开塑料袋，里面散发出一股能臭死人的味道。我问叶行一："你是坐火车回来的吗？"他说："是的。"我说："这东西如果你在火车上解开，估计有一多半人要跳火车。比日本麻原彰晃放的沙林毒气还厉害！"我拧开盖子闻了闻，臭得有点杀眼睛。我说这东西比我们这边的臭芥菜厉害多了！这浙江人历史上得遭了多大罪，才研究出这么臭的一种食物。

周二先生曾经写过这个臭苋菜，说佐粥很相宜。臭苋菜真正能吃的是它的茎秆的中间组织，像吸果冻一样。一大碗粥里面几根臭苋菜就够了。长江中下游一带很多地方的人喜欢吃臭的东西，但基本上以植物臭为主。皖南有一种臭鳜鱼很有名，是把鳜鱼放在木桶里让它轻微变质。有一种说法是当时住在富春江边的渔夫，打到鳜鱼之后先要用盐"码"一下。然后挑了到附近的山里去卖，鱼因为处理过了，可以卖好几天。虽然有点味道，但是下重油，下红辣椒和大量蒜、姜，味道也相当好，产生出一种似臭非臭的异香。我曾经看过一本研究香料的书，书上说香和臭也就是毫厘之间。很多臭味在稀释很多倍之后，产生的就是香味。后来有好事的人就把活蹦乱跳的鱼放臭了再吃。这个鱼具体要变质到什么程度是有讲究的，现在有的饭店控制不好这个度，索性在里面放一勺臭芥菜汁冒充。一般外地客吃吃，"哦！臭鳜鱼就是这种味道。"植物的臭和动物鱼类的臭是不一样的臭法，动物的臭弄不好有一股死尸般的恶臭。

马克·吐温写过一篇小说，是说两个人押车。说好是押一车步枪和一具朋友的尸体。路上越来越臭，这两个人只好轮流把鼻子伸到外面呼吸新鲜空气。车厢外又是大风大雪。后来这股臭味越来越大，两个人简直没有办法忍受，只好把身体半吊在狂风大作的车厢外。其中一个可怜的人受凉得了病，也是要死不活的样子。他们默默坐在那里想，这个木箱里的朋友大概是浑身流黄汤了。后来的情节我不大想得起来了，可能是其中一个人发了狂，用撬棍撬开了木头箱子，准备把这个臭朋友扔到荒原上，却发现原来是一大箱子奶酪。在路上转运站把货给弄错了，他们那个可怜的朋友也不知道运到什么地方去了。我想马克·吐温写这个故事的用意，大概就想证明一点——奶酪比死尸都要臭！

安徽沿江一带有些地方的人喜欢吃臭的东西。以前我在芜湖上班的时候，经常晚上到白马山后面一个小菜场买人家做的油炸臭豆腐干吃。冬天洗完澡出来，就坐在小菜场里等炸臭干的老太太出摊。老太太有个小孙女，她先用小板车拉来矮桌子，跟北方的炕桌差不多高，再把几只小板凳放好。老太太不紧不慢地收拾东西，样样收拾清爽后就开油锅。夜气中有好闻的菜籽油味道，我看着臭干子在油里慢慢浮出来，像一个花样游泳的运动员。臭干子在油里慢慢变得大起来，浑身布满小包，癞蛤蟆的背一样。老太太把炸得差不多的推向锅边，她的孙女就将炸好的臭干子一只一只夹起来。然后问旁边闻香的人："你吃几只？你吃几只？"现吃现炸。

这家炸臭干的干子是自己家做的，放在几只木桶里，上面盖着灰白色的布，码得很整齐。臭干子像江南人家的屋瓦一样，上面的黛色是一种臭卤的颜色。春天的时候沈书枝回南方，早晨吃饭的时候就有这样的臭干子。她说小时候在家吃粥，听见卖臭干子的来了，就跑出去买一块放在碗里蘸辣椒酱吃。我说我小的时候也经常这样吃，黛色的皮下面是嫩得蛋花一样的干子。这个老太太家的臭干子就炸得这样好，好像里面白色的是流质的。吃的时候要拿一只手在下面托着，似乎随时可以流下来。这祖孙俩一晚上卖两百块干子，等到她们带来的矿石灯发红的时候就收摊子。她家做的辣椒糊也好吃，一种青辣椒糊，一种红辣椒糊，用两个黄釉瓦罐子装着，一个写红，一个写青，能吃辣的人自己舀。

我老家的饮食习惯也喜欢吃臭的东西。但鱼和肉类变质，坚决扔掉。不大用酱油，有的人家终年酱油不进门。烧鱼和肉，就到院子里的酱钵里挖一勺酱放在锅里。芥菜每年冬天腌一大缸，腌半个月就能吃。有的人家讲究，还在里面放上姜丝。这个时候芥菜掏出来炒肉丝非常好吃，勃勃地能下几大碗干饭。但这种好日子不大有，平常也就是掏出来，连油也不搁，一人碗头上夹一揪咸菜吃去吧！肠子枯得要死，岂止是嘴里淡出鸟来，连鸟都淡没了也未可知。等腊肉晒好了，日子又好过了。中午蒸腊肉，家里按人头数，一人一块，透明如黄玉般的腊肉铺在臭咸菜上。碗里的油和菜汁可以浇饭，这个东西又不容易到口，刚盘算好，我堂弟早把饭扣在碗里了。到了初夏季节，菜就开始烂了，发出一股恶臭，像田间地头沤烂植物的臭气。咸芥菜发酵后会变成泥一样的东西，连颜色也和塘泥一般无二。

这个时候的臭芥菜好蒸豆腐了。从坛子里把臭芥菜的卤盛出来，浇在豆腐上。上面放一些姜丝和红辣椒，放在饭头上蒸。一直蒸到豆腐上起蜂子窝，夏天人胃口不好的时候拿出来吃，相当杀饭！过去没有青霉素的时候，老痨病人就天天吃这种臭咸菜水，吃到肺部病灶钙化了，病也就好了。可能是成功率比较低，只是作为一种偏方在乡下流行。如果林妹妹知道这个方子，也许不会死。不过怎么让她这样一个冰清玉洁的人儿吃这种能臭得死人的臭卤，也是一件让郎中很挠头皮的事情。我听说有些地方随便什么东西都可以拿来臭着，冬瓜、豆角、辣椒或者白菜帮子。我们当地还有许多人爱吃臭鸭蛋，鸭蛋在咸的过程中出现重大问题了，或者是混进了生水，或者是——谁知道呢，反正腌出来的鸭蛋不是红白相间，反而带点绿色，触鼻地臭，连拿过鸭蛋的手都是臭的。有的人就爱这一口，爱到有点变态，如果家里腌一坛子鸭蛋没有坏掉，几乎都可以把他气得半死！因为臭了别人不要吃，他可以一个人独享了。

北方人喜欢吃臭的不多，但是能接受臭豆腐。有的人把臭豆腐夹在馒头中吃，说是有奶酪的滋味。上回我到北京，王哥带我去吃烤肉。就是把牛羊肉放在铁板上烤，里面放很多洋葱和香菜。屋里雾气狼烟的。他说你要不要试试北京的玉米窝头夹"王致和"的臭豆腐。我说那就来一份吧！我尝了尝，觉得还没有南京的臭豆腐臭。南京有一种臭豆腐，说是比屎臭一点也不夸张。逐臭的朋友很少有敢于把这种东西带上车的。我有一回带了这种东西回来，路上被人发现了，几乎被车上的乘客连人带臭豆腐给扔下去。最后只好把坛子孤悬在车窗外。坐在我旁边一个林学院的妹妹好心提醒我，她说："这种东西怎么能吃？"后来到了全椒有人下车，她立刻就换了座位。

安庆人有喜欢吃一种臭白菜的。冬天矮棵白菜从田里铲了来，晒蔫了放粗盐，放在大木盆里用手揉，把水分挤出来，一棵一棵码到坛子里。最后把揉出来的菜汁也倒进去，用一块大石头把菜压住。坛口封紧，这个时候不急着动它。一直等到夏天，坛子盖一揭，外面的绿头苍蝇如同听到玉音放送一般，全涌进家里。这说明臭白菜做成功了。夏天晚上把家门口的地用水浇了，凉床、竹笆子、躺椅通通用水洗了。煮一大钢精锅绿豆稀饭，中午吃剩下来的饭炒一炒。菜就是这种臭白菜，里面加大量的红辣椒，炒蒸都很相宜。我问安庆人，说臭白菜其实是酸白菜腌坏了的产物。夏天晚餐，几乎家家都准备这道菜，只不过有的臭，有的不臭，臭的程度不一样而已。

又一手也

苏轼《艾子杂说》中说了一件有趣的事情。有个叫艾子的人喜欢作诗，有一次夜宿旅舍，听到隔壁人叽咕说道："一首也！"过了一会儿又叽咕道："又一首也！"折腾到了早晨，艾子屈指算了一下，有七八首了，心里叹服道，一夜作了七八首诗，定是个诗伯了，想来也是个妙人。艾子装束整齐，冠带候谒，等着隔壁的人出来，好与他相识。

过了一会儿，隔壁的房门开了，出来一个商人模样的人，扶着墙呻吟而行，似乎是有病的样子。艾子感到很困惑，怎么夜里作诗的是这么一个人？看着就不是风雅之辈。但是人不可臆度，就上前唱一肥喏说："昨晚听到阁下作了许多诗，能否借来一览？"这人忙着摆手道："我一个小贩子，哪里知道诗是什么东西。"再三拒绝。

艾子不解地问道："昨晚听到先生在房内左一首右一首的，岂不是作诗？"这人惨笑着说："哪里是诗。因为吃了不洁净的东西，跑肚拉稀，夜里也找不到纸，只好用手拭之，故曰又一手。结果一夜拉了七八次，污了七八次手。不是作诗，是脏了七八次手。"艾子羞羞惭惭地出门去了。

现在方便，除了极个别偏远地区用用报纸之外，绝大部分肯定是用卫生纸了，这是一个不小的进步。反正我小的时候见乡人用过土坷垃、麻叶、树棍子、瓦片。自己也用过，想来还是令人汗颜，大多是出人意料之物。

有一次我三叔扯了四娘家一张报纸上茅房，被四娘撵在后面骂，说他不敬惜字纸，拿有字的纸擦屁股，会遭天雷报。撵到茅房里把他的纸夺下来，拿回去留着秋天糊鞋样子了。我那倒霉的三叔估计还是依了古法擦屁股拉倒。

老辈的人认为有字的纸是有神力的，污浊了会遭天谴。写过字的纸不仅不能上茅房，连派它作别样用场都觉得是造孽。专设一烧化炉子，由专人捡拾聚集起来烧化之。这一来就弄得连净个手后擦屁股都很困难，只有别寻他途，开发其他的材料去了。

周作人曾说他在南京读书时，因受了新学的影响，故意撕了报纸去上茅房，结果引起同舍的人抗议。但又不明说，写了字条贴在茅房内，纸条上云愿意无偿提供上茅房之草纸，请不要再撕报纸，免得带累同契。

清代和民国用草纸擦屁股已是一极大进步了。古法是用竹条子刮屁股。有时我也纳了闷，为什么国人对进的东西非常上心，精之又精，但对出的东西却这么马虎。《左传》记载：晋景公姬獳品尝新小麦之后觉得腹胀，便去厕所屙屎，不慎跌进粪坑而死。从这点上来看，可以想见这宫中的茅房糟到什么样子。这可能是历史上第一个死于茅房的君主。这荣耀不能让他国得去，在这里首先声明一下。

《古罗马人的日常生活》(*The Private Life of the Romans*)这本书中曾谈到，古罗马的茅房已经建得非常讲究了。因为罗马的城市供水排水设施已经很先进了，它的下水道宽得可以行船。城中有许多水冲式茅房，污水通过地下管网被收集起来，然后废水都流到一个封闭的污水坑里，屋主花钱请人定期来清理，囤聚下来的残渣可以卖作肥料。罗马人擦屁股用的是一根海绵棒，便后蘸水清理屁股。擦完之后，还有洗手池。

这一点比咱们先进不少。中国的古法是用竹条子，称为厕筹。厕筹有点像古代的竹简，比它要宽一些，其规格"平均长24厘米、宽0.5~0.8厘米、厚0.5厘米"。新砍下的竹条子比较粗硬，要精心打磨方能使用，不然会把屁股刮得血里糊拉的。

宋代马令《南唐书·浮屠传》："后主与周后顶僧伽帽，披袈裟，课诵佛经，跪拜顿颡，至为瘤赘。亲削僧徒厕简，试之以颊，少有芒刺，则再加修治。"李煜这个人治国不怎么样，做厕筹倒是行家里手，把新做的竹条子贴在脸上，感觉它拉不拉脸，以判断它的光洁程度。看到这里我就生气，李煜这厮太不是东西。你有作词做搅屎棍的工夫，倒是想想怎么治国啊！

汉明帝时佛教传入东土，用厕筹之法随佛教而传入中国。那在此之前中国用什么擦屁股呢？据我考证，下等人不外乎竹、石、草、木之类，上等人用丝、帛、绸、缎之类。还有更甚的，茅房中拴一大麻绳，便后骑在麻绳上蹭。这确实是个很有创意的办法。

佛教诸律中，记载了释迦牟尼指导众比丘使用厕筹的事情，如《毗尼母经卷》第六：尔时世尊在王舍城，有一比丘，婆罗门种姓。净多污，上厕时以筹草刮下道，刮不已便伤破之，破已颜色不悦。诸比丘问言："汝何以颜色憔悴为何患苦？"即答言："我上厕时恶此不净，用筹重刮即自伤体，是故不乐。"

释迦牟尼佛说："起止已竟，用筹净刮令净。若无筹不得壁上拭令净，不得厕板梁栿上拭令净，不得用石，不得用青草，土块、软木皮、软叶奇木皆不得用；所应用者，木竹苇作筹。度量法，极长者一磔，短者四指。已用者不得振令污净者，不得着净筹中。是名上厕用厕筹法。"

释迦牟尼说得很详细：上完茅房后，不要在墙上蹭，也不能在厕板上蹭，不能用石头，不能用青草，土块、软木皮、树叶子也不成，只能用厕筹。这真要了亲命了！

《本草纲目》中说了厕筹的药用功能，说主治"难产及霍乱身冷转筋，于床下烧取热气彻上，亦主中恶鬼气"。并附方子云："小儿齿迟正旦，取尿坑中竹木刮涂之，即生。"小孩子牙齿长得迟，可以用厕筹伸到嘴里刮，刮后即扎牙了。这一上一下是什么道理呢？李时珍也真是想一出是一出。

元代的倪云林非常讲究。他净手要设一精美的马桶，桶底铺一种昆虫的翅膀，翅膀上有暗底花纹，闪闪发光。屎砸下去后，翅膀就会腾飞起来盖住秽物，以免影响云林先生的观感。

徽商胡雪岩则有与众不同的净手法。他在内急时喜欢叫用人抬着他疯跑，觅一荒地，最好是地势比较高的山头。他蹲在上面撒野屎，认为是人间一至乐。这家伙确实会享受，在山顶上撒野屎，天风浪浪，可卷走臭气，另一个好处是可以流观八方，纳天地之精华。虽南面王不易也！

谷崎润一郎曾写过很风雅的林中茅房，他说上茅房时能听到昆虫的鸣叫，能听到水渗进土中的声音，可以看见纸窗上的竹影。

我在皖南时，乡下的茅房一般和猪舍连在一起，猪舍里脏了，就垫上一层草，越垫越高，到最后猪出栏时连草带人畜粪一起清出去，作为田间农家肥。我在这种茅房解过手，蹲在空中，遥望裆下一匹黑色动物来回，生怕一头栽下去，死于非命。只好敬谢不敏，钻到山上的树丛中觅一方便拉倒。

清代宫中没有茅房，宫中老少一应秽物由专人抬到外面处理。皇上也没有专用厕所，大便有专门的净桶，桶底铺炒香的焦枣。焦枣轻，屎下去一砸，焦枣翻转而上，一可免秽气上腾，惊着圣上；二来以掩龙粪之陋，影响视觉。所谓色、香、味、形样样考虑周全！

阿城曾写过一个宫中茅房与民间茅房的比较，颇可一看。谈到民间的茅房就惨点。说几个老北京早晨上茅房，但都忘记带手纸了，人有三急，一急起来就顾不上了，也是情理之中的。反正是公共厕所，终归会有人带的。但就怕大家都这么想，结果去的七八位都没带，只好蹲在坑上痴等，蹲得腿部酸胀，望穿秋水，还是没有人来。结果有一个人实在坚持不住了，提了裤子站起来说："我晾干了！"

有个历史的细节很好玩。淮海战役时，我英勇的解放军俘获了国民党败军之将黄维，从他随身的包里搜出美国卫生纸。气愤的战士高举着纸说："你看这个国民党多腐败！拿棉花擦屁股。我在家连棉袄还没穿过呢，呸！"许多战士纷纷喊口号，表示对黄维的鄙视：你屁股就这么金贵，怪不得国民党兵败如山倒呢。咱们捡块瓦片、土坷垃就完事了。凭这个你怎么跟我们打？

做个自了汉

　　我每一次到庙里去，回家手上总要拿点东西。初春的时候取点花种子。夏初庙里的梅子熟了，好泡酒。和尚打电话给我说梅子熟了，再不来让鸟给吃完了。秋天枣子熟了，我就去扑枣。实在没有东西的时候，和尚就给我带些供果回家吃。我问他："你供过菩萨了吗？"他说："供过了，每天都有人送新水果来，这个你带回去吃吧！"这一回来当然也是本着"贼不走空"的原则。和尚院子后面养有很好看的紫竹，我想挖一点紫竹回去栽，然后在盆里配点太湖石，放在画台上装装风雅。

　　和尚养了许多鸟，都不是什么好鸟。有山麻雀，山麻雀的头是红的。一只八哥，还有一只斑鸠。斑鸠是捡来的，有一次刮大风，一只斑鸠从窝里被吹下来，他捧回去养，养熟了。他走到哪里，斑鸠跟到哪里。每次我去的时候一敲门，这只鸟就飞在他前面出来，站在树枝上歪着脑袋看我，和尚一挥手，鸟就飞到后面的一棵槐树上站着。再一挥手，它就飞到后面山上去了。我问和尚："它什么时候回来？"他说："它在外面玩好了，看看天黑了就自己飞到笼子当中来。"我说："这个小东西有点意思。"他说："你想要送给你了，不过你不许把它烧吃了。"我说："我不要，你自己留着养吧！"

这几天天热，和尚没穿袈裟，打着一个赤膊，穿着拖鞋，后腰眼插了一把芭蕉扇子。他问我："吃饭了吗？没吃到斋堂弄点斋饭吃。"我说："前一段时间天热，没来看你。最近怎么样？"他说："我有什么怎么样的，活着呗。七十岁的人了，还能怎么样？"

"要审老薄了？"我说："是的。""光大证券玩了个大乌龙？"我说："你怎么什么都知道？""没事我上网呀！"老和尚有台电脑，没事上上网。他会看，会刷屏，但不会打字。我坐了一会儿。他禅房里养了许多虫子。蝈蝈笼子上有朵南瓜花，他走过去拿南瓜花逗蝈蝈。正说话工夫，从外面跑了几条狗进来。我问和尚："你新养的？"他说："不是的，庙里小和尚买来的，养养又烦了，不养了，送给我养。跟在我后面吃点素菜。"说完把剩下的豆腐和空心菜拨了一点给小狗，小狗就呱唧呱唧吃起来。

我问他："现在你们庙里的和尚文化程度怎么样？"他说："大部分小学和初中，高中生也有，但是少。今天早上有个小和尚到我这里来被我给骂走了。没规矩，乱翻东西。我那台子上不是有书吗？他一抽结果倒了一大片。"我问他们为什么出家，老和尚说："混饭吃呗，像这种货色，'文不能测字，武不能防身'，打工他又怕累，我们称为'庙油子'。但一个庙，总得要有人吧。不然弄个水陆道场也没气势。结果把这些好吃懒做的货给招来了，末法时代嘛。你还别小瞧他们，比你挣钱多多了。我们这儿有个小和尚才干几年，就在前头那个高档小区买了套房子。我也弄不懂偏有那么一些傻瓜蛋信着他们，供养着他们。有的人还是什么大学教授、博士、大老板、大官，偏这些人让他们给唬住了。这些人的书不是念到狗肚子里去了！"我说："六祖惠能也是不识字的，不照样开了南宗吗？"老和尚大笑说："是这么一个道理，好像一个菜园一样。小民被大官教授唬，大官被文盲诓骗，这个生态就平衡了，狗咬尾巴似的。"

我说你讲的那个小僧我见过。有一次我来，他不认识我，一路上陪我说说笑笑。夸我长得好，眉清目秀田宅广。又夸我印堂发亮，财帛宫生得好。又夸我手长得好。老和尚说："你怎么不照着他那嘴给他一拳，打完了再跟他说话。"我说："这人是不是长得瘦瘦高高的，两眼冒贼光？"老和尚说："要不是这身衣裳，他就趴在街上要饭，也不见得有人施他一碗两碗的。现在混到庙里，施主跪着，他站着就把钱挣了，这是什么世道？佛家没有算命看相这一说，如果你看一座庙里有算命看相的和尚，那纯粹就是骗子！这个佛如果小心眼成那种样子，拜他作甚？你多施一点钱，多烧一点香，多跪那么几回，佛就对你好，就保佑你。否则就对你不好，那佛不成做小本买卖的了？"

老和尚说："信仰这种东西，有的人离了它没法活，世间这种人少。大部分人的信仰是随大流，看人家信佛他也信佛，看人家信主他也信主，终生摇摆不定。前一种人坚定，他们信了，就排他。凡不跟我一个信仰就是邪教，就要号召自己的信众去灭了它。你看十字军东征流了多少血，中国历史上也有这种事情。一会儿烧庙杀和尚，一会儿拆道观撵道士。皇上也摇摆不定，有的皇帝前半辈子信佛，活到后半辈子忽然又信起道来。儒家是做人做事的道理，不是一个教，在受教育程度比较高的人群当中有点影响，这个阶层我们通常称为'士'。'士'他也不稳固，做官的时候他偏'儒'一点，下野之后今天信道明天信佛都是有的，僧道两面都有朋友，他们称为'方外交'。我不是说过去的和尚就好一点，什么时代都不缺坏种。你看苏东坡、黄山谷文章当中就有的是嘲笑俗僧的文章，说明那时骗钱骗名的俗僧也很多。"

我说："是的，有个士子到山上遇到一个俗僧回来后，气得改了一首李涉的《题鹤林寺僧舍》诗，云：'又得浮生半日闲，忽闻春尽强登山。因过竹院逢僧话，终日昏昏醉梦间。'"老和尚说："信与迷信是个相当挠头的事情。所以你别问我如何是佛，我真不知道。"我说："你可以准备一个棒子，谁来问你什么是佛，你就打他脑袋，如果在吃饭的时候就劈面一碗。"他说："你那个不是放屁吗，人家不会打110？我能做个自了汉就已经谢天谢地了！"我问他："如何自了？"他说："不受人惑。"我问他："如何不受惑？"他说："你别管什么教，如果这个教让你给他钱，让你帮他出头拼命，反正对你个人不利的，你都别信他！赶紧转身就走。另外凡教都会打着使天下众生得利的旗号，什么是天下众生？我为什么要使他们得利？没道理嘛！你就是众生，你得利了，众生就得利了！"我说："是不是要钱没有，要命也不给？"他说："是那么一个意思。"

我说："那不是做一个趋利避害的平常人吗？"老和尚说："你

当平常人是好当的？”我说：“我经常遇到一些信徒，信佛的拉着你说信佛能得诸般好处，信神的拉着你说信神能得诸般利益，跟做传销似的，我也很烦呐！”老和尚说："你要有时间，不妨都信信，必有一款适合你。甚至到头来，什么也不信也没关系。能不惑，不与坏人同流合污也便是了。因为前头我说过了，并不是所有人都要信个什么教，有的人什么都不信，可能对他还好一些。这种人他人格当中本来就有很多偏执的东西，如果再加上极端的教义一催化，直接把他导向半疯境地。我到这个庙里也有七八年了，有的信着就信疯了。有的原来半神经，现在弄成真神经了。原来那个要送你毛虫吃的女疯子，本来还不太疯，这几年，在这里做义工，听那些种菜的老虔婆妄说佛法，脑子更不好了。”

他送我出门的时候，指着前面半山的一个亭子说："等秋凉了，你的朋友里面有没有弹古琴的，如果他有空，请他到这里来弹弹琴，我们吹吹牛可好？”我说："好啊，到时候我带点吃的东西来。”这时有几个从他旁边走过的游客小声说："这个不知道是哪位高僧大德。”老和尚冲我一笑，我也笑笑。山路上开满了打碗花，小而精致。

涂鸦

涂鸦在英语里叫 graffiti。现在世界各大都市都让这些个 graffiti 祸害苦了。好好的一堵墙，你干吗把它弄得乌漆墨黑的。你有什么企图呢？拿咱们老百姓的话说叫手犯贱。如果是家里小小子或小姑娘那就应该叫作皮痒了，非让老爸老妈抓过来收拾一顿才快活。人类可能与生俱来有一种冲动，就要乱涂乱画，就想在一个地方留下他的痕迹。

这跟动物到一个陌生环境喜欢蹭蹭、舔舔，甚至撒一泡尿留下自己的气味有点像。从发掘出来的人类遗址里，科学家发现除了他们食用过的兽骨之外，还留下了他们涂鸦的痕迹。原始人如果这天打到大兽，而且火也升起来了，把山洞口堵好，又吃了一顿好的。蛮婆子披着兽皮或者什么也不穿，在摇摆不定的火光中扭得格外好看。这时就有创作的冲动。从火堆边扒出半截炭头子就在崖壁上画，画狩猎，画交战，画交媾，画野牛。祖宗的"祖"字，原意就是一个人在墙上画了个鸡鸡，众人都赞，他自己也有提刀四顾的感觉，虽然第二天早晨还要提着石刀、石斧跟在旁人后面去伏击野驴，到河边把磨得溜光水滑的彩色珠珠送给蛮婆子，以博得她的欢心。但在这一刹那，他作为艺术家的感觉还是确立了。虽然没有谁来买他的画。画了也就画了。

很多艺术起源就始自于涂鸦，这是人站立起来后最初的创作冲动。而在所有的涂鸦中最让人头痛的还是孩子的涂鸦。他们正处于幼年期，大概跟人类的早期有点像。或者说有点返祖也未可知。只要看到哪里有点空儿，他们就想在那里留下自己的大作。越白的墙他创作起来越兴奋，他们几乎成了新房的杀手。我常常劝一些朋友在装潢的时候悠着点，差不多行了。别那么精益求精了。所做的一切不过是白费力气。

那个未来的小画家可能正躲在娘的肚子里偷笑呢！你现在的努力只不过在准备他未来的画布。等着吧！等他或她长到能攥得住一支笔的时候，你的家就成为他或她的画布了。只要是任何垂直稍有面积的东西，都能成为画或刻的工作台。满墙像《格尔尼卡》一样的抽象线条。有时没事了，我就和孩子坐在旁边猜他画了些什么东西："往左这一块好像是画了一头牛，往右这一块好像是大河马。""河马的眼睛呢？""哦，在上边。"客厅被弄得像个画廊似的。有一次，我的毛笔不知道为什么让他找到了，饱蘸浓墨就在墙上画起来。淋淋漓漓滴了一地。我回家一看差点把鼻子气歪了，抓过来就是一顿收拾。我细细地拷打他，用一根鸡毛掸子。

每揍一掸子问一句："下次还在墙上乱画吗？"他坚持自己的艺术理念不回答。最后还跟我讨价还价说以后就在卧室里面画行不行。我气疯了，说："那里也不行，你应该在纸上画。"他抽泣着说："我就喜欢在墙上画，我喜欢站着画。"孩子就这点好，打完了就忘。平时该怎么干还怎么干。常常有还没结婚的朋友到我家来欣赏壁画，他们说：看得很恐怖哎！问我有没有什么好办法能避免这种情况发生。我说有，当然有了。我说你可以先简单装修一下，等孩子生下来后长大了，他的艺术冲动消退了再精装修也不迟。

对于孩子的涂鸦我是一点好办法也没有，可以说我是黔驴技穷了。现在我一点也不着急于粉刷墙壁，有人说你家的墙壁弄成这样也不打算粉刷一下？我说现在先等一等吧。因为已然这样了，也不在乎等上一年两年了。孩子到了四岁以后就很少在墙上乱画了。有些人说你可以通过禁止或者惩罚的办法来阻止孩子的涂鸦。我说：不！坚决不！现在孩子大了，不画了。我每天在这些抽象的点、线、面之间走来走去已经习惯了，又不想费这个事了。

美国有个家庭，爸爸新买了一辆车，女儿突发奇想，用一块坚硬的东西在车身上划来划去地涂鸦。爸爸当然生气了，为惩罚她，就把她的手捆起来转身去做事了。等想起来发现因为捆的时间太长，血脉不流通，一只手截肢了。后来爸爸的车重新喷涂出厂了，女儿看着崭新的汽车跟爸爸说："爸爸，你看你的车现在跟新的一样了。你什么时候把我的手还给我呢？"

也不要一看到孩子涂鸦，就想找个地方送他去学个书法、绘画什么的。涂鸦就像孩子出麻疹，有的出完了，以后也就不画了，并不想终生做艺术家，犯不上大惊小怪的。

　　前几天我一个朋友的孩子春节出去做客。他才三岁，看到旁人家有一架钢琴，就坐到琴凳上按了几按，而且还按响了。然后说："妈妈我要！"他妈回家就叨叨孩子有音乐天赋，连钢琴也按得响。急三慌四地要去买琴，请钢琴老师来家教琴。气得她老公在家呐呐地骂："女人当家，想一出是一出！"昨天晚上就带着这个可怜的孩子到钢琴老师家去了，说是让老师看看手，验验乐感。我不去也知道老师一定会说："这孩子天生异禀！手长得跟霍洛维茨似的。"这纯属兔子打门，送肉来啦！糊个十年八年的，钱也花了不少。等到上初中了，大部分也就歇了。但这期间也不知道跟在后面生了多少气，弄得鸡飞狗跳，街坊不宁。晚上打得鬼哭狼嚎的，简直就是一个丛林社会。方明白三岁时那惊天动地之一按，只是出于好奇与好玩的心理，并没有特别深远的含意。能把这东西学出来的，男的和女的没有一种绝户脾气是很难坚持下来的。

　　不学以后，琴寂寞了。先是上面落灰，然后被盖上一块布抬到不知哪个角落去了，上面堆满了东西。也有能废物利用的。我们院子住户中有三家学钢琴的，现在一致不学了。有一家爸爸偶尔兴起还弹上几首流行歌曲，嗓子抖抖地跟在后面唱。抖得人心里慌慌的，以为要发生什么大事。四处看看，也没有。

图书在版编目（CIP）数据

吹云记 / 高军著 . -- 北京：北京联合出版公司，
2019.5

ISBN 978-7-5596-2930-2

Ⅰ. ①吹… Ⅱ. ①高… Ⅲ. ①随笔－作品集－中国－
当代 Ⅳ. ① I267.1

中国版本图书馆 CIP 数据核字（2019）第 036800 号

吹云记

作　　者：高　军
策划出品：青橙文化
策划监制：王二若雅
责任编辑：徐　鹏
特约编辑：顾拜妮
装帧设计：何昳晨

北京联合出版公司出版
（北京市西城区德外大街83号楼9层　　100088）
北京联合天畅文化传播公司发行
北京天宇万达印刷有限公司印刷　　新华书店经销
字数170千字　　787毫米×1092毫米　　1/32　　8.25印张
2019年5月第1版　　2019年5月第1次印刷
ISBN 978-7-5596-2930-2
定价：48.50元